騙り、と生成

一葉からフォークソングまで
「言葉の物語」を読む

棚田輝嘉
TANADA Teruyoshi

文芸社

目次

騙《かた》り、と生成　――序にかえて――

1　はじめに

私のゼミ生が恋人と思われる人物と渋谷の道玄坂を下ってくる。私に気づいた学生は律儀にも「先生！」と言って声をかけてくれる。その上恋人に「ゼミの先生」と紹介もしてくれる。

私は驚いたように、

「あれっ、この前の人と違う人だね」と返答する。

さて、この後二人はどうなるだろうか？

いささか不穏当な例から始めてみた。

今時珍しく（？）律儀なこの学生は、「二股」をかけているわけではない。しかし私も嘘は一言も言っていない。ただ、「この前の人」とは、学生のお母様だった、というだけの話だ。

それにもかかわらず、この二人の間には波風が立ちそうだ。

何が問題なのか？　もちろん私の性格の悪さが最大の問題なのだが、それは問わないことにしておこう。言いたいのは、

事実だけを語っても、嘘を生み出してしまうことがある。それを「騙《かた》り」という。

ということだ。

もちろん騙りとは、一般的には、意図的に嘘を言って人を騙《だま》すことを意味する。しかし、嘘を言わなくても騙ることは可能だ、というのが本書における「騙り」の趣旨である。

例えば「告白」という行為がある。事実だけを包み隠さず述べる、ということだ。そのようにして述べられた「告白」は、本当に「事実」なのだろうか？

また、例えば「日記」というものがある。基本的には他人に読まれないことを前提として、「事実を記録する」装置として機能している。自分だけが読者なのだから、わざわざ嘘を書く必要はない。後日読み返して記憶を確認するための道具でもあるだろう。それにもかかわらず、嘘が混じる可能性がある、と言ったらどうだろうか？　さらに、事実を記録する装置＝日記という前提を逆用して、嘘を事実として記録しようと思った人がいたとしたら？

本書の前半部の問題意識は、ここに由来する。詳しくは各パートをお読みいただくこと

にして、ここでは、本書の内容全体について簡単に整理しておくことにしたい。

2　蒲団

まず取り上げたのは事実を隠すことなく書き綴った、告白文学とも言われる、田山花袋の「蒲団」である。

東京の町中を裸で歩くような気持ちで書いたと自身語っている「蒲団」には、「赤裸々な事実」が語られているとされている。しかし、語りとは、事柄を〈ある制度〉に従って選び・並べ・述べることだ。そうして選ぶこと・並べること・述べることはいずれも〈語り手の側の論理や感情や意図〉に支配されている。だから、その語り方をよーーく眺めれば、語り手=作者の意図が見えてくる。

ところで、最初の学生の例を思い出して欲しい。事実を語っているにもかかわらず、騙りになってしまったのはなぜだろうか?

恋人の「誤解」に理由があるのだろうか?

もちろん、ある。二股を疑ってしまうくらいに、恋人は、我がゼミ生を愛しているのだ。愛しているからこそ「この前の人」を、別の恋人と短絡的に思ってしまう、そこに原因がある。ただ、それが悪い……と言ってしまっては、酷だろう。

最大の原因は、私という語り手の意図の方にある。なぜなら私が、「この前の人」という表現ではなく、「今日は友だちと一緒なんだね。この間お会いしたお母様にもよろしくね」と言いさえすれば何の問題も起こらないからだ。というか、そもそも何も言わないで、「こんにちは」とだけ言っておけばいいだけの話だ。それにもかかわらず私は、なぜあんな言葉を選んで語ったのか？　そこから私という奴が何者か推測できるだろう。

そう、つまり、騙りがどのような語りによって生み出されているのかを作品から読み取れば、語り手が何者であるか分かるだろうし、制作された作品の意図も明らかになるはずだ。

田山花袋の「蒲団」に関する研究は、それを明らかにしようとする試みだった。その背後には、

「告白？　そんなの無理じゃね？」

という、ヘソマガリの私がいる。私にとって「告白」は、もっともらしい嘘を作り上げる装置にすぎない。もちろん、例えば神という絶対的な存在を信じ、懺悔するという精神の有り様を否定する意図のないことは、お断りしておく。ただ、

「これは告白なんです。私のすべてを恥ずかしげもなく、勇気を持って話しているんです。だから絶対に本当のことなんです。」

という「告白」は、たんに効率の良い騙りの方法にしか思えない、ということだ。同じよ

うなやり方に、

「ここだけの話だけどね」

というのがある。こういうことを言う人を、私は大抵の場合、詐欺師と呼ぶことにしている。

3　一葉日記

次に取り上げる「作品」は、樋口一葉の日記である。

日々の出来事＝事実を記録した日記には、事実しか記されていないのだろうか？　初期の一葉日記は平安時代の「日記」に類似した物語的要素が強く、後期は病気の進行や小説の執筆などで日記の記事が減り、また内容も随筆風になっていくのだが、母と妹を抱えながら樋口家の相続戸主として生活していた中期の日記は、父親の則義の日記を真似て書かれており、記録としての意味合いが大きい。では、その日記をもとにして樋口一葉の伝記を書くことは可能だろうか？

多分、不可能だ。

「日記」という〈装置〉には、始めから騙りが内在している。

日記とは一日ごとの事実を記録したものだということが、読む前にすでに前提とされている。何しろ日記＝日々の記録、なのだから。我々は生活と発想の基本を一日という時間で区切って生きている。読者はこうした前提＝先入観を抱いて読み始める。その時点ですでに日記は騙りの装置以外の何ものでもない。

例えば、日記は毎日綴られるものだから、翌日何が起こるか分からない状況で、その日の出来事を書いていたはずだ、と思って読む。

二月四日　頭の中のもう一人の私が、明日はあの人に会えると予言している。

二月五日　なんと、本当に会えた！　私って超能力者なのかな？　それとも運命？

と書いてあれば、この人は本当に超能力者なのかも知れない、と思ってしまう可能性がある。あるいは、運命の絆で結ばれている選ばれた二人なんだ、とか。なぜなら、四日の時点で五日の出来事を書き手は知らなかったはずだと思って読むからだ。けれど、ちょっと考えてみれば、日記は、後からでも纏め書きができることに気づくだろう。

同じように、本来予測できないはずの未来の出来事を自分は予め知っていた、という理屈が語られることは、実はそう珍しいことではない。

前時代的な例で申し訳ないが、例えば結婚式を終えた二人がいる。そうして一人が、「出会った時から、結婚するって分かってた。」という。

この人は本当に分かっていたのだろうか？
この場合、考えられる可能性は三つある。
①　予知能力を持つ超能力者だった。（この人と出会った時だけなぜか「結婚するかも」と思い、偶々結婚した場合も、現象としてはここに含まれる。）
②　誰と出会ったときでも「この人と結婚する」と思ってしまう、思い込みの激しい人だった。そうして、この人とは幸いに結婚することになった。
③　結果としてそうなっただけだが、そこからさかのぼって、そう思っていた（ような）気がしている、あるいはそう思い込んでしまった。
どれでも別に構わない気もするが、③がおそらく可能性が一番高いだろう。
一般的には、物事は始まりがあって終わりがあると思われている。しかしそうだろうか？　鮎川信夫という詩人の詩に、

始めがあって終りがあるのではなく
なんでも終末があって発端があるのでしょう
（「落葉」）

という一節がある。物事は、終わってみて初めて全体像が見える。その時、「ああ、あの出来事が始まりだったんだ」と気づくので、出来事の渦中では、いつそれが始まったのか

は分からない。だから、我々は大抵の場合、出来事が終わってからさかのぼって、始めと思われる出来事を発見する。先程の例でも、結婚したという結果があるから、結婚するために出会ったんだと言えるのだ。


日記の場合でも、日々きちんと付けられた記事なのか、後からさかのぼって纏め書きされた記事なのかは重要な問題になる。纏め書きの場合、記事が時系列に沿って書き記されていても、そこに後日の結果を含んだ記述が紛れ込んでいる可能性があるからだ。

もう少し、日記について考えてみたい。

例えば、

三月四日　雨
三月五日　雨
三月六日　快晴
三月七日
三月八日
三月九日　小雨
三月十日　曇り
三月十一日　雨

三月十二日
三月十三日　晴

とあったら、どう思うだろうか。「雨が多い」と思うのではなかろうか。天気記述のある七日のうち雨は四日。しかし天気記述のない三日がいずれも晴れだとすれば、雨はそう多くもない。そうして、なぜ七日と八日、十二日には天気が書いて「ない」のか、という問いも立ててみたい気がするのではないかと思うが、はたしてどうだろう?

研究においては、問いの立て方は、結果を左右する重要な要素だ。これは科学などのいわゆる理系の研究だけに当てはまるのではなく、文系の研究においても当てはまる。その時特に注意しなければならないのは、発想の前提自体を疑ってみることだ。もし書いて「ない」のが問題だと感じるならば、そこでは、書いて「ある」のが当然だということが前提とされている。ではその前提は正しいのだろうか?

日記に天気を記すのは当たり前だろうか?

世界的に見れば、多数派にはならないのだが……。

日本では常識?

なぜ?

私がここで言えることは、たとえ常識だとしても、天気を書くか書かないかは書き手の

自由なので、右の人物は「天気を書く」ことをわざわざ選択したということだ。ならば、

なぜ天気を書いたのか？

と問うてもいいと思うが、どうだろうか。何しろ、書かないより書く方が面倒だし、場合によっては調べたり確認したりする必要も出てくることがある。そんな面倒があるのに、あなたは日記に天気を書くことを選びますか？　ものぐさな私は、たぶん選ばない（もっとも、最初から日記を付けようなどとは思わないのだけれど）。

先の日記記事の例でも、本当に立てるべき問いは「なぜ天気が書いてあるのだろうか？」の方だと私には思われる。

例えば、天気の書いてない日の天気がいずれも晴れまたは曇りだったとする。その場合、なぜ晴れや曇りの天気を書いて「ない」のかという問いは成り立たない。なぜなら、晴れや曇りの日でも、天気を書いてある日があるからだ。ただ、一方で次のような問いは成り立つ。なぜ雨だけは必ず書いて「ある」のか。

日記は日々の「記録」である。しかしすべてを書き記すことはできない。必要最小限の事実を、まずは書こうとするだろう。その時の「必要」とは、何だろうか？　何を書き、何を捨てるのか？　そこに書き手の〈意図〉がある。それを無視して事実が書かれていると読んでしまえば、書き手の意図通り騙りにはめられることになる。

4　生成論

後半部の問題意識は生成論と呼ばれる方法にかかわるものだ。

ある作品が生まれるためには、書き手の頭の中に構想が浮かび、手帳などに「メモ」が記され、ごくラフな状態での文章（草稿）が書かれ、それらを基にした原稿（下書き稿）になり、推敲を重ね完成したと作者によって判断された最終稿＝決定稿が編集者などに送られる。完成しなければ未定稿となって残ることもある。また発表された完成作と類縁関係を持つ下書き稿などが残っている場合もある。他にも、話の構想を友人や家族に話したり、書簡や日記に記すかもしれない。そうした、完成作以前の情報を使って、作品の成立過程を論じ、完成作の意味を論じる手法を「生成論」と呼ぶ。

この方法の目的は、作品に対する作者の意図や、執筆している時点での作者の思考や息づかいを探ることを通して、作品の意味を分析するだけでなく、作者自体を読みとろうとすることにある。生成論的アプローチは、日本やフランスでは盛んだが、他の国ではそれほど重視されていないようだ。ここには、作者という人間に関する興味の有無という国民性（?）あるいは歴史的な背景（?）が関係しているのだろう。日本の場合には個人全集が編纂《へんさん》され、作者には迷惑なことだろうが、書簡や日記などまで収められることが多々ある。芥川龍之介の全集を読めば、そこに芥川のラブレターを発見できる。読む方も赤面してしまうような内容の。

ただ、本書で扱う〈生成〉の語は、もう少し広い意味で用いている。

例えば、芥川龍之介の「羅生門」には、本文が三通りある。初出という最初に発表されたもの、その後最初の短編集に所収される際に改稿され、さらにその後に別の短編集に所収される際にも改稿がなされている。特に有名な改稿箇所は結末部分で、最終的に「下人の行方は、誰も知らない」となっている。その結果、では下人はどこに行ってしまったのかという「下人の行方」に関する議論が行われることになった。

完成後も作者の手入れによって作品は姿を変えていく。下書き段階で手入れをするように、完成後にも手入れがなされるケースが、これまたたくさんある。完成後の作品もまた生成の道をたどることがある、ということだ。

ところで、全集などに本文が所収される場合には、本文は一つでなければならない（宮沢賢治全集のように複数の本文を提示する場合もあるが）。なぜなら、教科書や文庫本などの本文は、大抵の場合、全集があれば全集本文を〈底本〉とするからだ。

そのために、作者生前の最終稿、つまり、作者が手入れした最後の本文を採用するのが一般的である。

その結果、例えば「羅生門」の初出稿・第二稿では盗人になったと書かれていた下人が、第三稿で「下人の行方は、誰も知らない」と改稿されたせいで「どうなったのかな?」と考えさせられるし、教科書の定番教材でもあるこの作品の場合、授業の課題となって、大勢の高校生を苦しめる（?）ことにもなる。

さらに興味深いのは、最新版の芥川の全集（岩波書店）は「編年体」つまり、発表、または、制作された年に、作品を配置しているので、「羅生門」は大正4年の所に配置されている。しかし、改稿されて下人が行方不明になったのは大正7年のことだ。これって変ではないですか?

でも生成論ならば、大正4年の「羅生門」は大正4年の「羅生門」として読み、その後の本文もそれぞれの年に対応して読むことができる。

もう少し、発表後の改稿の話をしよう。

最も興味深いのは、井伏鱒二の「山椒魚」の結末の改変だろう。最初は「幽閉」というタイトルで1923（大正12）年7月の『世紀』という雑誌に発表される。その後、大幅な手入れを経て「山椒魚——童話——」という表題で発表されたのが1929（昭和4）年5月号の『文芸都市』。この作品も多くの教科書に採用されてきた点で「羅生門」に似ている。〈主人公の心理〉をたどるのが好きな学校教育の教材として採用され、山椒魚と蛙とのやり取りという心理劇として長年読まれてきた。そうした流れの後、50年以上を経て、1985（昭和60）年に刊行が開始された『井伏鱒二自選全集』において、井伏自身

の手によって結末部分に大幅な変更がなされた。具体的に言えば、結末部分を大幅にカットしたのだ。その結果、

よほど暫くしてから山椒魚はたづねた。

「お前は今どういふことを考へてゐるやうなのだらうか?」

相手は極めて遠慮がちに答へた。

「今でもべつにお前のことをおこつてゐないんだ。」


という、重要な結末も姿を消してしまった。

個人的な話をすれば、若かりし頃右の結末を含む本文を読んだ時には、「えっ、蛙は怒ってなかったの? 初めから!?」とびっくりしたものだ。どう考えたって、山椒魚によって岩屋の中に閉じ込められた蛙は、始めからずっと怒っているようにしか読めないから。だからこそ、高校生達は学校で、山椒魚と蛙のやり取りを通して両者の気持ちを読みとらされ、結末を読んで、「怒ってたはずなのに、なんで今でも怒ってないなんて言うんだろう」という難問を考えさせられたはずなのだ。

でも、作者がカットしちゃったんだから、もういいか、てな具合で難問から解放されることになる改稿本文の方がいいのかな?

しかし、問題はそれでは済まなかった。50年以上にわたって愛読されてきた作品の場合、作者といえども改稿する権利はないのではないか、なぜなら、その作品は〈読者の所有物〉になってしまっているのだから、という議論が起こったのである。もしそうした論理が成り立つなら、作品の決定稿を、作者生前の最終稿とするという判断も見直す必要がある。

ちなみに、井伏鱒二没後に出版された現時点で最も新しい全集では、井伏がカットした部分をもとに戻している。作者の意図より読者の意志の方が重要だと判断された、ということだ。

こうした混乱（?）は他にもある。

宮沢賢治の「永訣の朝」。教科書によく採用されるこの作品の末尾部分をどのような本文で学んだだろうか?

おまへがたべるこのふたわんのゆきに
わたくしはいまこころからいのる
どうかこれが天上のアイスクリームになつて
おまへとみんなとに聖い資糧をもたらすやうに

わたくしのすべてのさいはひをかけてねがふ

または、

おまへがたべるこのふたわんのゆきに
わたくしはいまこころからいのる
どうかこれが兜率《とそつ》の天の食に変つて
やがてはおまへとみんなとに
聖い資糧をもたらすことを
わたくしのすべてのさいはひをかけてねがふ

一つ目が初期形、二つ目が最終形。困るのは、教科書によってどちらを採用するかが分かれていることだ。先に全集本文を底本とすると書いたが、諸般の事情で「永訣の朝」には、流布している本文が複数存在する。さて、どちらを〈本文〉と呼ぶべきだろうか？

……要するに、本文は一つではないということだ。

少しは生成論に興味を持っていただけただろうか？

5　中原中也

中原中也は天性の詩人である。自分の感情ばかりでなく生活までも詩という形で表現した。生きることがそのまま詩であり、詩作することだった。晩年、中也は最愛の息子文也の死という出来事に直面する。そのとき中也はどうしたのか？

詩を書いたのか？　文章を書いたのか？　何も書けなかったのか？

天性の詩人は、やはり詩を書いた。それも亡児詩群と名付けられそうなほど、何作品も。

ところで人は、本当に悲しいとき、詩を書けるものだろうか？

かつて阪神・淡路大震災が起きたとき、大切な人を喪った人々が、その後、短歌や俳句を書くことで、苦しみを和らげようとしたと聞いたことがある。自分のかなしみを見つめ、それを言葉にすることで、かなしみの本質を理解し、痛みを和らげる（？）ことが出来る、ということのようだ。

中也の場合にも、文也没後、一時的に精神に異常を来し、千葉市の中村古峡療養所という精神の病（？）を治す病院に入院している。この病院での治療法の一つに、日記を付けるというものがある。日記を書くことで、自分自身や、かなしみを対象化することが目的だ。

ところで、こうした文也没後の中也について、私は素朴な疑問を抱いている。

なぜ詩が書けたのか。それらの詩は、どのように生まれ、どのように変化（改稿）し、どのように完成されたのか？　完成に至る作品の生成過程で中也は何を思い、また、作品を完成することで中也はどこに到達したのか。

感情をストレートに表現できる「抒情詩」という表現方法を検討してみることで、これらの疑問を明らかにしたい。

6　演歌

本書ではさらに広い意味の〈生成〉についても論じている。

「演歌」という言葉を知っているだろうか？

人生の経験を積んだ人たちが思い入れたっぷりに歌う歌、というイメージだろうか。しかし、この語は本来明治時代の自由民権運動の中で、官憲による「弁士中止！」という演説の中断に対抗して、世相（世の中の政治的社会的不正など）を揶揄し告発する歌として生まれたものだ。演説会ではなくコンサートだよ、というふうに。だから「演説の歌」で「演歌」になる。

その後、演歌は大道での大衆芸能へと変化し、レコードの登場によって、流しなどと呼ばれる芸能となり、いつの間にか姿を消す。

戦後歌謡曲の中に「演歌」は存在しなかった。しかし、いつの間にか別の新しい意味を持つ演歌が登場する。では古くからの「演歌」はどうなったのか?

実はフォークソングという形で生き延びていた。

詳しくは本文をお読みいただきたいが、明治時代の「演歌」が、あるいはその語が、時代の中で姿を変えていく、これもまた広い意味での生成の物語だと言える。

7 騙り、と生成

いささか、いや、大変古い例を出して恐縮だが、次のような歌詞がある。

私の瞳が　ぬれているのは
涙なんかじゃないわ　泣いたりしない
この日がいつか　来る事なんか
二人が出会った時に　知っていたはず
私の事など　もう気にしないで
貴方は貴方の道を　歩いてほしい

さよなら言わずに　笑ってみるわ
貴方の旅立ちだもの　泣いたりしない
言葉はいらない　笑顔をみせて
心の中の貴方は　いつもやさしい

私は泣かない　だって貴方の
貴方の思い出だけは　消えたりしない

私の瞳が　ぬれているのは
涙なんかじゃないわ　泣いたりしない
涙なんかじゃないわ　泣いたりしない

（「旅立ち」詞・曲・歌：松山千春）

さて、《私》は泣いているだろうか？

「何を愚かな質問を」と首をかしげた人は、十分成熟した大人だろう。大学でこの質問を学生に投げかけると、ほぼすべての学生が「泣いている」という方に手を挙げる。ほぼすべて、つまり手を挙げていない学生も若干だがいるということが逆に驚きでもあるのだが、幼い子供のように〈純真な〉学生もわずかにいるということだろうか？　あるいは、性格のひねくれた教員の質問だからと逆を狙ったのだろうか。

手を挙げた学生たちに再び聞いてみる。

「どうしてそれが分かるのですか？《私》は泣いていない、と言っているのですよ。皆さん、疑い深いですねぇ。」

もちろん、十分成熟した大人たちは、人は時に心とは裏腹の言葉を語るものだ、ということを知っている。

前述の歌でも、《私》は心の中で、

「かなしい」

「別れたくない」

と思い、あるいは、

「連れてって」

「行かないで」

という言葉を叫んでいるかもしれない。さらには、

「行ったら死ぬわ」

という言葉まで。

それにもかかわらず「私の瞳が　ぬれているのは／涙なんかじゃないわ　泣いたりしな

い」と、「泣いてはいない」という言葉で語っているとすれば、これも一種の騙りになる。

そこで、学生に次の質問を投げかけてみる。

「なぜ、行かないで、という言葉を選ばないで、泣いていない、という言葉を選んだのだと思いますか？」

ここに言葉の生成に関わる〈人間の物語〉が隠れている。

心の中にある様々な言葉の中でなぜその言葉を選んだのか、という問いは、言葉の生成過程＝人が言葉を生み出す心の中の物語、を探ることになるからだ。

様々な言葉の中で、「泣いていない」という、心とは裏腹の言葉を用いて語ることを〈反語〉という。泣いている・かなしいという気持ちとは一見逆に思える内容を口にすることで、却ってかなしみがはるかに強く相手に伝わるのが反語の持つ力だ。反語は騙りの一般的な方法の一つだといえる。

ただ、説明はこれだけでは十分ではない。

なぜ〈私〉は、反語で語るという方法を選んだのだろうか？　心の動き、言葉の生成の意味を明らかにする必要がある。

例えば私が初めて講義する教室で、学生に向かって「未熟者たち、よく聞きなさい」と言ったらどうなるだろう。

大抵の学生は「なんて無礼な教員だ」と憤るだろう。

しかし、半年くらい私の講義を聴いた学生たちが、棚田は本当は学生を大切にしていて、決して悪意をもって学生たちのことをけなしたりしない教員だということを知る、としよう。その上で「未熟者たち、よく聞きなさい」と私が言ったとしても、その発言は親愛の情を反語的に表現したものだと分かってくれるだろう、と思う。

これら二つの違いはどこにあるのだろうか？

単純に言えば、お互いの信頼度の違いだ。学生が棚田というやつのことをちゃんと理解してくれていると棚田は信じているから、「未熟者たち」などと失礼な、心にもないことを言えるのだし、「頑張って勉強してしてるね」という意味を伝えようとした反語だと学生も正しく理解してくれるだろうとも信じている。

話を元に戻せば、《私》は「泣いていない、かなしくない」と反語で語ったとしても、相手はきっと本心を読みとってくれると《私》は信じたからこそ、反語で語ったのだということが重要なのだ。

「私のほんとうの気持ちに気づいてくれる？」と《私》は問うている。

この歌詞が悲しいのは、恋人たちの別れを歌っているからではなくて、反語で語っても間違いなく相手は自分の本心を分かってくれると信じている人の心を、知ってか知らずか無視して去って行くことにある。

ついでに付け加えておけば、「この日がいつか　来ることなんか／二人が出会った時に知っていたはず」というのは、11頁で述べた、後付けによる了解に該当する。出会った時《私》はこんな形で別れが来ることなど、想像もしていなかったはずだ。しかし今、別れという結末を前にして、「私は始めから別れることが分かって付き合い始めた。だから、今は笑顔で送り出してあげなければ……」と必死で思い込もうとしている。これってかなしくないですか？

こうした言葉の生成の過程にこそ、人間の心の本質、複雑な心の秘密が隠されている。

8　序のおわりに

完成した作品を読むことは、例えば終着駅で電車を眺め、ドアから出て来る人たちを観察する作業に似ている。結末に到達した作品の言葉たちは、読者に向かって歩み始める。難しい顔をしてスマホでYouTubeを見ながらドアを出てきた人物は、何を考えているのだろうか？　そう問うてみる。それ自体興味深い問いだ。

ただ、もし駅に到着する前の車内にいて、その人の姿を眺めることができたとしたらどうだろう。車内ではどうやら別のコンテンツをニコニコしながら見ているようだ。その後、コンテンツを切り替えて、何やら難しい顔をし始めている。こうした〈変化の物語〉を読み取ろうとするのが生成論的アプローチということになる。

また例えば、車内で、老人に席を譲ろうとして腰を浮かしかけた若者が、ふとそれを止めて、再び腰を下ろすという行動を目にする。終点では何食わぬ顔でドアを出て行ったため、特に注目することのない若者だったのだが、車内のこうした行動を目撃してしまうと気になってくる。しかも、先ほどの例より、こちらの行動の理由を問いたい人の方が多いのではなかろうか。

なぜだろう?

先の例よりも、後の例の方が、おそらく、より人間臭い現象だからだ。人は人にもっとも興味を持っている。だから〈物語〉という人間の出来事をたどろうとする。「小説」の主人公は私ではない。けれど私は主人公になって出来事を追体験してゆく。身体は物理的に変わらないけれど、追体験を通して人の心は確実に変わってゆく。時に傷つくことさえある。それにもかかわらず人は「読書」を止めたりしない(はずだ)。様々な人間の物語をたくさん経験することは、私たちが人間をより深く理解するために欠かせないからだ。

ならば、作品を可能な限り深く読み、理解したくなるのではなかろうか。文学研究者が〈文学〉を研究する理由はここにあるのかもしれない。まず自分自身興味があるから、だけれども、そこで発見した〈人間の物語〉を、もしかしたら気づいていないかもしれない「読者」に伝えたい。そうした思いが研究を支えているように思う。

〈人間の物語〉を、結果の側からだけでなく、動き変化し続ける現象として理解する、そこに生成論の醍醐味がある。その中により深い人間の思いが隠されているかもしれない。だからこそ私たちは日常生活でも同じような〈読解行為〉をしている。例えば、友人の些細な目の動きに捉われる。その時、あなたは友人の心の中で生成している物語を読み取ろうとしているのだ。

私が本書でこだわっている「騙り」は、こうした心の動きの中でも、特に複雑な物語を内包しているものなのかもしれない。

だから騙りなのか？　と、ふと、納得してみたりする。

騙りの生成・田山花袋「蒲団」

【問題の所在】

一般に「蒲団」に与えられる〝赤裸々な告白〟という評価は、事実の完璧な再現ということを前提にしている。しかし事実の完璧な再現とは、自己を正当化するために嘘を付け加えたり、語るべき事柄を隠し立てしたりしないということを意味しているという点では、事実を過不足なく語るということの言い換えに過ぎない。そして事実を過不足なく語るという意味では、推理小説がそれをほぼ完璧な形で実行しているのだが、推理小説はもちろん告白文学などではない。とすれば、告白か否かを決定するのは過不足なく「何を」語っているか、その中味ということになる。

「告白」は「懺悔」と関係づけられて、「一人称の語り」という形式になることが多い。しかし「蒲団」は主人公竹中時雄の一人称の語りではなく、三人称の客観描写という手法によって語られている。それにもかかわらず「蒲団」は作者花袋の赤裸々な告白だと理解されている。ということは、「告白」を成り立たせるために花袋は、主人公の時雄を始め、すべての登場人物について、主観を交えず、「事実」を冷酷に提示しているはずだ。

はたしてそうなっているのか？　ここに「騙り」の物語が生まれる。

なお、本論文には、アガサ・クリスティの「アクロイド殺害事件（アクロイド殺し）」の犯人名が出てきます。お気をつけ下さい。

1　出来事の時と物語の時

物語が何らかの意味で〈事実の報告〉という形式をとるとき、その〈事実〉は、すでに経験され終わった事柄として作者の前にある。今まさに経験しつつある出来事を、その渦中にあって書き綴るという方法が、真に文学的な目的の達成のために実行されたということは、おそらくない。創作とは作者自身をも対象化しうる成熟した大人の眼によってなされるものだろうし、作者の経験した出来事が生々しければ生々しいほど、それに見合うだけの成熟にかかる時間が必要になってくる。少なくとも文学史に残るような作品は、そうした成熟の結果物語られたものだと言った程度には、歴史の淘汰力を信じてもよいのではなかろうか。

しかし同時に、文学が作者の自己表現に繋がるものならば、完成作として読者の前に示されている作品を律する作者の感情は、出来事を経験しつつある時点における感情と、執筆時点における感情という、二重の感情を含み持つことになる。こうした点については、文学作品が虚構であるという認識を通して、後者が作品を支配していると解釈することで簡単に乗り越えられてきたように思われる。しかし、いわゆる「告白」と評される作品にも無反省に適用されることには問題がないわけではない。

一方では、経験した事柄の完璧な再現だと信じ、他方では、執筆時における虚構の創造、あるいは作意による体制化を無意識のうちに前提にしている、という二重の読みの上にはたして正当な読みが成り立つだろうか。

問題はこれだけにとどまらない。作者が一人の人間として、経験しつつあった時点における〈事実〉との関わり方が、後の〈事実の報告〉の仕方を規定するものだということも考慮しなければならない。結果に到達するまで事実の全体像を把握できなかった一人の人間は、結果の側から自分の経験というテキストをさかのぼり読み返す作業を通して、それまで不透明だった事柄の背後に隠されていた事実を知るだろう。また同時に、そうした事実に気づかなかった自分の不明を苦々しくも思うだろう。そして、もし、何とか事実を解き明かしたいと願い努力したにもかかわらず、ついに自分の読みが誤りだった——ばかりでなく、最も信頼していたテキストの伝達者そのものに裏切られていたと知ったらどうなるだろうか。

こうした経験を我々は日常の生活の中で繰り返しているのだろうし、また読者としてこれに似た読書体験も持っているに違いない。例えば推理小説を読むことで。

2　推理小説の語り

推理小説を読むということは、不透明なテキストの上に、読者自身の作り上げたテキストを重ねてゆくことで、そこに事実という光を与える作業と言える。そして大抵それは失敗に終わる。物語の終わった時点で改めて結果の側から出来事をさかのぼるという読みにおいて、作者によって用意されたテキストは、読者の創造したテキストよりはるかに明るく物語を照らしている。その光度差が大きければ大きいほど優れた作品となる。そのために推理小説の作者は読者の信頼しうる人物を設定し、その人物に読者を裏切らせもする。その極端な例が、アガサ・クリスティの「アクロイド殺害事件」だろう。

「独創的な大トリックにより、世界推理小説中、五本の指に数えられる古典的名編。そのトリックをめぐり、つねに論争のまとになる問題作！」(1)と銘打たれたこの作品には、「『アクロイド殺害事件』において読者に対し仕掛けられているトリックは、推理小説の作者の合法的な手段とは言いがたい。それゆえ作中のポワロ探偵の捜査ぶりにはときおり秀でたところがあるのだが、その効果も結末によってすべて帳消しにされている」(2)という、ヴァン・ダインの厳しい批判がある。この言葉のうちには、最も信頼している人物に裏切られた一読者の苦々しい思いが込められている。

では、最も信頼している人物に裏切られた一読者が、今度は自分自身が語り手となって、他の読者に語るために出来事を〈再現〉し始めたらどうなるだろうか?

だいぶ前置きが長くなったが、田山花袋の「蒲団」(明40・9『新小説』)は、ここから始まっている。

3 結果の側からの視線・語り手の現在

時雄の後に、一群の見送り人が居た。其陰に、柱の傍に、何時来たか、一箇《ひとつ》の古い中折帽を冠つた男が立つて居た。芳子は此を認めて胸を轟かした。父親は不快な感を抱いた。けれど、空想に耽つて立尽した時雄は、其後に其男が居るのを夢にも知らなかつた。(十)

父親によって故郷に連れ戻される弟子の横山芳子を、主人公の竹中時雄が新橋の停車場で見送る場面である。しばしば言及されるように、この叙述が語り手=作者の位置を示している。時雄には気づかなかった「其男」つまり芳子の恋人田中秀夫の姿を書き記すことのできる時点が、語り手の現在である。言い換えれば、出来事を経験し終わった後に明らかになった事柄を取り込めるような時点に語り手はいる。

そしてそれは、次に挙げる叙述にみられるような、かつての自分に対する自省的な批判をなし得るだけの時が経過した後の時点でもある。

時雄は今更に地の底に此身を沈めらるゝかと思つた。手紙を持つて立上つて、其激した心には、芳子が此懺悔を敢てした理由――総てを打明けて縋《すが》らうとした態度を解釈する余裕が無かつた。（傍点引用者。以下、本論文における傍点はすべて引用者）（九）

こうした語り手の位置が、弟子との間に恋の感情が通っていると思っていたかつての自分を苦々しく思う気持ちとして、批判や皮肉めいた表現となって作中に書き記されている箇所がある。

数多い感情づくめの手簡《てがみ》、――二人の関係は何うしても尋常《よのつね》ではなかつた。妻があり、子があり、世間があり、師弟の関係があればこそ敢て烈しい恋に落ちなかつたが、語り合ふ胸の轟《とどろき》、相見る眼の光、其底には確かに凄じい暴風《あらし》が潜んで居たのである。機会に遭逢《でつかわ》しさへすれば、其の底の底の暴風《ぼうふう》は忽《たちま》ち勢を得て、妻子《つまこ》も世間も道徳も師

弟の関係も一挙にして破れて了《しま》うであらうと思はれた。少なくとも男はさう信じて居た。（二）

最後の一文は、結果を踏まえた現在の語り手による、時雄に対する皮肉を含んだ語りとなっている。「蒲団」という作品が、時に一人称で書かれているかと思われるくらい、地の文における叙述が主人公のものか語り手のものか区別しにくい中にあって、しかし、右の語りは現在の語り手に属している。

また、

若い女のうかれ勝ちな心、うかれるかと思へばすぐ沈む。些細なことにも胸を動かし、つまらぬことにも心を痛める。恋でもない、恋でなくも無いといふやうなやさしい態度、時雄は絶えず思惑つた。道義の力、習俗の力、機会一度至ればこれを破るのは帛を裂くよりも容易だ。唯、容易に来らぬはこれを破るに至る機会である。（三）

という、芳子の本心をはかりかねている時雄の心理描写の後には、「此機会が此一年の間に少なくとも二度近寄つたと時雄は自分だけで思つた」という一文が続く。この「自分だけで」という叙述にも、弟子の愛の対象が実は自分ではなかったという結果を見据えている作者の眼が感じられる。さらにここにいう「二度」目、芳子と二人きりで会話を交わす場面でも「二語《こと》三語《こと》、普通《よのつね》のことを語り合つたが、其平凡なる物語が更に平凡でないことを互に思知つたらしかつた」(三)という叙述の仕方がなされている。

経験し終わった出来事を見据えた、こうした結果の側からの批判的な語りは、主人公自身のその時点における独白ではなく、時間によって相対化された現在＝作品執筆時点における作者の感情を反映した語りと見なすことができる。同時にこれは、作者の現在の視線によって物語全体が体制化されていることも意味している。とすれば、こうした語り手の眼差しによって、主人公の竹中時雄はどのように造形されているのだろうか。

4　告白を前提としてよいのか

主人公については、「蒲団」の結末に描かれている行動、すなわち弟子の蒲団を敷き、夜着をかけ、その襟に顔を埋めて泣くという場面に対して、「いささかアホらしくて、作者のつくりごとに相違あるまい、と推定される」、「もしそのとき細君でも二階に上ってきたら、という女房持ちの中年男の配慮を、主人公が忘れるはずもなかろう」(3)という平野謙の批判がある。これは、ハウプトマンの「寂しき人々」の「作中人物を操る作者の手付には眼をとめず、いきなりヨハンネスを実演してしまった」、「作者がみずから作中人物と化して踊ることで、小説をつくりあげ」(4)ている、という中村光夫とともに、「蒲団」の読みの定説となっていると言える。両者はここで「主人公」「作中人物」という用語を使うことで、作者と主人公とを区別しているように見えるが、実際には、花袋その人を主人公と同一人物と見なすところから、主人公の時雄を、さらに作者を批判しているようである。言い換えれば、「告白」という前提条件を認めたうえで、事実の虚構性を問題にするという程度においてしか、物語の虚構性を読み取っていないということである。

しかし、これまで述べてきたように、「告白」という場に寄りかかった、作者＝主人公という読みを安易に前提とすることには無理がある。

第一章において時雄は、「『彼女は既に他人の所有《もの》だ！』」と「絶叫して頭髪《かみのけ》を掻《むし》」る人物として登場してくる。この「他人の所有」という発言は、「蒲団」の構造に沿って読み進めるとき、そこに記されている〈事実〉に対する妥当な表現とは言えない。後にも述べるが、第一章は第四章の冒頭部分と時間的に繋がっている。そのためこの発言は芳子に恋人ができたこと、しかも、主人公に即せば肉体関係の不在を前提とした初期段階と見なされる関係に対する発言なのである。たかだかその程度の関係に対する発言としては大袈裟すぎるし、「絶叫して頭髪を掻」るという行為に至っては、常軌を逸しているようにさえ思われる。

また、第四章後半には、恋人の出現に不安を感じ、自宅に芳子を引き取るために、預けていた義姉の家を訪れ、芳子を前にした主人公の心理が次のように描かれている。

美しい姿、当世流の庇髪《ひさしがみ》、派手なネルにオリイブ色の夏帯を形よく緊めて、少し斜に座つた艶やかさ。時雄は其姿と相対して、一種状すべからざる満足を胸に感じ、今迄の煩悶と苦痛とを半忘れて了つた。有力な敵があつても、其恋人をだに占領すれば、それで心の休まるのは恋するものの常態である。（四）

最後の一文の皮肉な口調からも窺えるように、語り手は主人公とは別の立場に立って出来事を描写している。

これらはいずれも作者のある意図に沿って主人公が造形されていることを示唆している。それは、三十四、五にもなって熱烈な恋の虜となった、成熟した大人としての分別を欠いた純情な一人の人物として、時雄が設定されているということである。作中繰り返される見苦しい酔態も、こうした主人公なれば当然でもあろう。従って、この主人公に「女房持ちの中年男の配慮」を求める平野の方に無理があることも明らかだろう。竹中時雄というこの小説の主人公は、田山録弥（花袋）という実生活者が自らの経験をもとにして、自身をも相対化し戯画化した上で造形された、虚構の人物と見ないわけにはいかないのである。

5 「少女病」

このように作者の意図＝虚構の物語として主人公を読み解こうとするのは、一つには「蒲団」の四か月前に、同じ作者によって「少女病」（明40・5『太陽』）という作品が発表されているからでもある。

これについてはすでに内田道雄に、「同年の作『少女病』の末段の主人公の滑稽な事故死のプロットに見えるような、自己諧謔の精神が花袋が保持していた自己意識の一つの形だが、それとの照合を『蒲団』のプロットに見るのは誤っていないだろう」(5)という指摘がある。美しい少女に心魅かれる中年男の姿を、同僚の会話や結末の事故死によって戯画化しえていた花袋という作者が、同じように「蒲団」の主人公に愚かな中年男の役を割り振ったと考える方が妥当なのではなかろうか。それは言い換えれば「蒲団」という小説が、たんに事実の再現としての〈告白〉にとどまるのではなく、ある特定の意図にもとづいた〈創作〉として仕組まれていることを意味するはずである。

また、内田は「蒲団」に「作者の意図」(6)を読み取る根拠として、第一章から第三章において記される「今」という時点が同じではないことをあげているのだが、問題はその先にある。そうした不手際を犯してまで、なぜ作者は四章以降の出来事を中心に据えて語ろうとしたのか、という問題である。従来言われているような弟子に対する肉欲の赤裸々な告白であるならば、物語は四章の芳子の恋人の出現の前後でわざわざ切る必要などない。若く美しい弟子を自宅に下宿させ、妻や妻の実家の圧力によって義姉宅へ移らせざるを得ないという、第二章に簡略に述べられている出来事からすでに主人公の惑溺は始まっている。

先に引いた、二度の「道義」「習俗」の力を破る機会を描いた第三章の物語も、四章以降の物語も、主人公と弟子との間に何事も起こりはしないという意味では、同程度に大きな山場といえる。しかし、繰り返せば、作者は恋人の出現から物語を始めている。恋人の出現に狂態を見せる主人公を第一章で描き、二、三章でそこに至る経緯を時間の矛盾まで犯しながら短篇に押し込め、再び四章を一章の時点に戻し、そしてそこから「蒲団」という物語を語るという方法を選んだのである。この理由を明らかにしないことには「蒲団」という作品は正しく読み解けない。そのために、「蒲団」に書かれているような事柄を経験しつつあった時点において、実生活者田山録弥（花袋）が〈事実〉をどのように認識していたかについて検討しておく必要がある。

6　田山録弥（花袋）の認識

昭和十四年六月号の『中央公論』に「花袋『蒲団』のモデルを繞《めぐ》る手簡」（以下「手簡」

と略記する）が突然掲載された。実際に「蒲団」の出来事が進行している時点で、花袋と芳子のモデルとなった岡田美知代の実家との間で交わされたこれらの書簡群は、出来事を経験しつつある時点で花袋の綴った、「蒲団」のもう一つのテキストとして意味を持っている。もちろん、どちらが事実かという問いに対してではなく、経験しつつある時点で作られたテキスト＝「手簡」と、経験され終わった後に作られたテキスト＝「蒲団」とがどう異なっているのかという問いに対して意味を持っているのである。

「手簡」において大きな比重を占めているのは、丹波行（「蒲団」では嵯峨行）における二人（岡田美知代と永代静雄——「手簡」では「蒲団」の登場人物名、横山芳子と田中秀夫に変えられている）の肉体関係の有無である。これは一つには芳子（美知代）の実家からの書簡にそれに関する言及が繰り返されていたからだろうし、また一つには、おそらく花袋自身が最も関心を寄せていた問題でもあったからだろう。

そうして花袋は「手簡」において繰り返し繰り返し、二人の潔白を主張し続けている。

芳子さまことかの丹波行のこと有之《これあり》候より以来小生宅にて御預り万事御世話申上候処かの田中氏との交通絶えず、いろ〳〵相尋ね申候処、今まで決して不都合なること無之よしに候へども将来約婚約束仕度由《したきよし》申出候　（明38・11・5付）

品性上如何《いかが》はしきことは無きは勿論、田中も芳子も小生も人道の上に於て未だ些《いささか》の疚《やま》しきところは無之次第に有之、即ち神の前に相誓ひて相語ることを得べしと信じ居候
（明38・11・9付）

事実を申述べ候はんに、小生は今まで芳子の行動に関しては小生の知れる丈の事実にては決して婦徳を害したりとは信じ不申《もうさず》
（明38・11・19付）

右に引いた「手簡」からは、二人の関係に対して疑いを残しながらも、あくまで二人の潔白を信じようとする花袋の姿を読みとることができる。それは芳子（美知代）の言葉を信じたからである。花袋は芳子（美知代）の語りを信じ、その語りの上に二人の潔白というテキストを作り上げる方を選んだのだと言える。「手簡」はこうした判断の上に作成された〈蒲団〉なのである。

以後「手簡」はこの文脈に沿って語られる。というより、出来事の渦中にあって、花袋自身が次第に二人の潔白という、いつの間にか自分が作り上げたテキストに取り込まれていく。

例えば二人の関係に対する疑いを捨てようとしない実家からの文面に接して、次のような烈しい「手簡」で応じるという形で。

御来示によれば、小生前便申上げし主旨更に御解りに相成らぬ様子　かくては言を重ねても甲斐なきことに候ゆゑ簡単に申上候
（一）何故に小生が責任を重んじて申上げたる言を御信用下されざりしや
（二）肉欲的関係なく、二人の間は操持固しとの小生の誓言を何故に御疑ひなさるにや
（中略）芳子は未だ公然肉欲上の関係あるにあらず　御申越の堕落書生の例は小生及び芳子を御信用なされざるより起れることと信ず（明38・11・23付）
小生はもし其ある時機まで両人共厳正に身を持すること能はざる時は父母これを見棄るのみならず師もまた破門することを承諾するや否やと念を押し候処、芳子は涕泣して其志操の易《かわ》らざらんことを誓ひ且つ神に祈り申候　これにて此問題は一結局《いちけっきょく》を得申候と存候（中略）唯かへすぐ〵も丹波行のことの為に誤解を来たさざらんことを希《ねが》ひ上申候（明38・11・28付）
しかし、「手簡」に形成された花袋のテキストは、出来事が終わった時点で眺めたとき、間違っていたことが明らかになる。丹波行の時点で二人はすでに関係を持ち、芳子（美知

代）の言葉を信じた花袋の判断は裏切られたのである。

肉体関係の存在が明らかになり、芳子（美知代）が実家に連れ戻された後、そこに送られた「手簡」に花袋は、「御親御《おやご》の身に取られ候ふてはあまり頼み甲斐なきやうに御思召《おぼしめし》なされ候ことと存候」、「芳子にも何《ど》うかこのまゝにて終らず大に奮起せられんことを御勧め被下度《くだされたく》、さなくては小生の面目相立ち不申」（明39・1・31付）と記さなければならなかった。「面目」が立たないのは、芳子がこのまま終ってしまうことに対してだろうが、その背後には、芳子の嘘に翻弄された自分の判断力のなさに対してということもあるだろう。

「蒲団」は、この一年半後に執筆されるのである。

7 〈引用〉という方法＝騙り

すでに経験され終わった出来事を前にして、作者はどのように語るのだろうか。

「アクロイド殺害事件」において犯人はアクロイド卿の主治医で、同時にこの事件を語る語り手でもあるジェイムス・シェパードである。読者は語り手を信じたからこそシェパードを容疑者のリストから除外して、作者の企図したテキストによって物語を経験したといえる。そうした信頼に対する裏切り者を、一方では信頼に足る人物として、他方では結果を見据えて裏切り者であることを暗示しつつ、クリスティはこの推理小説を書いたのである。

　これに似た状況に花袋もまた置かれていた。事実を語り、同時に事実ではないことも事実であるかのように語る＝騙ることが求められたのである。

　これに対し花袋のとった方法は、花袋自身が経験しつつあった時点において作り上げていたテキストを読者に与えるために、当時話された〈他者の言葉〉をそのまま〈引用する〉という方法だった。出来事の渦中にあったときの花袋が、それらの言葉を信じた〈騙された〉ように、読者もまた騙されるはずだからである。

　花袋が経験しつつある時点で語られた言葉を時間に沿って並べて見せること、それが「蒲団」という作品の特徴の一つである〈書簡の引用〉という方法となって表われている。そうして〈引用〉されている書簡は、芳子と田中の潔白を語っているのである。

　第四章、田中の上京を時雄に報じる芳子の書簡には、「私は先生に御話し申した一伍十什《いちぶしじふ》、先生のお情深い言葉、将来までも私等二人の神聖な真面目な恋の証人とも保護者ともなつて下さるといふことを話しました処、非常に先生の御情に感激しまして、感謝の涙に暮れました次第で御座います」、「万一の時にはあの時嵯峨野に一緒に参つた友人を証人にして、二人の間が決して汚れた関係の無いことを弁明し」と記されている。

　第七章、時雄の仕事先に送られてきた書簡には、「堕落、堕落と申して、殆ど歯《よは》ひせぬばかりに申して居りますが、私達の恋はそんなに不真面目なもので御座いませうか」と記される。

語り手の語りから独立したこれらの他者の言葉には、語り手が不実をなじられる責任を負わなくてもよいという利点がある。そうしてそれが、事実のありのままの再現風に語られる場合には、特に大きな効果をあげることになる。

例えば「蒲団」の後日譚にあたる「縁」（明43・3・29〜同8・8『毎日新聞』）においても、一か所、ほぼ一章のすべてを占める長さで弟子の書簡が引用されている場所がある。師の制止を振り切って恋人の許に走った弟子が、ついに結婚生活に破綻をきたす場面である。「愈々馬橋（「蒲団」における田中——引用者注）と離別したいと存じます」（四十五）に始まるこの書簡は、年長者の教えに従わなかった若い男女の失敗を語っている。それは、先の「手簡」の中で「一時の愛情の久く続くものにあらぬことも説」（明38・11・9付）いていた花袋の、そしてまた、「困ったね。だから若い空想家は駄目だと言んだ」（五）と言っていた「蒲団」における時雄の、勝利の瞬間だった。それを書簡という他者に語らせることで、語り手は自分に向けられるかも知れない非難を巧妙に回避している。

「蒲団」に〈引用〉されている他者の言葉は書簡だけではない。語り手からの独立性という点では書簡には及ばないにしても、経験しつつあった時点での時間に沿って、登場人物の発言や心理を〈引用風〉に突き放して叙述するという方法が何か所もとられている。

その最初の例は、時雄が芳子の恋人の存在を初めて知った時点の直後に見出される。

芳子は師の前に其恋の神聖なるを神懸けて誓った。故郷の親達は、学生の身で、ひそかに男と嵯峨に遊んだのは、既に其精神の堕落であると謂つたが、決してそんな汚れた行為はない。互に恋を自覚したのは、寧ろ京都で別れてからで、東京に帰つて来て見ると、男から熱烈なる手紙が来て居た。それで始《ママ》めて将来の約束をしたやうな次第で、決して罪を犯したやうなことは無いと女は涙を流して言つた。（三）

芳子の発言内容を〈引用〉しているのである。二人の潔白は語り手ではなく芳子によって保証される形になっている。また、上京して来た田中に向かって時雄は「『恋はいつ惑溺するかも解らん』」（六）と、出来事の渦中にあって、潔白を信じている時雄の言葉を〈引用〉することで、二人が潔白であるという物語を印象づけようとしている。そういう意味では、時雄もまた、二人の潔白という〈騙り〉の生成に利用されていると言える。この翌日の場面は次のように描かれている。

芳子が時雄の書斎に来て、頭《かしら》を低《た》れ、声を低《ひく》うして、其希望を述べたのは其翌日の夜であつた。（中略）男も折角《せっかく》あゝして出て来たことに《ママ》もあり、二人の間も世の中の男女の恋のやうに浅く思ひ浅く恋した訳でもないから、決して汚れた行為《おこなひ》などはなく、惑溺するやうなことは誓つて為ない。（中略）何うか暫く此儘《このまゝ》にして東京に置いて呉れとの依嘱《たのみ》。（六）

長いので中略したが、「其希望を述べた」から「との依嘱」までの間は、すべて芳子の言葉を内容はそのままで簡略にまとめた形になっている。いわば芳子の言葉の〈引用〉にあたる。

また、先に引いた七章の芳子の書簡に対しても、次のような時雄の判断を記している。

二人の状態は最早一刻も猶予すべからざるものとなつて居る。時雄の監督を離れて二人一緒に暮し度いといふ大膽な言葉、此言葉の中には警戒すべき分子の多いのを思つた。いや、既に一歩を進めて居るかも知れぬと思つた。（七）

実際にはすでに肉体関係が存在しているのに、それを知らない時雄の判断を「思つた」という形で〈引用〉することで、二人の潔癖という物語を作っている。

こうした〈引用〉は他にも何か所かあるが、いずれも〈引用〉という方法を通して、二人の肉体関係の不在というテキストを作り出している。

8　語り手の位置

では、語り手はどのような立場を取っているのだろうか。出来事の渦中にある時雄は、二人の潔癖という語りを補強するように機能していた。しかし、出来事が終わり、二人の関係を知っている語り手は、時雄のように単純に二人を信じてはいないし、そのように語ってもいない。

先に引いた第三章、芳子が「涙を流して言つた」という部分では、「時雄は胸に至大の犠牲を感じながらも、其の二人の所謂神聖なる恋の為めに力を尽くすべく余儀なくされた」と、「所謂」という言葉を紛れ込ませた語りで対応している。

夜中に芳子を引き取ろうとする時雄の待つ義姉の家に、遅く帰ってきた芳子の態度は、「『あら、まア、先生！』と声を立てた、其声には驚愕《おどろき》と当惑の調子が充分に籠つて居た」(四)と語られている。

結果の側から改めて物語を読み返す読者には、結果を知らずに読んでいたときとは異なったテキストとして、これらの叙述が見えてくるはずである。丁度、推理小説を読み終わった後に改めて物語をさかのぼって読み返すときに、それまで自分が作り上げていたテキストとは異なったテキストが立ち現われて来るように。

右の引用に続く場面もまた暗示的である。

（前略）都合さへよくば今夜からでも、――荷物は後からでも好いから――一緒に伴《つ》れて行く積りで来たといふことを話した。芳子は下を向いて、点頭《うなづ》いて聞いて居た。無論、其胸には一種の圧迫を感じたに相違ないけれど、（中略）寧ろ以前から此の昔《ビレス》風《ふう》の家に同居して居るのを不快に思つて、出来るならば、始めのやうに先生の家にと願つて居たのであるから、今の場合でなければ、却つて大に喜んだのであらうに……

（四）

こうした、結果を見据えた伏線ともいうべき語りは、逆に語り手＝作者が語ろうとしている〈事実〉がどんなものかを示している。

第五章では、芳子宛の田中の書簡を盗み読みする時雄の姿が次のように語られる。

書いても書いても尽くされぬ二人の情――余り其の文通の頻繁なのに時雄は芳子の不在を窺つて、監督といふ口実の下に良心を押へて、こつそり机の抽出やら文箱やらをさがした。探し出した二三通の男の手簡《てがみ》を走り読みに読んだ。

恋人のするやうな甘たるい言葉は到る処に満ちて居た。けれど時雄はそれ以上にある秘密を探し出さうと苦心した。接吻の痕、生欲《ママ》の痕が何処かに顕はれて居りはせぬ

か。神聖なる恋以上に二人の間は進歩して居りはせぬか。けれど手紙にも解らぬのは恋のまことの消息であつた。（五）

この部分を指して、恋に惑溺した中年男の愚かしくも哀しい嫉妬の告白として優れている、という評価が下されるのかも知れない。しかし、そうした意図以上のある意図に沿って、この部分は創造されているように思われる。

モデルである岡田美知代は、後年この部分に対して、「わが花袋先生御自身の行動ではない。先生は今更左様な行為に及ぶまでもない。少し部厚な私あての手紙が来るたんび、一々見せろと迫つて点検済みではなかつたか」(7)と反論している。「蒲団」と美知代の発言と、これら二つのテキストのどこに事実があるのか、あるいはないのか、それは分からない。ただ、今、仮に美知代の発言に多くの事実が含まれていると仮定するならば、右の「蒲団」の語りは全く別の意味を持つことになる。すなわち、肉体関係の存在をことさらに疑う描写をわざわざ書き込むことで、後に明かされる肉体関係の存在を——それを予測させるだけの余地を——伏線として読者に示しているという読みが可能になるのである。そして、これまで述べてきたように、こちらの読みの上に作り出されるテキストこそ、結果を見据えた作者＝語り手の語りに沿った読みとして妥当なのではなかろうか。

9　肉体関係という〈犯罪〉

以上に示した語り手の語りは、先に述べた他者の言葉の〈引用〉という方法と表裏一体となって、作者の作意の所在を示している。それは、すでに明らかだと思うが、芳子と田中の肉体関係という〈犯罪〉を語るという方向で体制化されている、そういう視線に沿って創造されているということである。

こうした意図を如実に示しているのが第八章である。この章はついに肉体関係の存在が読者に明かされる重要な役割を担った章だが、それに呼応するように語りの方法も変化してきている。

田中は袴の襞《ひだ》を正して、しやんと座つた儘《まま》、多く二尺先位の畳をのみ見て居た。服従といふ態度よりも反抗といふ態度が歴々として居た。何うも少し固くなり過ぎて、芳子を自分の自由にするある権利を持つて居るといふ風に見えて居た。（八）

この部分は、時雄のその時点での判断を示しているとも、物語の語り手の意味深な語りとも受け取ることができる。それは続いて明かされる〈事実〉に向かう、性急な語りの表われといえる。この第八章では、語り手の語りと、〈引用〉される他者の言葉とが交じり合い、例えば「時雄は（芳子の父親に――引用者注）京都嵯峨の事情、其以後の経過を話し、二人の間には神聖の霊の恋のみ成立つて居て、汚い関係は無いであらうと言つた」という、それまでの時雄の判断とはやや異質な、語り手の視線を含み持たされた発言となっている。また、これに対する父親の返答、「『でもまァ、其方《そっち》の関係もあるものとして見なければなりますまい』」という他者の言葉の〈引用〉は、事実を隠すというこれまでの役割から一転して、逆に、来たるべき事実の開示の前兆として機能している。

では、〈事実〉はどのようにして明らかにされるのか。

田中との会談を終え、時雄と芳子の父親との対談の中で、「『そうですナ。関係があると思はんけりやなりますまい』」という父親の発言が再びなされたのを受けて、時雄は芳子に「其身の潔白を証する為めに、其前後の手簡《てがみ》を見せ給へと迫」るのである、そして、

> これを聞いた芳子の顔は俄かに赤くなつた。さも困つたといふ風が歴々として顔と態度とに顕はれた。
> 「あの頃の手簡は此間皆な焼いて了ひましたから」其声は低かつた。
> 「焼いた？」
> 「えゝ」
> 芳子は顔を低れた。

「焼いた？　そんなことは無いでせう」
芳子の顔は愈々赤くなつた。時雄は激せざるを得なかつた。事実は恐しい力でかれの胸を刺した。

という、やや強引な筆運びで〈事実〉が開示されるのである。
この部分に対する後年の美知代自身の発言(8)は次のようになっている。

「君の潔白の証拠に、あの頃の手紙を見せ玉へ、あの頃の手紙があるでせう」
「手紙はもう一々御覧済みです。それよりも先生、膳所の料亭の領収書が、先生にお預けしてありますね」私は屹として云ひました。
「蒲団」の芳子のやうに赤くなつて困つたりするもんですか。

そうして小説の方では、〈事実〉の最終的な提示は、再び他者の言葉の〈引用〉すなわち芳子の書簡によってなされている。

私は堕落女学生です。私は先生の御厚意を利用して、先生を欺きました。　（九）

芳子のこの告白が「蒲団」のいわばすべてなのである。「蒲団」という物語は、この発言に向けて体制化された視線に沿って創造され、この書簡以降は、芳子の帰郷とその後日譚が簡単に記されて物語は終わる。

右の書簡についても美知代は「泣きの涙で先生に書いた私の手紙は、果して、どんなものであつたか」(9)と述べた後に、実際に見せたという手紙を載せている。その手紙には「蒲団」に〈引用〉されている「私は堕落女学生です」といった、肉体関係を明示するような告白は記されていない。

ここでも繰り返せば、「蒲団」と美知代の発言という両者のテキストのどこに事実があるのか、ないのかは分からない。しかし明らかなのは、肉体関係の開示という一点において二つのテキストには大きな隔たりがあるということである。そうして、これまで述べてきた事柄を考慮すれば、「蒲団」に〈引用〉された他者の言葉はいずれも、そこに下敷きになる言葉があるにせよないにせよ、肉体関係の叙述という点に関する限り、体制化された語りの一環として創造された虚構である可能性が大きいことを示唆している。

つまり「蒲団」という物語は、〈事実の再現〉としての告白小説などではないし、また弟子に対する生々しい感情の告白でもない。若い二人の男女の肉体緒関係という〈事実＝犯罪〉を語るために創造された虚構の物語だということなのである。

10　三人称の主観（？）視点

これまで物語の筋運びに見られる語り手の作意について述べてきた。しかし経験され終わった事柄を前にして、出来事を〈再現〉しようとする作者の前には、その前段階として、物語の語り方、登場人物の人物設定という大枠をどうするかという問題が横たわっていたはずである。

「蒲団」は私小説の濫觴《らんしょう》とされている。しかし、私小説を一人称による語りと狭く定義してみるならば、「蒲団」は私小説ではない。三人称の語りになっているからである。しかもそれは、花袋が一人称の小説を書けなかったからではない。

吉田精一が指摘しているように「『重右衛門の最後』（明治三五年五月）『新築の家』（同七月）『梅屋の梅』（同八月）『悲痛の調べ』（同十二月）『女教師』（明治三六年六月）『写生の花』（同）『春潮』（同十一月）『悲劇？』（明治三七年四月）『名張少女』（同六月）等の注目すべき作品を含むものが、皆『私』の語る、第一人称的小説である」(10)以上、「蒲団」では一人称による語りを意図的に採用しなかったと考える方が妥当だろう。

もちろん「蒲団」が一人称的であるという評価の歴史を持っていることは否定できない。例えば、片上天弦は「形の上には客観描写式で、作者の態度は主人公の主観的説話式である。而も余裕のない、逼迫《ひっぱく》した調子である」(11)と述べている。また、「現在から見て『蒲団』の特異さは、彼（花袋――引用者注）自身の内面――主観に対しては一方的に肯定的態度を示し乍《なが》ら、細君や芳子、秀夫に就いてはいささかもその内面理解を示さないのみか、独断と偏見によって諸人物を塗りつぶして平然たる点にある」(12)という岩永胖の厳しい非難などもある。

こうした批判は確かに正しいのだが、例えば花袋が「懸賞小説の評」（明38・6『中学世界』）で、「主観的な」観察を廃し「人物の性格がそれ〴〵活躍」すべきことを主張し、美知代が故郷に蟄居していた時期に出版された『美文作法』（明39・11　博文館刊）において「巴渦の中に入らずに――その傍に居て、其事物を正しく観察するのが小説家の任務である」と述べていること、あるいはまた、「蒲団」執筆とほぼ重なると思われる時期の「写生といふこと」（明40・7『文章世界』）においても、写生を「作者（観察者）の感情は少しは言へるが、書いてある人物の腹の中は書けない」と批判した上で、「平面」と「立体」という様々な角度から心理描写をすべきであると主張していることなどを勘案すると、問題はそう単純ではなくなってくる。

小説における描写方法を、一人称による主観描写、三人称による客観描写というふうに区分するならば、「蒲団」は、このいずれにも入らない。三人称の主観的な語りともいうべきものになっているからである。そうして、もし、天弦や岩永が批判しているような方向に向かおうとするのであれば、一人称を採用する方が花袋には好都合だったはずである。

一方、花袋自身の描写論によれば、「書いてある人物の腹の中」を描いていない「蒲団」は失敗作となるばかりではなく、実作を伴わない口先だけの作者にしてしまう危険性をも秘めていたことになる。

しかし花袋はこうした事柄を視野に入れつつ「蒲団」を創造したのだと思う。時雄による一人称の語りを採用することは、すでに自己を相対化し、時雄を戯画的にしか描けない花袋にはできなかったのであろう。そうしてまた、三人称を採用したにもかかわらず時雄以外の人物たちが平面的に描かれる結果となったのは、花袋が〈犯罪＝肉体関係〉という「事」を書こうとしていたからではなかろうか。

例えば推理小説は、一風変わった叙述の形式を持っている。三人称の客観小説でありながら、ある特定の視点から眺めた、登場人物の外面だけが描かれるという形式である。もし登場人物たちそれぞれの内面に立ち入って叙述すれば、犯人もまた、犯罪に恐れ戦く心の内を物語の始めにおいて暴露しなければならなくなるからである。

そうして「蒲団」は物語の進行に沿って、時雄を除く登場人物については、言葉をそのまま〈引用〉するという方法で外面のみを描き、同時に肉体関係という謎の暴露を終わりに到るまで行わないように構成したために、結果的に推理小説仕立てになったのである。

「此の一編は肉の人、赤裸々の人間の大膽なる懺悔録である」、「醜なる心を書いて事を書かなかった」(13)という星月夜(島村抱月)の評以来、「蒲団」はおそらく誤読され続けてきたのだと思う。「蒲団」は花袋の告白を書いたものだと理解され、文学史において大きな役割を果たしてきたことは否定できないにしても、それは花袋自身の当初の最大の目的ではなかった。それは、もう一つの根本的な問題である人物設定の仕方にも表われている。

11　人物設定　田中・父親

主人公竹中時雄についてはすでに述べた。作者花袋は、自分を突き放し戯画化した上で時雄を創造している。

また、芳子の恋人の田中秀夫については、従来から、モデルの永代静雄を必要以上に悪人に仕立てているとの指摘がなされている。永代がどういう人物であったか、にわかに判断はできないが、「手簡」と「蒲団」のそれぞれに描かれている花袋の発言を比較した場合、明らかに異なった人物像になっていると言える。

「思想なども健全に将来有望なる青年なることは小生の眼にも映じ申候」（明38・11・5付）、「二十一歳位の青年としては寧ろ出来の好き方なるべく、将来修養の如何によりては、芳子の夫としては或は恥しからざるに至るべしと存候」（明38・11・12付）という「手簡」に対し、「蒲団」では、「時雄の眼に映じた田中秀夫は想像したやうな一箇秀麗な丈夫でもなく、天才肌の人とも見えなかつた」、「先づかれの身に迫つたのは、基督教に養はれた、いやに取済した、年齢《とし》に似合はぬ老成な、厭な不愉快な態度であつた。京都訛の言葉、色の白い顔、やさしい処はいくらかはあるが、多い青年の中からかうした男を特に選んだ芳子の気が知れなかつた」（六）という人物になっている。しかしこの相違をただちに「蒲団」の作者の悪意の表われとして片付けてしまうのは危険であるように思われる。自身の「少女病」を戯画化し得ていた花袋が、また、「蒲団」において「其身の不当の嫉妬、不正の恋情の為めに、其の愛する女の熱烈なる恋を犠牲にするには忍びぬ」（六）と、「不当」「不正」という時雄に対する批判も書き込んでいた花袋が、はたして「不当の嫉妬」に身を任せて小説を書けただろうか。先の引用においても「時雄の眼に映じた」、「かれの身に迫つたのは」という、語り手による相対化がなされていることに注意すべきだろう。すでに経験され終わった事柄を前にして、花袋は自分の愚かさを十分承知していたはずである。従って問題は、それにもかかわらずなぜ一見嫉妬すら感じられるくらいに、田中を悪人風に書かなければならなかったのかということにある。

「蒲団」第八章に奇妙な叙述がある。

> 一時間後には態々《わざわざ》迎ひに遣つた田中が此室に来て居た。芳子もその傍に庇髪を低《た》れて談話《はなし》を聞いて居た。父親の眼に映じた田中は元より気に入つた人物ではなかつた。其の白縞の袴を着け、紺がすりの羽織を着た書生姿は、軽蔑の念と憎悪《ぞうあく》の念とを其胸

に漲らしめた。其の所有物を奪つた憎むべき男といふ感は、曽て時雄が其下宿で此男を見た時の感と甚だよく似て居た。

「手簡」では、花袋と美知代の父親の作り上げていた田中（永代）像は異なっていた。「手簡」において、田中（永代）を〈好青年〉とも書き送っていた花袋に対し、父親にとって田中（永代）は始めから、娘を奪った厭な奴と認識されていた。ところが右の文章では、二人とも同じ位置にいる。両者を同じ位置に立たせているのは語り手に他ならない。つまり、「蒲団」において語り手は、出来事の進行時点ですでに正しい判断を下していた父親の眼差しを用いることで、田中の人物像を造形したのである。ここには少なくとも田中に関する限り、父親の判断の方が正しかったという、花袋の苦い判断が働いているように思われる。

そうしてそこから、例えば、芳子の目に映る父親像として、「鬚《ひげ》多く、威厳のある中に何処となく優しい処のある懐かしい顔」、「何故か芳子には母よりも此父の方が好かつた」（八）という好意的な描かれ方がなされることにもなった。「蒲団」全体を通しても語り手は父親に対して一貫して好意的な眼差しを向けている。水野葉舟に、「人物の中では尤もよく書かれてあるのはヒーロインの父親だ」[14]という評価があるが、こうした父親像に由来するものだろう。花袋は田中を造形するにあたり、経験しつつある時点で〈事実〉の近くにいた父親の視線を田中に与えたのである。そしてそこには、後に明かされる〈犯罪者〉を暗示するための伏線として、父親の人物像を利用するという意図もあったに違いない。

12　人物設定　芳子

では芳子はどのように造形されているのだろうか。

結論から言えば、芳子もまた、物語の始めから結果を背負わされている。

橋本佳は「『蒲団』に関するメモ」(15)の中で、芳子が「女教師」(明36・6『文芸倶楽部』)の国子と極めて似ていることを指摘している。あこがれの対象として空想された理想像の国子に、芳子が似せて描かれているという指摘は興味深い。「蒲団」にも「出勤する途上に、毎朝邂逅《であ》ふ美しい女教師があつた」(二)以下、「女教師」を踏まえているとみなされる箇所がある。もちろん重要なのは両者の相違点なのだが、相違点は、橋本が指摘している相違点の方ではなく、実は類似点として指摘している方にある。以下に橋本の整理に従って類似点を挙げてみる。(Aは「女教師」、Bは「蒲団」)

一、文学少女、Aにおける国子、Bにおける芳子の容貌の描写は次の如く書かれている。

A　感情を充分に顔やら、態度やらに顕はす事の出来る、やさしい性質……

あるいは又

兎に角、僕の眼はそれを美しいとも やさしいとも見たので、その眼の表情力は言ひ知らず僕の心に深い印象を与えたのであつた。

B　美しい顔と云ふよりは表情のある顔、非常に美しい時もあれば何だか醜い時もあつた。眼に光があつてそれが非常によく働いた。……今では情を巧みに顔に表はす女が多くなつた。芳子も其の一人であると時雄は常に思つた。

「B」に、「A」にはない「何だか醜い時もあつた」という表現が付加されていることに注目すべきだろう。ここには若い女に惑溺する一方の主人公とは異なる、批判的な眼差しが感じられる。さらに重要なのは、橋本が好意的な叙述として国子に重なると受け取っている「B」の後半部分「今では～」が、実は好意的な意味を持っていないことにある。

「蒲団」は中年男と若い弟子の物語である。この作中で繰り返し述べられているのは弟子の若さだと言ってよい。しかしそれは決して肯定的な語りによって語られているわけではない。例えば橋本は部屋の描写も類似点の一つとしてあげているが、芳子の場合には、「鏡と、紅皿と、白粉の罎と、今一つシューソカリの入つた大きな罎がある」となっている。この直後の一文は「これは神経過敏で、頭脳が痛くつて仕方が無い時に飲むのだといふ」と記されている。これに続く「本箱には紅葉全集」云々という本箱の描写は「女教師」に通うにしても、「蒲団」の場合には、その後に次のような描写がなされている。

> で、未来の閨秀作家は学校から帰つて来ると、机に向つて文を書くと謂ふよりは、寧ろ多く手紙を書くので、男の友達も随分多い。男文字の手紙も随分来る。中にも高等師範の学生に一人、早稲田大学の学生に一人、それが時々遊びに来たことがあつた相《さう》だ。
>
> 　麹町土手三番町の一角には、女学生もさうハイカラなのが沢山居ない。それに、市谷見付の彼方には時雄の細君の里の家があるのだが、この附近は殊に昔風の商家の娘が多い。で、少なくとも芳子の神戸仕込みのハイカラはあたりの人の目を聳《そばだ》たしめた。（三）

「ハイカラ」で「人の目を聳たしめ」る、「神経過敏」で「シューソカリ」を飲む女という人物像は、「未来の閨秀作家」という、故郷に連れ戻されたという結果を考慮すれば明らかに皮肉に属する語を伴って、批判的に書かれているのである。男出入りの問題は田中との関係を想起させる、結論を意識した伏線となっている。「細君の里」の叙述は、一種の時間の遠近法となって芳子の「ハイカラ」を浮き上がらせていく。

また、先の「B」の前には「芳子は女学生としては身装が派手すぎた」（三）という記述がある。「手簡」でもしばしば話題に上っている、当時の新聞種だった学生の堕落問題を連想させるこうした記述は、のちに芳子が肉体関係の存在の告白を「私は堕落女学生です」（九）という表現で行っていることとも相まって、芳子の「ハイカラ」の何たるかを指し示している。この他、一々例は挙げないが、芳子の「ハイカラ」をめぐる批判的な言説は何か所も出てくるのである。

主人公の時雄が「ハイカラ」を好意的に見ているのと裏腹に、語り手は否定的な態度をくずさない。

また、美知代自身さえもが、「まるで鳥の足跡にも似た私の筆跡を、さも〳〵すら〳〵と書き流した達筆か何かのやうに」「詩化され過ぎた」(16)と述べ、美化していると受け取っている第二章の描写も、「文字は走り書きのすら〳〵した字で、余程ハイカラの女らしい」という描かれ方をしているのである。

「蒲団」に描かれている芳子は、作者花袋の恋着に由来する美化などなされてはいない。芳子は物語の終わりに至って犯罪者として正体を暴露するにふさわしい人物として、物語の始めから悪人に仕立て上げられているのである。

13 「蒲団」は告白か

以上述べてきた事柄は、いずれも「蒲団」が一つの作意にそって創造された物語だということを示している。こうした〈虚構〉の物語を、読者は〈告白小説＝事実を再現したもの〉として受け取り続けてきた。

一般に「蒲団」に与えられる〈赤裸々な事実の告白〉という評価は、事実の完璧な再現ということを前提にしている。しかし事実の完璧な再現とは、自己を正当化するために嘘を付け加えたり、語るべき事柄を隠し立てしたりしないということを意味しているという点では、事実を過不足なく語るということの言い換えに過ぎない。そして事実を過不足なく語るという意味では、推理小説がそれをほぼ完璧な形で実行しているのだが、推理小説はもちろん告白文学などではない。とすれば、告白か否かを決定するのは過不足なく「何を」語っているか、その中味ということになる。これまでしてきたことは、この「何を」を明らかにする作業だった。花袋が語ろうとしていた事は、肉体関係の存在であり、それに気付かない中年男の姿であった。これははたして告白と呼ぶに値する〈事実〉なのだろうか？

また、吉田精一は初期の花袋を評して(17)「自我をつきはなしそれを分析し得ない彼に批判は弱く、告白があるばかりだった」と述べている。吉田はこの見解の延長線上に「蒲団」を位置づけ、「終末した体験を一つの過去の物語として語るのではなく、一応客観的ではあっても、実は『主観的感慨』の吐露にすぎぬといわれるような描き方であった」と述べている。

確かに花袋という人物は、従来から多くの人々によって語られているように、素朴・実直な人だった。「蒲団」の出来事が進行している間に、花袋は日露戦争の従軍記者として一時期を過ごしている。その従軍先から、美知代に「すみれの花を手紙に封じて送」(18)るような人だった。こうした人柄は時雄の人柄に重なるとしても、語り手はそこにいるわけではない。素朴なればこそ引き起こされた惑溺は、素朴なればこそ逆に一層苦々しく作者の前に横たわっていたはずである。花袋はそうした己れの「自我をつきはなし」「分析」せざるを得ない地点に立たされることになった。「蒲団」という作品には、こうした表現者としての成長と、文学者としての戦略が隠されている。一介の紀行文作家にすぎなかった――といえば貶めた言い方になるが――田山花袋という文学者が、真の意味で近代文学史に登場するのは「蒲団」以降である。従ってそこに、花袋の文学的な転換点を見ることは可能だろう。そうして「蒲団」には確かに近代文学の作者らしい自省と冷静な判断が内包されていたのである。

こうした企図によって制作されたのが「蒲団」である以上、その主題も従来述べられてきた「告白」とは違ったところにあると考えなければならない。

最後にこれについても検討することにしたい。

14　おわりに　「蒲団」の主題

「蒲団」は最終的には時雄と芳子の物語である。そして芳子が「ハイカラ」という場で批判的に語られている以上、作品の主題もその周辺にあることになる。二人の関係において繰り返されるのは、芳子の「ハイカラ」について行けない時雄の姿である。

時雄がどんなに芳子に肯定的な態度をとっていようと、作者＝語り手はその外側にいて、時雄の古さを浮き上がらせていく。

若い女のうかれ勝な心、うかれるかと思へばすぐ沈む。些細なことにも胸を動かし、つまらぬことにも心を痛める。恋でもない、恋でなくも無いといふやうなやさしい態度、時雄は絶えず思惑つた。（三）

こうした芳子ゆえに時雄は惑溺していくのである。これを語り手の語りの層に即して読み直せば、「神経過敏」の「ハイカラ」な女に惑わされる愚かな中年男の姿を描いているということになる。

時雄は時代の推移《おしうつ》つたのを今更のやうに感じた。当世の女学生気質のいかに自分等の恋した時代の処女気質と異つて居るかを思つた。勿論、此の女学生気質を時雄は主義の上、趣味の上から喜んで見て居たのは事実である。（中略）けれどこの新派のハイカラの実行を見ては流石に眉を顰《ひそ》めずには居られなかつた。　（五）

「主義の上、趣味の上から喜んで見て居た」時雄の旧弊さが浮き上がってくる。そして時雄の観念的な――それゆえ時代遅れの――「ハイカラ」が、後に時雄自身に大きなしっぺ返しをくらわせることになる。

時雄は京都嵯峨に於ける女の行為《おこなひ》に其の節操《みさを》を疑つては居るが、一方には又其弁解をも信じて、此の若い二人の間にはまだそんなことはあるまいと思つて居た。自己の青年の経験に照して見ても、神聖なる霊の恋は成立つても肉の恋は決してさう容易に実行されるものではない。で、時雄は惑溺せぬものならば、暫く此儘にして置いて好いと言つて（以下略）　（六）

新時代の到来を主張し続け、芳子の「ハイカラ」の良き理解者たらんとして来たはずの時雄が、ここでは一転して「自己の青年の経験」を肉体関係の不在の根拠としている。所詮は「主義の上、趣味の上」でしか「ハイカラ」であり得なかった中年男の限界が如実に物語られている。と同時に、ここに記されている時雄の判断のあり様は、おそらくそのまま、出来事を経験しつつあった時点における、田山録弥（花袋）その人の判断の根拠でもあったのだろう。若者の理解者と自認しながら、結局は新時代について行けずに取り残され、若者に裏切られる哀れな中年男、それが「蒲団」執筆時の花袋の自己認識だった。

そうしてそこから花袋は次のような主題に到達したのだと考えられる。

悲しい、実に痛切に悲しい。此悲哀《かなしみ》は華やかな青春の悲哀でもなく、単に男女の恋の上の悲哀でもなく、人生の最奥に秘んで居るある大きな悲哀だ。行く水の流、開く花の凋落、此の自然の底に蟠《わだかま》れる抵抗すべからざる力に触れては、人間ほど儚い情ないものはない。（四）

一見、若い女に惑溺する中年男のセンチメンタルな独白に見えるこの言葉は、内田の指摘があるように「芳子の裏切りに対応して読まるべきではない」(19)のである。しかし、同じく内田が述べている「夢想家のやや甘い自己認識」に止まるものでもない。「蒲団」を律する感情、あるいは思想とも言い換え可能なレベルまで高められていると言うべきなのである。

先に述べたように（「12」）、「蒲団」の第二章には「女教師」を踏まえたと見なせる叙述がある。この作品を取り込んでいるところに、過去のセンチメンタルな恋を夢想していた己れを相対化し、批判的に語ろうとする作者の意図が感じられる。それはかつて、運命の不思議な縁、人生の悲哀を夢想して描いた「女教師」を、現実の経験を背景にリアリズム文学として昇華しようとした作者の態度を反映しているともいえる。

従軍の体験は美知代にすみれの花を送らせもしたが、同時に「『運命』の非情に泣く人間の姿」[20]を現実のものとして花袋に見せてもいる。しかも「蒲団」の四か月後には、従軍体験の産物である「一兵卒」（明41・1『早稲田文学』）が発表されている。もちろん「蒲団」が「自然の最奥に秘める暗黒なる力」（七）たる性欲に引きずられる時雄や若い男女の姿を描こうとする意図を含んでいることを否定するものではない。しかし、この叙述も「芳子の恋とその一生とを考えた」という、時の流れに呼応する形で記されていることも見落とすわけにはいかない。「時雄」という主人公の名前、そうして「竹中」という人里離れて隠棲し、時代の本流から外れているかのような名字、これもまた、「蒲団」の主題と響き合っている。

「蒲団」に続く、三部作「生」（明41・4・13〜同7・19『読売新聞』）、「妻」（明41・10・14〜42・2・14『日本新聞』）、「縁」（既出）は、いずれも移りゆく時の流れと、その中で自己の意志とは無関係に時に流されて行く人間の姿を描いている。「蒲団」の後日譚である「縁」は次のような会話で始まっている。

「もう我々には、青年といふ心持が全くなくなつたね。」
「さうだねえ。」
かう言つて、二人は今更のやうに顔を見合わせた。

会話をしている人物のうち一人は花袋がモデルである。「縁」は弟子との奇妙な縁を主題としながら、背後にはこうした時の移ろい——老いたる我れ——という思想が流れている。そういう意味では、花袋はセンチメンタルな自然詩人から晩年の「百夜」（昭2・2・21〜同7・16『福岡日日新聞』）に至るまで、大自然の運行とそれに流される卑小な存在者としての人間の「悲哀《かなしみ》」を把持し続けた作家であるといえる。そうして「蒲団」はこの流れの中に位置付けてはじめて、花袋の作品として生きてくる。しかし、分析の結果見えて来るはずのこうした読みを飛び越えて、万一読者が、所詮は読者の主観的な判断の側に属する〈告白〉という場で「蒲団」を読み解いているとすれば、それは大きな過ちを犯していることになりはしないだろうか。

（本稿においては『田山花袋全集』（一九七三年九月〜一九七四年三月）（文泉堂書店）を底本としたが、「蒲団」及び全集未収録作品は初出によった。ただし、漢字は新字体のあるものは新字体に改め、総ルビはパラルビとし、適宜濁点や字空けを加えた。）

《注》

（1）アガサ・クリスティ『アクロイド殺害事件』大久保康雄訳　創元推理文庫
（2）中島河太郎「解説」同（1）
（3）「実行と芸術─花袋の『蒲団』をめぐって」『群像』昭39・6（平野謙『藝術と実生活』新潮文庫による）
（4）中村光夫「風俗小説論」『文芸』昭25・2〜4（同　新潮文庫版による）
（5）（6）内田道雄「『蒲団』」『国文学　解釈と鑑賞』昭57・7　至文堂
（7）（8）（9）岡田美知代「花袋の『蒲団』と私」『婦人朝日』昭33・7（『日本文学研究資料叢書　自然主義文学』昭50・8　有精堂所収による）
なお、この文章は、後の（16）とともに、「永代美知代」名義で書かれているが、本稿では岡田美知代に統一した。
（10）吉田精一『吉田精一著作集8　花袋・秋声』昭55・6　桜楓社

(11) 片上天弦・星月夜・水野葉舟ほか（全九人）「『蒲団』合評」『早稲田文学』明40・10

(12) 岩永眸「『蒲団』における虚実の問題」『文学』昭32・10　岩波書店

(13) (14) 同 (11)

(15) 橋本佳「『蒲団』に関するメモ」『東京都立大学人文学報』昭34・3（同 (7) 所収による）

(16) 岡田美知代「『蒲団』、『縁』及び私」『新潮』大4・9

(17) 同 (10)

(18) 小林一郎『田山花袋研究――博文館時代（一）――』昭53・3　桜楓社

(19) 同 (5)

(20) 同 (18)

一葉日記を読む

【問題の所在】

「日記」は日々の記録である。そこに記されたことは、ほぼ「事実」であるとみなされている。それを支えるのは、「日記」の持つ「秘匿性」だろう。記録者は他の誰にも読まれないことを前提にして、出来事を書き綴っていく。そうして「日記」は、出来事を後々思い出し確認するための「記録装置」だという前提によって、書かれた事柄は「事実」であることが自明とされている。「日記」の記録者が、そこに「嘘」を書き記せば、「日記」を書くことのそのものの意義が失われるからである。

しかし、例外がないわけではない。例えば平安朝の「日記」は「日記文学」とも呼ばれるように、「物語」と見なすべきだし、他者に読まれることも意識されていた。この時期の女性の手になる「源氏物語」などの物語がそうであったように、「日記」もまた、外に開かれた語りだったのである。

しかし、近代において「日記」は、極めて秘匿性の高いものになっていたと考えられる。

では、近代に属する文学者樋口一葉の場合はどうだったのだろうか？

一葉は源氏物語を始めとする古典文学に関する教養を持ち、紫式部日記を始めとする「日記文学」の存在も、当然知っていた。一方で、父則義が残した樋口家の日記の持つ、戸主としての記録の意義も知っていたのである。一葉は、父亡き後、樋口家の「戸主」として、父を真似て日記を付け始める。だから、日記の第一義は事実の記録であり、近代人として、日記の秘匿性も知っていた。そうした人物が残した「日記」にはどのような特徴があるのだろうか？

第一章　一葉日記の成り立ち・天気記述をめぐって

1　正系日記の誕生

筑摩書房版『樋口一葉全集』は第三巻を二冊に分割して、『第三巻（上）日記Ⅰ』『第三巻（下）日記Ⅱ、随筆』としている。『日記Ⅰ』には「一葉の日記の正系を成している」「日件録として純粋の形式を具えている」ものを、『日記Ⅱ』には、「一葉の意識した『日記』の広義の概念に属している」「従来一葉の日記の中に自由に包摂されていた雑記・感想・随筆・歌集等の諸要素を主内容とする資料」を所収している(1)という。一葉にとって日記は、日々の出来事を記録する装置に止まるものではなかった。その時々の心の動きから生まれてくる随筆や歌、つまり広義の文学も一葉の日記には不可欠だったのである。

また、一葉日記には「文学修行日記＝歌日記＝物語日記」という「第一次的な層」と、「記録日記」という「第二次的な層」の二つの層があるという、関良一の重要な指摘(2)がある。確かに一葉日記は、この両者がその折々に比重を変えながら、総体として「日記」という形式を持っている〈表現態〉なのだと言った方がよい。

しかし一方で、日々の記録あるいは毎日の記事という、「日記」が持っている機能を軽視するわけにはいかない。毎日の記事を書くという行為は、連続する時間を、一日を単位として分節化するということであり、その区切りを表現や発想の基盤におくということである。その結果、時間的な制約から比較的自由な物語的要素を色濃く持っていた一葉の日記も、次第に記録日記的な側面を強めていくことになる。そうした変化の内実を如実に示しているのが、一葉日記における天気記述である。

2　天気を記すということ

日記に天気を記すということが、日本人に顕著な特徴であることは、しばしば指摘されている。一葉もまた、そうした日本人の一人として、日記に天気を記している。それも大抵は日付のすぐ後に記しているのだが、例えば同時代に売られていた、天気欄を持った博文館日記などと異なり、和紙を綴じて作られた手製の一葉の日記の場合には、記事の記載位置がそのまま記述の順番を示すので、一葉が基本的に、日付↓天気↓日々の記録という順で日記を付ける習慣を持った人だったことを示している。そうして、天気記述を詳しく検討してみると、時期による違いから始まって、様々な問題を提起できるようである。

まず、次ページの「一葉日記、天気記述数一覧」を見ていただきたい。これは一葉日記

一葉日記、天気記述数一覧（天気数／日数）明治20年～29年

年＼月	1	2	3	4	5	6	7	8	9	10	11	12	年合計	平均
20	0/3	0/5	0/1	0/2				0/1					0/12	0%
21													0/0	0%
22							0/11	1/13	3/3				4/27	14.8%
23	5/6		0/2										5/8	62.5%
24				4/7	2/7	15/20	11/12	7/10	16/16	24/30	9/13	4/5	92/120	76.7%
25	23/30	13/29	23/30	11/16	7/26	1/18	8/23	20/31	23/30	14/16	1/2	0/9	144/260	55.4%
26	4/19	11/21	6/28	22/28	24/31	26/30	26/31	24/25	7/14	13/17	19/27	6/20	198/291	68.0%
27	6/17	0/11	11/17		1/2	1/7	5/19				2/5		26/78	33.3%
28				4/14	10/31	4/16				4/5	1/5	0/1	23/72	31.9%
29	0/1	1/1			1/6	0/11	3/13						5/32	15.6%

総合計　497/900　55.2%

のそれぞれの年月でどれだけの記事があるか、またそのうちで天気記述のある日がどのくらいあるか、を表にしたものである。例えば24年6月は「15／20」とあるが、これは24年6月の日記には記事が20日分あり、そのうち天気が記されている日が15日分ある、という意味である。

この表を見る限り、次のようなことが言えそうである。

つまり、一葉日記は時期を大体三つに分けることが出来るということ。

初期、明治二十三年頃までの、天気記述のきわめて少ない時期。

中期、明治二十四年～二十六年頃までの、ほぼ毎日日記が記され、天気も記されている時期。

後期、明治二十七年以降の、日々の記録も減少し、天気記述も少ない時期。

前期は古典文学における物語・女房日記的な性格

が見られるので、日々の記録を毎日書くのではなく、出来事をいったん整理し物語風に記述していく。それが天気記述の少なさの原因だろうと想像される。

ところが中期は、生活者としてできるだけ毎日生活の記録をつけようという意志が感じられ、記事に不可欠の要素として、天気を位置付けているように思われる。また、実際の記録に照らしても、記されている天気は極めて正確である。

後期は、龍泉寺町時代に小間物屋を開いていたことによる早朝の買い出し、小説の執筆、病気の進行などに伴って、日記を毎日付けるという習慣が実行されず、後で纏め書きされるという事情があって、天気記述が減っているのだと想像される。その結果、日々の出来事の記録という役割に代わって、自分の心境を書き記すための装置という機能を持つことになっている。

こうした違いは、各時期の一葉日記を、同じ位相で読み解くことの危うさを示唆している。初期の日記は虚構性の強い、物語を読むような態度で読むべきであり、一方、中期の日記は、相続戸主である一葉の記録者としての側面に力点をおいて読まれるべきだろう。

こうした事情については、例えば次のような、江戸時代の滝沢路《みち》による『路女日記』(3)を想起することが出来る。

(嘉永二年十月)

○廿六日庚寅　晴。氷リはる
一今朝飯後悌三殿、石切橋江被参《まいられ》候《そうろうよし》由ニて出去ル。昼後又被参、今晩止宿せらる
（以下略）
○廿七日辛卯　晴。　寒冷
一四時過、政吉来ル。作州米三斗つかしむ。（以下略）
○廿八日壬申　晴
一今日唯称様御祥月御命日ニ付、朝料供、一汁三菜。（以下略）

この日記は、滝沢馬琴の嗣子である宗伯の妻路の記したものだが、宗伯・馬琴没後、滝沢家を守る責めを負った女性が、家の記録を付けていた馬琴の日記を引き継ぎ、その形式に倣って書いたものである。

一葉日記についても、『樋口一葉辞典』(4)などで野口碩が、明治二十二年七月十二日の父則義没後、一葉の記した記録「鳥之部」について、「家庭の中心にある者として記録を遺し保管する則義の仕事を意識的に継承した痕跡が見られる」と述べ、また「特に（則義の—引用者注）『気侭《きまま》日記』は日付の下に天候が記され、生活の公私にわたる多様な記録が見られ、奈津（一葉の本名—引用者注）の日記の骨格の形成に大きな影響を与えていたことを感じさせる」と指摘しており、路同様、家を守る戸主として、事実を記録するという主

目的を日記に持たせていたと見なすことができる。

3 なぜ日記に天気を記すのか

ところで、日記になぜ天気を記すのかという基本的な問題の答えが、実は明らかではない。

天気を記すという習慣は、特に日本人に顕著な特徴であるということは、多くの日記研究者が指摘している。おそらくそこには日本人の自然観が反映しているのだろうが、それがいつ頃日記に現われるかということについては、はっきりした結論を得ることができなかった。戸谷高明は「記紀歌謡の天象と気象」(5)において、古事記・日本書紀中の歌謡には「天象」「気象」表現が極めて少なく類型的であり、万葉集においてこれらが飛躍的に増加することを指摘している。また平安朝の日記群においては、男性貴族の私的な日記に天気記述が見られるとのことである。一方、平安朝のいわゆる女房日記(女流日記文学)は、日記というよりは物語であり、日記に求められる天気記述はもちろんない。また、初期一葉日記がこれを真似たものであることは多くの指摘がある。

こうした事柄は、日記における天気記述が、日本人独自の自然観を背景にしつつ、主として男性の日記の中で、個人的な事実の記録という機能を補強するものとしていつの間にか取り込まれたことを示唆しているように思われる。また、先の『路女日記』や、中期以降の一葉の日記の成立などを想起すると、女性の日記における天気記述が、男性の日記を真似ることに由来するのではないかということを思わせもするのである。

例えば、一葉と同じ明治時代の女性の日記として、中島湘煙の日記(6)を挙げることができる。

(明治二十五年十月)
十九日
晴　病大に復す。君気を養はんとて神奈川に舟遊びす。聊《いささ》か閑を得しを以て依頼の揮毫物を認む。
廿日
天欲雨。都築来。我不面。西村梅来。我他出。(以下略)
廿一日
晴　君東行。偶《たま》た竹内、伊沢、綾井、東儀の四女生来る。(以下略)

湘煙日記も天気が記されているが、漢文脈の強い文体が物語っているように、やはり男性日記の影響があるようである。もっとも、こうしたわずかな例をもってすべてを判断することはできない。本稿では可能性の指摘にとどめておきたいと思う。

ところで再び、なぜ日記に天気を記すのかということについて考えてみると、例えば鴨下信一は『面白すぎる日記たち』(7)で一葉日記を取り上げながら、「日記には、苦しみも悲しみも、辛いことも嫌なことも、嬉しく楽しいこと同様に書かねばならない。その時にまず天候のことを書くのは、どんなに筆の運びを楽にすることか。」と述べ、さらに「天候の記述は」「日記に堅固なフレームを提供する」と述べている。おそらくこの指摘は正しいのだが、ただ同時に、心を整えるだけではなく、天気はその日の行動と密接に結びついているので、その日の自分の行動を思い出す手段としても機能していたはずである。

また、一葉の場合、ある一日を別の一日と区別する手段として、まず曜日意識があったかと思う。萩の舎の稽古日は、始めは金曜日、後に土曜日であり、一葉が晩年に内弟子をとった時には基本的に木曜日が指導日だった。日曜日という休日もまた重要な節目だったと想像される。同時に、天気もまた、一葉の意識や記憶と結びついていることは、しばしば取り上げられる「雪の日」などの例(後述　第三章)を思い浮かべるだけでも理解できると思う。後で取り上げる(第二章)「雨」もまた、一葉の精神と密接な関係を持っている。

4　一葉はいつ日記を書いたのか

ここで、一葉が一日の内のいつ日記を書いていたのかについても検討しておきたい。もちろん一葉の場合には、纏め書きや、手許の資料をもとにした書き直しなども多々あるのだが、例えば先に整理した中期などは、毎日日記を付けている方が圧倒的に多い。そうして日記を書くという習慣は、生活のリズムの一つとなって、長年つけ続けた人の場合には、日記をいつ書くのかということが習慣として決まっているケースが多いようである。一葉もまた、そのような習慣を持っていたと考えられる。しかし、管見に入った限りでは、これに関する言及を見つけることができなかった。例えば紀田順一郎は『日記の虚実』(8)において、「一般に文士は夜型の生活をしているので、翌日の午前中に日記をつけることが多いようだ。本書に取り上げた対象の中では徳冨蘆花、岸田劉生、竹久夢二などが典型的な〝午前様〟であった」と述べている。この本には一葉日記も取り上げられているのだが、執筆時間についての言及がない。ただこれは、判断ができないことによるもののようである。また、一葉の妹の邦には、「小説を書くにも夜更かしするのはよく〳〵期限が迫つた時で普通は十一時頃に寐《ね》て朝早く起きるのが習慣《くせ》でした」(9)という発言や、「物を書きます時」は「何時と極て居りませず暇のある時には昼にも書きましたし、また気の向いた時には夜二時頃までも起きて居て書く事も御座いました」(10)という発言があるが、いずれも小説について語ったもので、日記をいつ書いたのかに関する発言は見つからなかった。先行研究では、夜に日記を書いたことを漠然と前提としていると見なされるものがあるが、日記の記述を検討してみると、朝書いていたと見なした方が蓋然性が高いようである。

例えば、一葉日記には非常にしばしば就寝時刻が記されている。

明治二十四年
六月　八日　夜十二時床に入る
十月　九日　十二時にふしぬ
十一月　五日　十二時に床に入る
十二月廿三日　十二時床にいる
明治二十五年
一月　一日　ふしどに入りしは十二時斗《ばかり》なりけん　時斗《とけい》直しにやりてわからねどねたり
三月十五日　此夜もいたく怠りてはやく臥したり
八月　十日　十二時過る頃床にいる
十二月三十一日　九時といふに表をとざして寝たり

明治二十六年
一月　七日　十二時斗床に入りにき
三月　六日　小説著作に夜をふかして二時過ぐる頃床に入りたり
四月　九日　此夜一時過ぐるまで燈下にあり
八月　六日　十一時床に入る
十二月三十一日　二時まで起居る
明治二十七年
五月　二日　はやく臥したり

これらの記事は、基本的には翌朝以降でなければ書けない記事である。もっとも、「この日記を書き終えたら寝る」といった場合には、そうした確定している未来の事実を先取りして、日記に書き込む可能性がある。

しかし、次のような例はどうだろうか？

明治二十四年
六月十六日　夜もすがら大雨成し
九月廿四日　今宵はこゝに泊りて夜すがら守屋君の申立などもの語り明す

十月十八日　一時斗成けん花《か》しよの国には至りつきぬ
明治二十五年
二月廿二日　何こともなさずして床に入る　夜深く雨ふり出づ
四月廿九日　終夜従事
九月廿四日　夜一夜雨ふる
十月廿四日　萬感萬嘆この夜睡ることかたし
明治二十六年
四月　廿日　臥したるは十二時成けん　大雨になりぬ
五月廿五日　此夜はやくふしたれどおもふことありてねむり難かり
七月十一日　ふしぬ　暑さはげしく更るまて寝がたし
十月廿三日　今宵は夜すがら起居たり
明治二十七年
一月十九日　今夜読書暁にいたる
十一月　九日　此夜にかぎりて万感むねにせまりて寝ぶりがたし

これらの記事にはいずれも就寝以後のことが書かれており、翌朝以降にしか書くことができない。ただここでも、翌朝以降と言えるだけで、翌日の夜に、前日の就寝時刻以降の記事を記すことから日記を書いた可能性を捨てることはできない。

しかし、ここに天気記述を勘案すると、やはり一葉は朝、日記を書いていたと言えるのである。

ところで天気とは一体何だろうか？

測候所などが記録として残す場合、その方法は単純である。午前〇時以降二十四時間の、降水量が1ミリ以上10ミリ未満であれば「小雨」、10ミリ以上であれば「雨」と記録される。降水量が1ミリ未満、または全く降らなかった場合には、一葉の時代には、一日24回雲量を10段階で示し、その平均が8を越えれば曇り、8以下2以上が晴、2未満が快晴となる。こうした記録と、日記に残される天気とは必ずしも一致しない。例えば、午前〇時以降猛烈な雨が降り、しかし、午前四時頃にはすでに止み、人が起き出す六時頃には雲ひとつない晴天になって、その状態が夜半まで続けば、記録は「雨」、しかし日記には「晴」または「快晴」と記されるはずだからである。

ただ、どんな場合でも間違いなく言えることは、日記に記された天気は過ぎて後の判断によるものだ、ということである。朝、目を覚ました時点で青空が広がっているとしても、その時点で「晴」と、その日の天気を記すことはあり得ない。あくまで一日が過ぎて後、初めて天気を記すはずである。

一葉の場合、天気は基本的には日付のすぐ後に記されている。一葉は自分で和紙を綴じたものを日記帳として使っていたので、この記載順は——当日の夜か翌朝かはとにかく——、日付↓天気↓一日の出来事の順番で記事を書いたことを意味している。そうした事柄を考慮すると、ほぼ毎日天気が記されているにもかかわらず、ある日だけ天気記述がされていない、あるいは、天気記述はあるが日付のすぐ後ではないという例が気になってくる。

そうして、それらを検討してみると、なぜか萩の舎（日記では小石川）の稽古日が非常に多いのである。

明治二十四年
六月　六日　小石川稽古也　人々におくれてみの子ぬしと二人てならひする
十月　三日　小石川稽古也　空めづらかに晴ていとよき日成り
　十七日　稽古日なり　晴天成りし　題例のふたつ　一題十点の一つありけり
三十一日　小石川稽古也　朝風のいと寒かるに起きてみれば霜はましろけに置けり　初霜にこそなどいふ　八時頃家を出て師の君がり行

明治二十五年
一月十六日　小石川稽古也　早起行　みの子君すでにあり
三月廿六日　稽古日　小雨　水野君行の相談とゝのふ　点取三つ

八月　六日　小石河稽古也　不快をおして趣く　不平いふべからず
　　十三日　小石川稽古日也　此日龍子君も参られたり

稽古日に限ってこれだけ天気記述がなされない、あるいは日付のすぐ後ではない例が頻出すると、まるで萩の舎に対して何か含むものでもあるのではないかと思いたくもなるが、稽古日であっても、日付のすぐ後に天気が記されている例もまた多数あるのである。しかし、こうした例がなぜ稽古日に集中するのだろうか。これらの事実は、一葉が朝日記を書いたことを意味していると見なすことができる。つまり、以下のような手順で日記が書かれたと考えられるのである。

朝、いつものように前日の記事を記す。その後に当日の日付を記し、稽古のこともすでに確定している未来の事実として、ついでに書いてしまう。そうして、その時点では、まだ朝だから、天気を書くことができないのである。「小石川稽古也」といったほとんど同一の決まり文句が記され、稽古中の出来事は必ずその後にしか記されない、ということも、朝、この記事だけを書き記したことを示唆している。

ちなみに、稽古日であっても日付の後に天気が記され、その後に稽古に言及している、つまり本稿の推定に従えば、稽古日の翌朝になってから記された記事の例を次に挙げておく。

明治二十四年
四月廿五日　雨ふる　つとめて小石川に行く
八月　一日　晴天　朝六時半に宅を出て小石川に行
明治二十五年
一月廿三日　天気快晴なり　おもむろに髪など結びかへて午前十時といふに家を出ぬ
三月　五日　雨天　早朝小石川稽古に趣く
四月廿三日　晴天　小石川に行
五月廿八日　晴れたり　小石川稽古に行
十月　一日　晴天　小石川稽古に行く
　十五日　晴天　小石川稽古に久し振にてゆく
明治二十六年
四月廿二日　晴天　小石川稽古に行く

こちらは「稽古に行・趣く」という、実際に行動したことが記されているのに対し、先に挙げた「稽古也」は、たんにその日が稽古日だと書いているにすぎず、意味するところが異なっていることが分かるかと思う。
さらに以下では、稽古日以外で日付の直後に天気記述がなされていない、つまり、朝、前日の記事を日記に記した際に、ついでに当日の日付と記事も書いてしまったと判断される例を挙げておく。

明治二十四年
七月　四日　早朝稲葉君押しかけに正朔君を伴ひ来たりて預りくれ度《た》しとて依頼す
八月　八日　早朝師君より手紙来る（中略）空は一点の雲なくて
　　十日　早朝より植木屋参る
十月廿九日　早朝配達し来る新聞を見れば
明治二十五年
五月廿九日　早朝直《ただち》に小石川病人を訪ふ
九月　一日　早朝国（邦）子姉君を見舞ふ
明治二十六年
四月廿九日　早朝小石川より書状来る
六月三十日　早朝母君かぢ町に金とりに行く

これらは「早朝」という言葉があるように、朝、日記を記している時点ですでに起こっている当日の出来事を、書き記したと判断できるものである。

また、一葉日記では、日付のすぐ後に天気が記されている場合――つまり翌朝記された記事の場合――、記事の中に「午前」「午後」という記述が非常に多く見受けられる。おそらく一葉は、朝、前日の日付を記し、天気を思い出し、次いで「午前中は○○をした」、「午後は××があった」といった風に、前日の出来事を思い浮かべるという方法で日記を書いたと想像される。

こうした習慣は晩年に至るまで変わらなかったようである。

細かな説明は省くが、後期の、小間物屋を開いていた龍泉寺町時代には、午前四時頃には起き出して早々に商品の仕入れに出かけることが多く、そうした慌ただしさに呼応するように日記記事は短くなっており、後からの纏め書きも増えている。もし、夜、日記を書くという習慣があるのであれば、このようなことは起こりえないのではなかろうか。もちろん、小説の執筆や病気の進行などに伴って、記述内容が減ることもあるわけだが、そうした事情だけでは説明ができないように思う。

5　朝、日記を書くということ

これまで述べてきた、朝、日記を書くということは、日記記事のそれぞれの読み解きにおいて重要な意味を持つ場合が少なからずあるが、これについては、章を改めて検討することにしたい。本章では、一葉日記全体の性質に関わる事柄として、最後にひとつだけ指摘しておく。

それは、日記記事を、当日の夜に書き記すのと、翌朝書き記すのとでは、その間はわずか数時間、せいぜい十時間くらいしか時間的な差はないのだが、間に睡眠を挟むことで出来事に対する判断に冷静さが加わるということである。出来事がクールダウンされるというか、より距離をとった記述になる。同時に、もし出来事が劇的であればあるほど、記述者は、例えば眠れない夜を過ごしながら、その出来事を反芻することにもなる。反芻するとは、出来事を繰り返し思い浮かべ、整理し、時間的・心理的に論理づける作業を意味する。こうした作業は、言い換えれば出来事の〈物語化〉を行うということである。

一葉日記に対しては、記録というより小説として読むべきだという指摘がしばしばなされるが、小説的な性質が生まれてくる理由のひとつに、日記を朝書いたという習慣が関係しているように思われるのである。

＊本書における一葉の日記は『樋口一葉全集　第三巻（上）』（昭51・12　筑摩書房）による

《注》

（1）『樋口一葉全集　第三巻（上）』筑摩書房
（2）関良一「一葉日記の秘密―その二重構造について―」（『國文學』昭39・10　學燈社）
（3）木村三四吾『路女日記』私家版　平6・7
（4）「日記」（『樋口一葉辞典』　平8・11　おうふう）
（5）『和歌文学の世界　第六集』昭53・7　笠間書院（戸谷高明『古代文学の天と日：その思想と表現』平1・1　新典社　所収による）
（6）中島湘煙『日史』（『湘煙選集3』昭61・5　不二出版）
（7）鴨下信一『面白すぎる日記たち―逆説的日本語読本』平11・5　文春新書
（8）紀田順一郎『日記の虚実』平7・1　筑摩書房
（9）「故樋口一葉女史　如何なる婦人なりしか」『婦女新聞』明41・11・20（『全集　樋口一葉　別巻』平8・12　小学館　による）
（10）「洗濯や針仕事」『国民新聞』明41・11・23（同9による）

第二章　雨の物語・天気を騙るということ

【問題の所在】

日記に天気を記す。記された天気は「事実の記録」である。第一章で述べたように、公式の記録と日記に記された生活者の天気との間にずれは生じうるが、しかし、わざわざ嘘の天気を書き記す必要はない。「日記」は事実の記録装置であるはずなので、より厳密さが要求されるだろう。

では、天気という事実を記すことで、嘘＝騙りを生み出すことは不可能だろうか？

一葉日記における天気記述を検討してみると、天気を巡る騙りを見出すことができる。それはなぜなのか？　その騙りは、一葉の意図したものなのか、あるいは、結果としてそう読めるようになってしまったのか。天気記述をめぐり、一葉日記の物語を読み解いてみる。

1　日記の中の雨

一葉日記、雨、と並べると、すぐに想起される話題がある。一葉と小説の師である半井《なからい》桃水《とうすい》が、なぜかいつも雨の日に出会っている、雨と二人の物語は切り離せないという印象を、日記読者が抱いているということである。

これについてはすでに論文などもあるが、以下でまず、日記を読んでおくことにしたい。

明治二十四年

四月十五日　雨少しふる　今日は野々宮きく子ぬしがかねて紹介の労を取りたまはりたる半井大人《うし》に初てまみえ参らする日也　ひる過る頃より家をば出ぬ（中略）かゝりしほどに雨はいや降に降しきり日はやう〳〵くらく成ぬ　いでや暇《いとま》給はりなんといへば君車はかねてものし置たり　のりてよとの給ふ

四月廿六日　あけの朝とく起出てみれば空はいつのまにか黒きくもゝておゝはれはてぬ　今日は雨にこそと打ちわぶれば（中略）田町といふほとりより又くろき雲おびたゞしく出来て雨俄《にはか》に盆をかへす様に成ぬ

五月　八日　桃水君《ぎみ》をとふ　をしえをこはんとて也　此日は風あらくして天気好かりき

六月　三日　空少しく曇る　例刻より半井うしをとふ（中略）やがて雨少し降初ぬ
　暇《いとま》こひ参らすれば今しばしなどの給ひてあやし君来給ふ折りには必らず雨
　天なるも　しかし今日は雨降ぬべきことこそあれ　いつになく今朝三時といふ
　に朝床はなれつるはとの給ひていたく笑ひ給ふ
六月十七日　朝まだきはまだよ半の余波《なごり》の雨雲立おほひて晴ぬべきけしきはさらに
　みえざりしをひるつ方より少し雲の絶えまある様に成ぬ　いでや今日こそ半井
　うしをばとはめとて俄に支度どもして（以下略）

以上は、明治二十四年四月十五日に初めて桃水を訪問したとされる日から、六月までの日記に記された桃水訪問記事のうち、天気記述があるものをすべて挙げたものである。四月十五日は「雨少しふる」「雨はいや降に降しきり」とあり、同月二十六日は「今日は雨にこそと打ちわぶれば」「くろき雲おびたゞしく出来て雨俄に盆をかへす様に成ぬ」と記されている。五月八日は「此日は風あらくして天気好かりき」と晴天であったことが記され、次いで六月三日は「空少しく曇る」とあり、「やがて雨少し降初ぬ」と雨を出し、さらに「あやし君来給ふ折りには必らず雨天なるも」という桃水の言葉を書き記している。四回中三回が雨である。しかも、桃水の「必らず雨天」という言葉によって、雨が特別なものとして読者に印象づけられる。

六月十七日は「よ半の余波の雨雲立おほひて」と、すでに雨が上がっているにもかかわらず、わざわざ雨に言及している。
次に、同年七月以降の桃水訪問関連記事のうち、雨に関する記述のある記事をいくつか挙げてみる。

明治二十四年
十月廿二日　晴　あす半井ぬしを問参らせんとす（中略）空いとよく晴て塵斗《ちりばかり》の雲もなきに例の半井君へ参る折に雨降らぬ日なかりつればいづら明日はと国（邦）子をかへりみていふに頼むともやはかとて打ちほゝゑみぬ

明治二十五年
一月　七日　曇天寒し　明日はかならず降りなるべしなど国子などのいふはおのれが年頭にまわ《ママ》らむと定めたる日なればいやがらせんとていふ也
三月　七日（前略）昼飯たゞちに糀町へと趣く　我が半井うしへ行く時として雨天か風かにあらぬは無し　今日こそ例にも違しなれなど笑い居しに家を立出る頃より雲俄にさわぎ初めて九段坂のあたりよりあられまじりに雨すさまじく成りぬ

明治二十四年十月二十二日の記事で一葉は、「半井君へ参る折に雨降らぬ日なかりつればレ」と記している。翌二十五年一月七日の記事では「明日はかならず降りなるべしなど国子などのいふはおのれが年頭にまわらむと定めたる日なればいやがらせんとて也」とあるが、年頭に訪れる相手の中には桃水もいるのである。三月七日の訪問日には「我が半井うしへ行く時として雨天か風かにあらぬは無し」と、ここではなぜか、雨だけではなく風まで引き合いに出している。

こうした記事を読んでくると、確かに一葉と桃水の関係は雨に彩られているように見えてくる。森まゆみはこれらの記事を踏まえて「一葉が（桃水を――引用者注）おとなう日、よく雨が降った」(1)と述べている。

雨については、すでに塚田満江(2)が昭和三十四年に「雨の文学――樋口一葉考――」において、桃水と一葉の出会いに雨が多いことを指摘し、さらに一葉日記について、

妙に「雨」が多い気がしてならない。試みに晴天と雨天を数え分けてみて、特に雨が多いわけでもなく、むしろ晴れもしくはそれとおぼしい方が数ではまさるのに、やはり私には雨が降り続いているという錯覚を拭い去ることができなかった。

と述べている。確かに、日記全体を調べてみると、一葉はことさらに雨だけを記録すると

いう習慣を持ってはいないのである。それにもかかわらず、桃水関係の記事だけは雨が際だって見えるのもまた事実なのである。

2　日記に「雨」と書くこと

では実際はどうだったのか。これについては、本章末（111頁～114頁）に整理した「表」を載せておいたので参照していただきたい。この表は、〈一葉が桃水を訪問した日〉・〈一葉宅に桃水が来訪した日〉、さらに〈桃水に関する何らかの記事が記されている日〉、これらすべての日の一葉日記の天気記述と、実際の記録とを並べたもので、特に〈訪問〉〈来訪〉の日についてはを網掛けをしてある。

先述したように、四月十五日から「君来給ふ折りには必らず雨天」と記された六月三日の訪問記事までは、四回中三回が雨だったと印象づけられる。しかし、「表」に従えば、雨は確かに三回だが、訪問は七回。従って、六月三日の「君来給ふ折りには必らず雨天」という桃水の発言は正しくないことになる。

もっとも、日記に記載されていない雨天の日に桃水を訪れている可能性もあるので、「表」には明治二十四年の五月のすべての降雨日を参考として載せておいたが、日程的にこれらすべての日に桃水を訪れていたとは考えられない。やはり桃水の「必ず雨天」という言葉は、事実を指してはいないようである。

ただこうしたことから、すぐに、一葉が嘘を記したと見なしてしまうのは危険であるように思われる。雨は大変鬱陶しいものであり、いやでも強く印象に残る。従って桃水が先のような発言をすること自体はそれほど不思議なことではない。ただ、この日話されたであろう多くの話題の中で、雨にまつわる桃水の言葉を一葉がわざわざ書き記していることの方が気になるのである。

そうして、これまで述べてきた、雨に関する一葉の言説を重ねてみると、一葉はどうやら意図的に雨を強調しているように思われる。読者は一葉のこの書きぶりに引かれて、桃水と一葉の間に雨のイメージを喚起されるようになっているというのが、日記の〈事実〉なのである。

ではなぜそうなったのか？

あらかじめ断っておけば、一葉が日記の初めから、桃水との間柄に意図的に雨を重ねたのだと考えているわけではない。それは多分偶然だったのであり、またこの時期には梅雨の季節も含まれているのである。ただ、先述した七月以降の記事を踏まえると、雨の物語を一葉はかなり意識し始めているようである。さらには、二人の間に「天気」という〈天の采配〉とでも言うべきものを介在させることで、自分と桃水との関係を〈運命的なもの〉として位置付けようとしているようにも見えてくる。

では、どうしてこのような物語が一葉の中に出来上がってしまったのか、以下、推測を述べておく。

まず、最初は確かに雨が多かった、あるいはそう感じられたということがあったのだろう。次いで、桃水の「必らず雨天」という言葉に触発される部分も小さくはなかったはずである。さらにいえば、一葉の桃水訪問は確かに雨、というか、〈水の形象〉を多く背負っているようである。四月から六月までの八回の訪問中水曜日が五回、あるいは最初訪問日を水曜日と決めていたのかもしれない。また、一葉が〈不思議な因縁〉として日記に記している、桃水の幼名が一葉の亡き兄と同じ泉太郎であること、その〈泉〉の文字が水の文字を含んでいることは興味深い。さらに、半井桃水という名前にも水の文字がある。しかし、こうした、名前に関する拘りを根拠とすることはこじつけに見えるかも知れない。しかし、次の点については、どう考えるべきだろうか?

先に「三月七日の訪問日には『我が半井うしへ行時として雨天か風かにあらぬは無し』と、ここではなぜか、雨だけではなく風までも引き合いに出している」と述べた。桃水訪問日の記事で、風が出てくるのは、この記事が記されるまでの十六回の訪問中たった三回にすぎない。もちろん、たんに記さなかった可能性はある。しかし、ここに、名前に関する一葉の拘りを重ねてみると別の可能性が見えてくる。

桃水の本名の〈きよし〉は「洌〈さんずい〉」と「冽〈にすい〉」の二種類がある。〈さんずい〉では水が清いという意味になる。一葉が桃水の本名をどのように書いていたのかは正確には分からない。ただ、先ほどの「雨天か風かにあらぬは無し」と唐突に「風」に言及した記事が記されるのは「につ記二」と呼ばれる日記なのだが、その前に使用されていた「につ記一」の終わりの方に、桃水の住所と姓名が記されている。そこに記された桃水の本名は「冽」、つまり〈にすい〉で、「風が冷たい」という意味である。ここからは憶測に過ぎないが、一葉は最初〈きよし〉を〈さんずい〉で書いていたのではなかろうか。とすればそこにも〈水〉がある。しかし、「につ記一」で住所を確認した時点で、〈きよし〉が実は〈にすい〉であることを知った。だからこそ、それ以降〈風〉の形象も意識し始めたのではないか。なお、参考のために付け加えておくと、一葉は調べ物などで「上野の図書館」をしばしば訪れている。その際に、例えば漢和辞典などを引くことは可能だったはずである。

こうした様々な事柄が一葉に、雨に纏わる不思議でしかも強い因縁を意識させることになったのではなかろうか。先程の塚田は「雨も風も一葉には親しくなつかしいものへと変わってゆく」、「桃水と会う喜びのために雨を喜び、すすんで雨を求めるまでになった」という興味深い指摘があるが、実際はその程度ではない、はるかに強い意味を雨は持っていたようである。

天気という定めないものを、自分と相手との逢瀬に重ねるという意識は、同時に、天気という〈天の意志〉によるもののように思われて一葉を支配し始める。言い換えれば、そのような〈天の意志〉を信じたいという姿勢の中に、烈しい恋心を読みとることができる。

3　雨のもの騙り

桃水と雨とを結びつける意識は、翌明治二十五年になってから、日記の中でかなり露骨に行われるようになる。この現象は同年二月四日の、一般に「雪の日」と呼ばれる日あたりから顕著になるように思われるが、「雪の日」については、次章（三章）で扱うことにしたい。

ここでは、もう一度、「表」に従って、雨の記され方を確認しておく。

ただ、あらかじめ断っておけば、一葉は日記に〈嘘〉を記しているわけではない。

第一章で述べたように、中期の一葉日記は、相続戸主として、また、生活者として、事実を記録するという目的を第一義的に持っていたと見なせる。言い換えれば、この制約を前提として一葉は日記を書き綴ったのである。この第一義が、時に大きく〈虚構〉の方へ振れる場合（第三章「雪の日」）がないわけではないが、基本的には〈事実〉を記録しつつ、同時に桃水との不思議な縁という〈虚構〉も構築していくという、狭い道を一葉は選んでいる。事実を書き記すことで、虚構をも作り上げるという〈物語＝もの騙り〉の世界がそこにはある。

ではどのようにして、それがなされたのか？

例えば明治二十五年三月七日の記事における天気記述の方法を検討してみたい。

この日は記録では曇り、降水量もわずか0.3ミリにすぎない。ところが一葉は日記に「連日の雨、夜の間に晴渡りてうら〳〵と霞む朝のけしきいとのどかなり」と、まず雨に言及し、その後で晴という天気を記している。その後「我が半井うしへ行く時として雨天か風かにあらぬはなし」と記し、「雲俄にさわぎ初めて九段坂のあたりよりあられまじりに雨すさまじ」と、記事の中に雨を呼びこんでいる。先に書いたようにこの日の降水量はわずか0.3ミリ。とすれば、「連日の雨夜の間に晴渡りて」とある夜中の雨は、前日の雨であり、日を跨いだ後は晴だったと考えられる。その後、「九段坂のあたりよりあられまじりに雨すさまじ」とあるが、一時的には相当強かったとしても、0.3ミリという降水量から考えれば、実際にはそれほどの雨ではなかっただろう。

記事は引き続き「空も漸く雲深くなる様なればとてしひて帰る　帰路より段々に晴て家へつくほどには一点のくもなくなりしもあやし」と記し、この日は、晴から雨、曇り、快晴と、わざわざ四つの天気を記すことで雨を記事の中に呼びこんでいる。

一葉が日記に天気を記す場合、基本的には一種類だけ記し、複数記すという例はそれほど多いわけではない。この日も「曇り」とのみ記して済んだはずである。それにもかかわらず、あえて雨に言及している。ここに〈嘘〉は語られていない。しかし同時に、〈雨の物語〉という〈虚構〉は十分成り立っている。

以下、一葉の日記における桃水に纏わる雨は、同じような叙述のされ方がなされている。「表」に従って眺めていけば、同年三月十八日は、「曇天」とまず記され、すぐに続けて「十時ころよりは雨に成りぬ」と雨天だったことが書かれる。この日は「思ひがけず半井うし来訪し給ふ　あたりを取片付るなど大さわぎ成し　我家に来給ひしは実に始めてなればなり」と、桃水が一葉宅を初めて訪れた日だった。

三月二十三日は「曇天少しあたゝけし　半井うしを午後よりとふ」と曇りだったが、「雨少しこぼれ来ぬればいそぎかへる」、「今宵雨いとつよくふる」と、同じように曇と雨の二種の天気が記されている。この翌日の二十四日も桃水を訪ねているが、雨から曇りと同様の天気記述の方法がなされている。

四月五日は珍しく「晴れ」という天気が記されているが、この日は桃水に会えなかった。

四月二十一日は降水量わずか1.2ミリ。同じく三十日は4.1ミリ。それぞれの日記において「夜雨降り出づ」、「朝来大雨」という記述から読者が想像する降水量と、実際の降水量とは、おそらく一致しないだろう。

七月十二日は降水量4.3ミリ、一葉は「盆を覆へす様に降る雨いとすさまじ」と記し、十一月十一日は「曇り」と天気は記されるものの「雨にや」と書き込んでいる。

以下、日記は纏め書きなども増えてくるので、正確な検討はできない。しかし以上のような天気＝雨に関する叙述のあり方を眺めてくると、「雨」が桃水と切り離せないものとして、一葉に意識されていたことは確かであるように思われる。そうして〈雨の物語〉として日記を読み直すことで、日記の中に新たな意味が見出される可能性がありそうである。

最後に、全体の状況を数値として整理すれば、日記に記された桃水の訪問及び来訪の回数は47回。このうち天気が記されているのが29回。この中で雨が出てくるのが18回。約6割が雨であるという印象を日記からは受けることになる。しかし、記録に従って47回すべての天気を数えると、降水確率は38％である。

《注》

（1）森まゆみ『一葉の四季』平13・2　岩波新書

（2）塚田満江「雨の文学——樋口一葉考——」『論究日本文學』昭34・9

一葉・桃水天気一覧　明治24年～29年

網掛け…訪問または来訪　　無地…関連記事

○快晴　⦶晴れ　◎曇り　●小雨　⬤雨　◒雷雨

⊛雪　◓霙　＊天気記号の後の数値は降水量（ミリメートル）

年月日	日記	記録	備考
M24. 4. 15（水）	⬤	● 8.6	雨少し／雨はいや降りしきり
21（火）		⦶	
22（水）		○	
24（金）		● 2.4	
25（土）	⬤→⦶	⦶0.0	
26（日）	◎→⬤	⬤14.0	今日は雨にこそ／俄に盆をかへす
5. 8（金）	⦶　風	⦶	
12（火）		○	
15（金）		⦶	
27（水）		⦶	
30（土）		○	
6. 2（火）		⦶	
3（水）	◎→⬤	⬤19.8	君来給ふ折には必らず雨天なるも（参考　24.5の降雨日 3/4/16/25/28）
15（月）	⬤	● 2.6	今日も終日雨　14日日記⬤、記録◎
16（火）	⬤	⬤11.1	
17（水）	(⬤)→◎	● 8.4	余波の雨雲／夕風少し冷かに
			（以上、若葉かげ）
9. 26（日）	◎→●	◎0.3	
10. 18（日）	⦶	◎	
22（木）	⦶	⦶	参る折に雨降らぬ日なかりつれば
24（土）	⦶	◎	
25（日）	◎	⦶	
26（月）	⦶	⦶	
29（木）		⦶	
30（金）	◎　風	◎	風止まず～いと寒し
			（以上、蓬生日記一）
11. 22（日）		◎	
23（月）	⬤	⬤39.7	
24（火）	⦶	● 4.4	ぬれたる梢
			（以上、よもぎふ日記二）

年月日	日記	記録	備考
12. 21(?)（月）	?	⦶	
25（金）	⦶	⦶	
			（以上、日記断片その一）
M25. 1. 7（木）	◎→⦶	⦶	明日はかならず降りなるべし
8（金）	○	○	（＊居留守）
11（月）	⦶	⦶	
2. 3（水）		⦶	
4（木）	◎◒⊛	⊛20.1	（＊雪の日）
			（以上、につ記一）
12（金）	●	●3.7	
14（日）	●	●47.1	
15（月）	（●）風	◎0.0	雨はやみたれど風寒し
3. 7（月）	⦶●◎○	◎0.3	行時として雨天か風かにあらぬは無し
10（木）	◎→●	◒4.1	
			（以上、につ記二）
3. 18（金）	◎→●	●7.1	（＊桃水が来訪）
21（月）	⦶	○	
23（水）	◎→●	●6.5	
24（木）	●→止む	●6.2	大雨
25（金）	○ 風	⦶0.1	
26（土）	●	⦶0.1	
27（日）		○	
28（月）		◎	
29（火）		○	
4. 5（火）	⦶	⦶	朝来晴天（＊留守、会えず）
			（以上、日記）
18（月）	●	●17.8	
21（木）	◎→●	●1.2	夜雨降り出づ
30（土）	●	●4.1	朝来大雨
5. 1（日）		●4.0	
4（水）		◎	
9（月）		◎	
19（木）		⦶	
20（金）		○	
21（土）		⦶	
22（日）		◎	

年月日	日記	記録	備考
27（金）	●	●48.4	
28（土）	⦶	•1.7	
			（以上、につ記）
M25. 6. 6（水）		◎	
7（木）		◎	
12（日）		⦶	
14（火）		●26.2	（＊桃水の事で歌子と話し合う）
15（水）	●	●10.4	
16（木）		●54.8	
17（金）		•1.0	
22（水）		◎	
			（以上、日記しのぶぐさ）
7. 6（水）		◎	
9（土）		○	
12（火）	○→●	◒4.3	盆を覆へす様に降る雨いとすさまじ
31（日）	●	•1.5	
8. 6（土）		◎	
7（日）	(⦶)	⦶	
21（日）	⦶	○0.0	
22（月）	⦶	⦶	
			（以上、しのぶぐさ）
28（日）	⦶	•1.5	
			（以上、しのぶぐさ）
10. 24（月）	●	●10.1	半井君下婢に逢ふ／万感万嘆
			（以上、につ記）
11. 11（金）	◎	•4.1	雨にや／北風いとつよく身をさす
12. 7（水）		○	
12. 20（火）		○	
			（以上、道しばのつゆ）
30（土）		⦶	
M26. 1. 8（日）		◎	
2. 11（土）	風	⦶	
			（以上、よもぎふにつ記）
23（木）	⦶	⦶	夢うつゝ身をはなれぬ人
27（火）	?→○	⊗9.6	恋も悟もかの雪の日なれはぞかし
3. 12（日）	⦶	⦶	
15（水）	◎	•1.4	

年月日	日記	記録	備考
			（以上、よもぎふ日記）
M26. 4. 15 （土）		◍	
21 （金）	●	●33.0	などか忘れんとして……
22 （土）	◍	◎0.4	
			（以上、蓬生日記）
5. 25 （木）	◍	●11.5	
27 （土）	●雷	◒10.4	
			（以上、につ記）
7. 14 （金）	◍	◍	
			（につ記）
20 （木）	◎雷	◒40.2	我が恋は行雲のうはの空に消ゆべし
			（塵の中）
11. 15 （水）		◍	
			（塵中日記）
M27. 1. 10 （水）		○	
			（塵中日記）
3. 26 （月）	◎	◒9.0	空もようよろしからざりしかど
			（塵中につ記）
7. 12 （木）	◎	◎0.1	十五六の両日のうち雷雨なくば
15 （日）	◍	◎	
			（以上、水の上日記）
11. 13 （火）	◍	○	
			（水の上）
M28. 5. 19 （日）		○	（＊会えず）
20 （月）		◎	
			（以上、みづのうへ）
6. 3 （月）	?→●	●14.3	道にて雨にあふ此より大雨也
			（水の上）
M29. 5. 29 （月）		◍	（＊会えず）
			（みづの上日記）
6. 20 （土）		◒15.6	
7. 15 （水）	?→●	◒8.9	（＊桃水関連記事は書き込み）
			（以上、みづの上日記—7.20に纏め書き）

第三章　《雪の日》

【問題の所在】

一葉には「雪の日」という小説がある。世話になっている叔母を捨て、師である恋人と出奔し、後にこれら一連の出来事に対する後悔を主人公が語る物語である。

また、一葉の実生活に関して、一般に《雪の日》（以下、小説を指す場合には「雪の日」、日記記事をさす場合には《雪の日》と書き分ける）と名付けられた日記記事がある。

明治二十五年二月四日の記事で、早朝の曇り空から大雪になっていく中を、前日、師の桃水に訪問するとの手紙を送り、桃水からも来ないかという手紙を受け取り、偶然の一致に驚いていた一葉は無理をして桃水を訪れる。しかし、一葉を呼び出したはずの桃水はなぜかまだ寝ており、午後一時過ぎようやく起き出した桃水は、一葉に汁粉をごちそうし、一葉のために雑誌を創刊するという話をする。さらに、降り積もる雪を心配して、自分は友人のところに泊めてもらうから、私の家に泊まってはどうかと一葉に提案する。一葉はそれを断り、大雪の中を帰宅しつつ、「雪の日」という小説を書こうと決心する、という内容である。

この日の出来事については、従来様々な疑問が提示されている。特に重要なのは、一葉の没後、桃水がこの日の出来事に言及し、一葉の訪問が唐突であったこと、自分を訪れた理由も分からないとして、「一切不得要領だ」と述べていることと、一葉日記との整合性である。この問題については、桃水の方が分が悪い。一葉は「日記」に記しているのに対し、桃水は後年の思い出話に過ぎないという意味で、日記の記述＝記録＝事実、という読みに対抗できないからである。

しかし、そうであろうか？

例えば、一葉日記の二月四日には、桃水が作ってくれたのが「しるこ」とある。しかし、同年の六月末頃の日記に記された回想では「雑煮」と記されている。師が自ら作ってくれた料理を、半年も経たないうちに忘れてしまうものだろうか？　しかもさらに奇妙なことに、翌年の二月二十七日の日記の回想では「しるこ」と、また元に戻っているのである。

繰り返せば、恩師が手ずから作ってくれた料理を忘れるということがあるのだろうか？　あるとして、では、「しるこ」と「雑煮」の違いはなぜ起こったのだろうか？

これらの疑問を解決するためには、一葉が《雪の日》に紛れ込ませた「騙り」を読み解かなければならない。

1　問題の発端

これまで述べてきたように、一葉日記における天気記述を検討してみると、雨を仲立ちとして桃水と自分との間に〈宿命的な〉因縁の存在を印象づけようとしている一葉の姿を発見できる。日記に天気という〈事実〉を記録しながら、同時に、自分たちが会うときはいつも雨が降っている、雨が二人の宿命的な恋の存在を示している、という物語を一葉は作り上げているのである。しかもそれは〈虚構〉として意識されたのではなく、一葉自身は天が自分（たち）に与えた〈事実〉だと思い込んでいた、あるいは、思い込もうとしていた形跡が色濃く見られる。

この雨と宿命という観点から一葉日記を眺めてみたときに、俗に《雪の日》と呼ばれる日、つまり明治二十五年二月四日の記事が興味深いものとして浮かび上がってくる。なぜなら、雪とは冬の雨に他ならないからである。というより、この日の記事は「霙《みぞれ》まじりに雨降り出づ」とまずは雨の物語として、語られ始めているからである。

（冒頭部分）

四日　早朝より空もようわるく雪なるべしなどみないふ　十時ころより霙まじりに雨降り出づ　晴てはふり〳〵ひるにもなりぬ　よし雪にならばなれ　なじかはいとふべ

きとて家を出づ　真砂町のあたりより綿をちぎりたる様に大きやかなるもこまかなるも小止なくなりぬ　壱岐殿坂より車を雇ひて行く　前ぼろはうるさしとて掛させざりしに風にきをひて吹いるゝ雪のいとたえがたければ傘にて前をおほひ行く　いとくるし　九段坂上るほどほり端通りなどやゝ道しろく見え初めぬ　平川町へつきしは十二時少し過る頃成けん　うしが門におとづるゝにいらへする人もなし　あやしうてあまたゝびおとなひつれど同じ様なるは留守にやと覚えてしばし上りがまちにこし打ちかけて待つほどに雪はたゞ投ぐる様にふるに風さへそひて格子の際より吹入るゝ　寒さもさむし

（現代語訳　早朝から空模様悪く「雪になるでしょう」などと皆が言う。十時頃からみぞれ交じりに雨が降り出した。晴れては降りを繰り返し昼近くになった。「雪になるならなれ、厭うこともない」と家を出た。真砂町のあたりから雪は綿をちぎったように大きな塊や小さな塊が止めどなく降るようになった。壱岐殿坂から人力車を雇って行く。人力車の前幌はじゃまなので掛けさせなかったところ、風に競うかのように吹き込んでくる雪が耐え難かったので、傘で前を覆って行った。大変だった。九段坂を上った辺り堀端通りなどは、雪で道が白くなり始めていた。平川町に着いたのは十二時を少し過ぎるころだっただろうか。大人《うし》〔桃水先生〕の家で声をかけたが返事がない。不思議に思って何度か声をかけたが同じで、「お留守だろうか」と、上がり框に腰を掛けて待つうちに雪が殴るように激しくなり、風さえも格子の隙間から吹き込んでくる。ただただ寒い。）

（結末部分）

半井うしがもとを出しは四時頃成けん　白がい〳〵たる雪中りん〳〵たる寒気ををかして帰る　中々におもしろし　ほり端通り九段の辺吹かくる雪におもてむけがたくて頭巾の上に肩かけすつぽりとかぶりて折ふし目斗《ばかり》さし出すもをかし　種々の感情むねにせまりて雪の日といふ小説一編あまばやの腹稿なる　家に帰り（し）は五時　母君妹女とものがたりは多ければかゝず

（現代語訳　半井先生の家をお暇したのは四時頃だったでしょうか。一面の白い雪景色の中、寒さに耐えつつ帰宅する。なかなか面白い。堀端通り九段の辺り、雪が激しくて顔を上げていられないので、頭巾の上に肩掛けをすっぽりと被って、時々目だけを出して外を見るのも面白い。様々な思いが胸に迫って「雪の日」という小説を書こうという腹案ができる。家に帰りついたのは五時。母と妹とたくさん話をしたけれど、多すぎるので書かない。）

（以上『日記　二』明治二十五年）

冒頭と結末だけを挙げておいたが、この日の出来事については従来様々なことが言われている。そうした背景には、記事の奇妙さとでも言うべきものが関連しているように思われる。

例えば、一葉はこの日の訪問についてあらかじめ約束していた（二月三日の日記記事）と記しているにもかかわらず、桃水は寝ており、一方一葉は起こそうともしないで二時間近くも待っている。こうした行動一つをとってみても、どうも変だという感じ、分かりにくさというか、何か隠しているような、あるいは、どこか虚構が混じっているような据わりの悪さが感じられるのである。

また、この日に関する一葉と桃水の発言の違い、つまり（後で検討するが）、一葉は「半井うしへはがきを出す」、「うしよりもはがき来たる」、「かく迄も心合ふことのあやしさよと一笑す」（以上、二月三日の日記記事）と記し、一方桃水は「一切不得要領だ」と述べている。この矛盾する発言をどう解釈するのかという問題。

さらに、この時期の一葉の桃水に対する思いの度合い。さらにまた、後に書かれることになる小説「雪の日」と、日記に記された「雪の日といふ小説一編あまばやの腹稿なる」という「雪の日」との関連などが、この日の記事を巡る問題として提出されるからでもある。

これらの問題を解くためには、やはりまず小説「雪の日」（『文学界』明治二十六年三月号）を読んでみる必要がありそうである。

2　小説「雪の日」

この小説のあらすじは次のようなものである。

雪の降りしきる風景を眺めながら、主人公の薄井珠《うすいたま》は後悔の念にとらわれている。去りし雪の日の中に今に至る自分の過ちがあったのだと。

珠は山里の小村に生まれ、両親を早くに失い、伯母の許で大切に育てられた。十五の年、身に覚えのない噂をたてられる。相手は珠が通っていた学校の桂木圭一郎先生。幼いころから特に可愛がられ、自分もまた親しんだことが、あらぬ噂の原因となった。噂を信じた伯母は桂木と絶縁するように珠に申し渡す。珠はわが身の潔白を信じてもらえないことを口惜しく思う。伯母が年始の礼に出かけた一月七日、雪が激しく降る中、禍の神にでも魅入られたのだろうか、珠は家を出て桂木の許を訪れてしまう。その日、噂は事実となり、伯母を捨て桂木とともに東京へと出奔する。

夫となった桂木は今は自分に冷たく、また世話になった伯母も亡くなったとのこと。目の前に降る雪を眺めながら、ただ後悔するばかり。

この小説の眼目は、雪を見ているうちに突然、恋の思いにとらわれ、抑えることができなくなり家を捨てて恋人の許に行く、そうして後日その出来事を、目の前に降る雪を眺めながら回想し後悔する、という雪に纏わる物語になっていることにあるように思われる。ところが、作品を読む限り、主人公の珠が家を捨てる必然性は雪にはないのである。雪に誘われて恋人のもとへ飛び出してしまうという展開のための伏線が張られているわけではない。雪自体に主人公の唐突な行動を引き起こすような意味づけがなされているわけでもない。しかしだからこそ逆に、この衝動的な行動が物語の骨格をなしているように思われるのである。

主人公の行動が重要な意味を持つことに着目した指摘はすでにいくつもある。例えば山田有策は「樋口一葉ノート・1」(1)で、同じ年の一月八日——ちなみにこの日は快晴だった——の日記記事、桃水を訪ねて不在であったため桃水の隠れ家まで訪ねていったという出来事に着目し、「桃水を求めて狂走した己れの体験に根ざしている」と述べている。また、杉崎俊夫は「『雪の日』の成立」(2)で、「作品『雪の日』において最も美しく描かれている乙女の純愛は、一葉が体験した師桃水への愛慕を基調としたものであり、〈雪の日〉の脱出行の原形は、現実の一葉にはなし得なかった悲運のカタルシス」だと述べている。

二人の見解はいずれも「雪の日」における主人公の唐突な行動が、唐突であるが故に一葉の中にあった何事かを示すものと考えていることから生まれたのだと想像される。本稿もまた、この突然の行動の意味が重要だと考えている。ただ「雪の日」の源となった《雪の日》に対する解釈において、二人とは異なった見解を持っている。

両者はいずれも《雪の日》の記事を事実として、そこから論を構築している。そのため、山田は桃水を探し求める一葉の姿を、わざわざ別の日である一月八日の日記中に見出し、杉崎は「現実の一葉にはなし得なかった」ことの代償として、小説「雪の日」に己れの願いを託したと述べているわけだが、はたしてそうなのだろうか？ 雨に纏わる宿縁とでも言うべきものを一葉が強く意識していたこと、そこに《雪の日》の記事の奇妙さを重ね合わせてみると、別の可能性が見えてくるように思われる。

それは、この日一葉が「雪の日」の主人公の珠と同じ行動をとったのではないか、という可能性である。ここでは、例えば、小説「にごりえ」で突然店を飛び出してしまう主人公お力の姿を、あるいは、小説の草稿にしばしば〈物狂い〉の女性が登場することを、さらに、一葉は金策のために久佐賀義孝のもとを紹介者もなしに突然訪ねるような人であったことを、想起してもいいかもしれない。

冒頭で述べたように、雨は一葉と桃水を宿命的に結びつけていると、一葉には思われるものだった。そうして繰り返せば、この日の日記は「霙まじりの雨」から始まっている。そうした一葉が、目の前に降る「雨」と見えるものを眺めているうちに、居ても立ってもいられない衝動に駆られて家を飛び出したのではないか。それを日記に記さなかったことが、この日の日記記事の読みにくさの原因なのではないのか、というのが本稿の〈読み〉なのである。

3 「雪の日」の断片を拾い集めてみる

《雪の日》の出来事の約一か月半後、明治二十五年三月二十三日に書かれたとされる次のような小説の断片がある。

おぼろなりし月のかげいつくもりけん　くれ竹のよ深く雨になりぬとおぼえて軒ばをつたふ玉水のおといとしめやかなり　花も咲くらん草ももえぬべし　うつせみの世にありとある人嬉しともたのしとも聞くらんものを埋木のはる待えがたき我がうへには春雨のふりにし方しのばれていとゞ袖ぬらす中だちとはなりぬるよ　いでや聞く人もなし　かき乱るゝ心たれに語らん　筆と紙とこそは我が思ひをよするの友なれ

〈現代語訳　朧だった月もいつの間にか曇に隠れてしまったようだ。深夜、雨が降ってきたらしく、軒を伝う雨音が静かにしている。〔この雨で〕花も咲き草も萌え出すでしょう。この世に生きる人たちは〔春の訪れを告げる雨を〕嬉しいとも楽しいとも思うのでしょうが、春を待つのがつらく思われる私には、春雨の降った昔の出来事が思い出されて、雨が袖を濡らす涙を連れてくるように思われる。ああ、聞く人もいない。このかき乱れる心の内をだれに話したらいいだろうか。筆と紙だけが私の思いを聞いてくれるただ一人の友なのです。

（「春雨のふる夜に　Ⅳ」）

右の断片は筑摩書房版全集（以下、全集と記す）の「補注」で「『雪の日』の先行的要素が濃厚に見られる」と述べられているもので、過去の出来事を強い悔恨とともに一人称で語る「雪の日」と同じ構造を持っている。

また、同年十一、二月頃の作とされ、同じく全集の「補注」で、「故郷を去って出京した主人公を扱っているが、同稿の考案から『雪の日』『ある人』『ゆく雲』などが書かれた事を想い起こされる」と解説される、次のような断片もある。

さりとは恥かしや　浮かれ胡蝶の狂い出し一時の心に、捨てし故《ふる》さとの菜ばたけ今さらに恋しく、つらき浮世にあきの雨ふる此頃、ぬれて知る我身のざん侮《ママ》もの語り

（無題　その二　A—1）

さらでも今宵はねらるゝ事か、生憎《あいに》くの時雨さつとおとして、（中略）二時頃也けり消えかゝりし燈かゝぐるまでもなく閉ぢたる眼の前にさへあざやかに見ゆるは故郷のさまよ

（残簡　その六　Ⅱ）

右の断片がいずれも雨に纏わる物語となっていることは注目されてよい。そうしてこれらの物語の趣向が後に「雪の日」に取り込まれることで、雪の物語に改変されていることも、また重要であるように思われる。

そもそも、雨に纏わる物語を雪の日の出来事に変換する、それを可能にしているのは何だろうか？　たんなる季節の設定変更が、雨を雪に変えさせる要因だったと言ってしまってよいのだろうか。雨を巡る桃水との物語が一葉の中にあったこと、《雪の日》と「雪の日」との関連、さらに《雪の日》の記事が雨と雪の両方の天候を含み持つこと、これらを考え合わせたときに、右の断片群から完成作「雪の日」まで把持され続ける〈出奔の物語〉が、《雪の日》の中に隠されているように見えてくるのである。

ここから先は「雪の日」の作品論の領域で、本章の本題から外れるので簡単に述べておくことにするが、「雪の日」は明治二十五年末に依頼され、書きあぐねたあげく、結果的に翌二十六年の一月に入ってから、短期間で完成された作品とされている。こうした突然の完成を可能にした要素として、先に挙げた山田の論文では、一人称の語りという手法に着目している。三人称の客観的な語りを捨て、一人称の主観に即した語りを選ぶことで、より作者に即したスムーズな語りが可能になると述べている。重要な指摘だと思う。ただ同時に、「雪の日」の語りはたんなる一人称ではなく、〈告白〉という形式でもあることにも注意が必要である。

作品を書きあぐねていた一葉が、最終的に〈告白〉という形式を自分に許したとき、断片群と《雪の日》の出来事が一気に呼びこまれて「雪の日」という小説として完成された。言い換えれば「雪の日」の背後にある《雪の日》に〈告白〉すべき何事かがあったからこそ、「雪の日」は一人称の告白小説になったと考えられるのである。

山田は同じく論文の中で「（主人公の――引用者注）珠を描いている一葉の脳裏には吹きあげてくる恋情を抑えかね桃水の居所を求めてかけまわったかっての己れの姿がありありと映し出されていたに相違ない」と述べているが、こうした一葉の姿を、山田の言う一月八日の快晴の日に求めるよりは、むしろ二月四日の雨、そして雪の中に求める方が自然なのではなかろうか。

4　隠された出来事

一葉の日記には、《雪の日》に言及していると見なせる記事がいくつかある。

夜いたう更けて雨だりのおとの聞ゆるは雪のとくるにやとねやの戸をして見出せば庭もまがきもたゞしろがねの砂子をしきたるやうにきら〳〵敷見渡しの右京山たゞこゝ

もとに浮出たらん様にて夜目ともいはずいとしるく見ゆるは月に成ぬる成るべしこゝら思ふことをみながら捨てゝ有無の境をはなれんと思ふ身に猶しのびがたきは此雪のけしき也　とざまかうざまに思ひつゞくるほど胸のうち熱して堪がたければやをらをりて雪をたなぞこにすくはんとすれば我がかげ落てありくと見ゆ

（現代語訳　夜がだいぶ更けて、雨だれの音が聞こえるのは「雪が解けているのね」と寝室の雨戸を開けて見てみると、庭も塀もただ銀色の砂を敷き詰めたようにきらきらと輝き、遠くの右京山がすぐ目の前に浮き出ているかのように、夜にもかかわらずはっきり見えるのは月が出ているからでしょう。たくさんの思うことすべてを捨てて、はかない無常のこの世を離れてしまいたいと思う身なのに、それでもどうしても捨てがたく思われるのは、この雪の景色です。あれやこれやと思い続けているうちに、胸の中が熱くなって耐え難いので、胸を冷やすために雪を掌に掬おうと庭に立つと、月に照らされた私の影が地面に映って、ありありと見える。）

（『よもきふにつ記』明治二十六年一月二十九日）

夜更け、寝られぬまま雨音と聞こえるものが雪解けの音だと気づき、庭に出てみると一面の雪景色に、月の光が差している、という様子が描かれている。美しく幻想的な風景だが、それに続けて一葉は「こゝら思ふことをみながら捨てゝ有無の境をはなれんと思ふ身に猶しのびがたきは此雪のけしき也」、つまり、現実の苦しみを逃れてしまいたいと思う身なのに、それでもなぜかこの雪景色が捨てがたく思われる、と記している。

この記事は《雪の日》のほぼ一年後に書かれたものである。そう考えたときに「猶しのびがたきは此雪のけしき也」という一節が、この日の雪景色について語っているだけだと判断してしまうことを躊躇させるのである。続けて書かれている「胸のうち熱して堪がたければやをらをりて雪をたなぞこにすくはんとすれば我がかげ落てありくと見ゆ」という記事。胸中が熱して堪えがたいのはなぜだろうか？　しかもそれを冷やすために雪を掬おうとするという行動は、胸の中に燃えている炎の激しさを想像させる。そしてその時、一葉の眼にありありと見えていた「我がかげ」とは一体なんだったのだろうか？

そう考えてくると、右の日記が、前年の《雪の日》と強く結びついた記事として見えてくるのである。胸中を燃やすほどの熱い想い、そうして、雪の上に映し出された自分の影。それは一年前の《雪の日》に思いがけず見出した、一葉自身の心に秘めた本性を暗示しているのではなかろうか。

右の日記の約一か月後、二月二十七日の記事も見てみたい。

ひる頃より雪ふり出づ　万感こゝに生じて散乱の心ことに静めがたし　我が雪の日をめづるはめづるにあらでかなしむ也けり　かの火桶をはさみてものがたりのどかに手づから調理し賜はりししるこの昔し　恋も悟もかの雪の日なればぞかし

（現代語訳　昼頃から雪が降りだす。あらゆる思いが突然襲ってきて、取り乱す心の内を鎮めることができない。私が雪の日を愛でるのは、愛でるのではなくて悲しむのです。あの、火桶を挟んでゆっくりと語り合い、（先生）自らが私のために作ってくださったお汁粉の思い出ももう昔の事。恋も悟りもあの雪の日の中にあるのです。）

（『よもきふ日記』）

「かの雪の日」とあるように、この記事は前年の二月四日の《雪の日》を指している。「手づから調理し賜はりしゝるこ」とあるから間違いない。「万感こゝに生じて散乱の心ことに静めがたし」とあるが、これほどの激しい思いはどこから来るのだろうか？《雪の日》以降も、桃水と一葉の間に往来はある。にもかかわらず、なぜこの日だけが特別に想起されるのか。そうして「恋も悟もかの雪の日なればぞかし」という、「恋」だけでなく「悟」という語の意味するものは一体何だろうか？

これらの記事が指し示しているのは、《雪の日》に見た、一葉自身にも思いがけない、心の奥底に潜むおのれ自身の姿だった。しかもそれは「恋」と呼ばれるだけではなく「悟」とも呼ばれるものなのである。こうしたことから想像できるのは、《雪の日》、おそらく一葉は居ても立ってもいられない桃水への思いに駆られて、衝動的に家を飛び出したということである。「雪の日」の主人公珠と同じように。しかし、一葉は、桃水の目覚めを待ちながら、自分と桃水との行く末や、相続戸主として結局は家を捨てることができない自分の境遇を、諦めとともに〈悟る〉という経験をしたのではなかろうか。

「3」で「(無題　その二　A―1)」と「(残簡　その六　Ⅱ)」の二つの断片を挙げたが、これらが故郷、すなわち家を捨てたことを後悔する物語として構想されていることなども、この時の一葉の判断の形を物語っているように思われる。つまり、樋口家の戸主である自分が桃水と結ばれても、きっと後で後悔するだけだから諦める方がいいのだ、というように。

繰り返せば、一葉と桃水が二人だけで語り合うことは、日記にいくらでも出てくる。それにもかかわらず、なぜ《雪の日》だけがこれほど何度も回想されるのか。その特殊性の原因は、この日に内在する特殊性に求められなければならない。

5　再び「雪の日」の断片を拾い集めてみる

こうした大胆な行動について、一葉自身にもその理由が理解できなかったのではないかと思われる。

例えば「雪の日」の未定稿とされる次のような断片群がある。(〔　〕は挿入。以下同じ)

＊これや恋成けん、知らざりしなり　　(Ⅱ―4)

＊あゝ師の君はと、これやそも〳〵迷ひ成けり
其時の我心は狂ひし成けん、され〔ども斯くと思ひ定めし時は、〕分別あきらかに斉《ととの》ひて一点の非もなき様に思ひぬ　（Ⅳ―1）

＊〔分別あきらかに斉〕ひてより思へば我が心の狂へる成けり　（Ⅳ―2）

＊此時の心は我れも知らず、只したはしの念の身に迫りて、前後左右を忘れはてし也　（Ⅳ―3）

＊わすれずの神といふものもしありもせば正しく我が身誘れにけん　（Ⅴ―1）

＊禍《わざは》ひの神といふものもしありとせば、正しく我れはさそはれし也、此時の心善とおもひて行な《ママ》ひしか、悪と思ひて行ひしかしらず、唯したはしの念にせまられて、身は免《のが》れ出でしなり　（Ⅵ―1）

これらの断片で繰り返しなされているのは、文章を整えるための改稿ではなく、出奔する主人公の心の中身を問うという作業である。何度も改稿するという作業を通して、一葉は自分自身にも理解できなかった《雪の日》の突然の行為の意味を、自らに問うているように見える。

また《雪の日》前後の期間に一葉は「闇桜」を執筆していたとされている。この小説は、幼馴染みとして育ってきた男性に突如恋心を抱き、それを相手に告げることもできず、お

そらく恋い焦がれて死ぬであろうという話である。これは知らず知らずのうちに育っていた己れの恋心の存在に気付き戸惑う心の闇を描いた小説だが、突然の恋心に惑い、相手に告げることのできない主人公の姿は、おそらくこの時期の一葉自身の姿を書き記したものなのである。

《雪の日》末尾には「白がい〳〵たる雪中りん〳〵たる寒気をゝかして帰る　中々におもしろし」とある。東京を覆う雪景色を「おもしろし（美しい）」と眺めている一葉の美意識を語っているように見えるが、しかし、一方で、自分自身にも自由にならない激しい恋心の存在を自己のうちに認めて、そうした人間の心のあり様を「おもしろし（興味深い）」と言っているのだともとれないだろうか。

以上を前提として、《雪の日》に対する桃水の発言(3)を読んでみたい。ちなみに、左の発言は一葉の日記が公刊される前のもので、《雪の日》の記事を桃水は知らない。

或冬の事でありました、武蔵野の編輯に夜を徹して朝九時頃から眠りますと、忽ち大雪が降出して、午後の二時には凡そ四五寸も積りました、疲れ果して眠て居ながら、不図《ふと》微かな咳嗽《しはぶき》の声に目を覚し、次の間の襖を開けば、火の気もない玄関に、女史が端然と坐つて居られた、何時お出になつたと問へば、十時過に上りましたが、好く御寝になつて居らつしやるので、お待申して居りました、実は少々伺ひたいことがあつ

て と言われて、時計を見れば既に二時過。女史は殆んど三四時間、冷たい玄関に待たれ〔た〕のである、慌しく坐敷に請じて、扨《さて》来意を問ふた処、女史は屢《しばしば》言よどんだ末「何だか可笑くて申出しかねますから今日は此の儘お告別致しませう」と言て雪の小降りになつた頃、菊坂に帰られた、一切不得要領だ。

これまで述べてきた事柄を考慮してみると、桃水の発言の方に、より多くの事実が語られているように思われるのである。

6　日記に嘘は書けるのか

ところで、二月四日の《雪の日》の日記記事の前には三日の記事があって、先述したように、「はがき」のやり取りを通じて、翌日の桃水訪問の約束がなされていたことが記されている。この記事の存在によって、これまで述べてきた事柄は妄想として消し飛んでしまいそうだが、記事に該当する葉書はいずれも現在までのところ発見されていない。従って記事の信憑性を問題にすることは許されると思うが、この記事は不可解に思われるのである。

それについて考えてみるために、《雪の日》に先行する一月二十四日〜二月三日までの記事を挙げてみたい。なお、参考として、日付の上に、記録上の天気と雲量を記しておく。

（明治二十五年　一月）

（快晴　1.4）廿四日　天気快晴　朝来手紙を二通したゝめ午前習字をなす　午後より小説閲覧

（晴　5.8）廿五日　無事

（小雨　9.7）廿六日　無事

（晴　6.0）廿七日　曇天　午前例之通習字　午前より小説稿にかゝる　この夜なす事なしにふしたり

（晴　6.1）廿八日　早起　曇天あたゝけし　終日小説従事

（晴　6.8）廿九日　曇天

（晴　3.3）三十日　晴天　小石川稽古　歌合ありたり　帰宅日没　上野君母子来たりし由也

（曇り　9.9）三十一日　しるす程のことなし

（快晴　1.5）二月一日　無事

（快晴　0.0）二月二日　無事

（晴　3.5）二月三日　半井うしへはがきを出す　明日参らんとて也　しばらく

にしてうしよりもはがき来たる　明日拝顔し度し　来駕《らいが》給はるまじきやとの文体也　こはおのれが出したるに先立てさし出し給へるなるべし　かく迄も心合ふことのあやしさよと一笑す

この時期は、先述した「闇桜」などの小説の執筆に忙しく、日記記事は極めて簡略になっている。が、少なくとも記されている内容は当日の出来事になっている。三日の記事もそのように見えるのだが、よく読んでみると、この記事は翌四日の出来事とだけ関係を持っているにすぎないことに気付くはずである。しかも述べられている内容は、一葉が四日に桃水を訪ねる理由、その一点だけである。〈私は出かける理由があった。だから会いに出かけた〉、そういう理由を述べるためだけに記されている。まるで出かける理由を書かなければならない後ろめたさがあるかのように。

さらに三日の記事には、もう一つ奇妙な点がある。それは天気が記されていないということである。なぜそれが奇妙なのか、この時期の日記の書かれ方を検討してみたい。

繰り返せば、この時期一葉は小説の執筆に忙しく、日記記事は極めて簡略になっている。一月二十五・二十六日の「無事（事無し）」などは、日記を書く暇がなく後で纏め書きされたものと推定される。そのため、天気も記すことができなかったのだろう。一方、その日の出来事が記されている場合には、必ず天気も記されている。また、二十九日は「曇天」

と天気だけが記されている。雲量は6.8、記録では晴れに当たる。ちなみに二十七日は雲量6.0、やはり晴れに当たるが、一葉は曇りと記している。一葉の場合には、雲が空の半ば以上を覆っている時には曇りと記す傾向があるのだが、重要なのは、二十九日の場合、二十五・二十六日同様、その日の出来事が記されていないにもかかわらず、天気だけは記されているということである。

天気というものは記憶に残りにくいもので、前日の天気すら時に思い出せないこともある。これは多忙な現代人に言えるだけでなく、一葉もまたそうであったはずで、それが二十五・二十六日に天気が記されていない理由だろうと思われる。

もっとも、日が相当過ぎた後でも、〈あの日はすごい雨で苦労した〉とか、〈ジリジリと照りつける暑い日だった〉といった特別な印象があれば、天気を思い出すことは可能かもしれないが、二十九日は雲量6.8、公式の記録に従えば、一葉の時代には雲量8を超えれば曇り、現在は7.5以上が曇りになるが、実際の生活者の感覚で言えば晴とも曇りとも言える、ごく平凡な、記憶に残りにくい天気なのである。それが記されているということは、二十九日の記事は――翌朝日記を記す一葉の場合には――翌三十日の朝、稽古日という慌ただしさの中で書かれたのである。

多忙な中にあっても毎日の記録を残す、それができなくてもせめて天気だけは記しておきたい。しかし同時に、曖昧な記憶では天気を記さない。それがこの時期の日記を支配していた論理であるように思われる。そのように眺めてきたときに、二月三日の記事に天気が記してないことが奇妙に思われるのである。「はがき」に纏わる記事を記す時間がありながら、なぜ一葉は天気を記さなかったのだろうか？

以上のように見てきた時に考えられることは、三日の記事は四日の朝に書かれたものではないということである。さらに天気に着目すれば、一月三十一日以降天気は記されていない。つまり、一葉は一月三十一日以降の記事を、二月五日以降のどこかで一気に纏め書きしたのである。

我々は日記という時系列に沿って並べられた、記録と見なされるものを読むときに、無意識のうちに、記されている事柄の背後にある筆者の意識もまた、時系列に沿っている、少なくとも当日と翌日は〈現在〉と〈未来〉という厳密な時間経過によって断絶されていると思い込んでいる。当日の記事を記している時点では翌日の出来事を日記記述者は知らない、従って、当日の記事に翌日の出来事が紛れ込むはずはない、と思うのであるが、纏め書きされることの少なくない一葉日記の場合、そのような読みは危険である。日記を遡り書くという行為によって、ある一日の記事が翌日以降の出来事を含みこんでしまう場合があり得る。それにもかかわらず、日記は時系列に沿ってその時点時点で〈事実〉が記されるものだという思い込みが、思わぬ〈誤読〉を生み出す可能性がある。

ここでも、三日の出来事があって四日の出来事があったのではなく、四日の出来事があって三日の〈記事〉が書かれた、というように読むべきなのではなかろうか。

7 《雪の日》はいつ書かれたのか

先に一月三十一日以降の記事は二月五日以降に纏め書きされたと述べたが、それがいつなのか検討しておきたい。あらかじめ結論を述べておけば、おそらく二月十二日以降であろうと推定できる。

《雪の日》の翌日、二月五日以降の日記記事を次に挙げておく。

五日　（＊日付のみ）
六日　小石川稽古
七日　ことなし　〔但し〕山下君石井西村萩野君来給へり
八日　ことなし
九日　奥田老人病気の報あり　母君直に参り給ふ　国子と共に同事に付而《つきて》さま〳〵相談す　萩野君来給ふ　朝日新聞を持参したまふ（以下略）

以上が『日記　一』と名付けられた日記帳の日記記事の終わりにあたり、ページを改めて、「住所」「和歌の抜き書き」が書かれ、日記帳が終わっている。

続けて『日記　二』が使用され始める。その冒頭からの記事を次に挙げる。

（明治二十五年）

二月　十日　朝来机辺にあり　午後母君奥田へ見舞に参り給ふ（以下略）

十一日　快晴　師君大きによろしき方也（以下略）

五日以降十日までの記事にも天気が記されていないが、これは少なくとも一月三十一日～二月九日までの『日記　一』の残り部分が纏めて書かれたことを示唆しているように思われる。また、「五日」の記事について全集では「『小石川稽古』を消す」と、一葉が稽古日を間違って記していたことが脚注に記されている。この時期、稽古は土曜日と決まっており、それは日記に記されたように六日なのだが、稽古日という重要で曜日意識と結びついた出来事の日付を間違えるということは、めったにあることではない。実際、一葉日記全体で、稽古日を間違って記している例はないと言ってよい。従って、五日の記事が記されたのは、ある程度の日数が過ぎた後とみなされる。つまり、一月三十一日以降の記事が纏め書きされた時期がかなり後だと判断できるのである。

日記は『日記　二』の二月十一日の記事に至ってようやく天気が記され始める。この日以降の日記は毎日付けられ、いずれも日付の直後に天気が記されている。十一日の記事は翌朝の十二日に書かれたはずだが、十二日以降、日記は毎朝記される習慣に戻ったことになる。

そこでまず、『日記　二』がいつから使われ始めたのかを検討したい。

今述べたように十一日以降の記事は、毎日順次記されたと推定できる。また十日と十一日の記事の間に改頁等の断絶は見られない。従って十一日の記事を書く十二日朝の時点では、十日の記事はすでに書かれていた――前日の十一日朝に書かれた――か、十二日の朝に十一日の記事と一緒に書かれたことになる。ところで、十日、一葉は師中島歌子の看病のため萩の舎に泊まっている。従って、一葉が日記帳を萩の舎に持って行っていない限り、十一日の朝には日記は書けない。また、この日は朝から一葉は多忙な一日を送ってもいる。さらに十日の記事に天気が記されておらず、十一日については天気が記されていることも考慮すれば、『日記　二』の冒頭の二日分は十二日朝に纏め書きされたと考えるのが妥当だろう。

では『日記　二』の九日までの記事はいつ書かれたのか。

これについては、次の三つの可能性が考えられる。

① 二月十日の朝に一月三十一日～二月九日までの記事を『日記　一』に記した。

②　二月十二日の朝、一月三十一日〜二月九日までの記事を『日記　一』に書き、手帳が一杯になったので、続きの二日分を『日記　二』に書いた。

③　『日記　一』の余白を見て、余裕が少ないと判断し、二月十日・十一日の二日分を、新たな日記帳『日記　二』を作って記し、この日以降のどこかで、一月三十一日〜二月九日までの記事を『日記　一』に書いた。

以上の三つである。いずれの可能性もあると思うが、これまで述べてきた、萩の舎の稽古日の勘違い（これには相当の日数が過ぎていたと考えられる）、九日の記事にも天気が書いてないこと（つまり十日に書いたのではない）等を考慮すれば、早くとも二月十二日朝、『日記　二』の冒頭の二日分と共に書いたか（②）、あるいはそれ以降の暇な時に書いた（③）と判断するのが正しそうである。

ちなみに『日記　一』の終わりには、先に述べたように「住所」「和歌の抜き書き」が書かれたページがある。これがいつ書かれたものか、可能性は『日記　一』の使用中、または使用後の二つあるが、いずれであっても、右の判断は変わらない。②の場合であれば、もし「住所」「和歌の抜き書き」が書かれていなければその分余裕があったにもかかわらず『日記　二』を使い始めたという奇妙なことになる。そのため『日記　一』を使用している時期の途中のどこか、少なくとも一月三十一日〜二月九日の記事が書かれる以前に書かれたものと推定できる。③の場合には、『日記　一』使用中でも使用後でも構わない。一月三十一日以降の余白を見計らって、切りのよい二月十日から『日記　二』に書き始め、その後一月三十一日〜二月九日の記事を書いた。その時点で「住所」等が書いてあっても不思議ではないし、書いてなければ後日余白を利用して書いたものと推測できる。
いずれにせよ、《雪の日》を含む一連の日記記事は二月十二日以降に書かれたということになる。

8　《雪の日》というもの騙り

ところで、《雪の日》の記事の中には、次に引用するような、桃水が一葉に対して自分の家に泊まるように勧めたという、従来からしばしば問題になっている箇所がある。

暇をこへば雪いや降りにふるを今宵は電報を発してこゝに一宿し給へと切にの給ふ
などかわさるることいたさるべき　免しを受けずして人のがりとまるなどいふ事はいた
く母にいましめられ侍ると真顔にいへば　うし大笑し給ひてさのみな恐れ給ひそ　お
のれは小田に行てとまりて来ん　君一人こゝに泊り給ふに何のことかはあるべき　よ
ろしかるべしなどの給へど頭をふりてうけがわねばされぱとて重田君をし而《て》車やとは

せ給ふ
（現代語訳　お暇をしようとすると、雪ははげしく降り続いており、「今宵は〔家に〕電報を送って、ここに泊まっては」と、強くおっしゃる。「どうして、そのようなことができましょう。許しを得ないで人のもとに泊まることなどないよう、母からは強く注意されています。」と真顔で言うと、先生は大笑いをなさって、「そんなに恐れないでください。私は小田の所に泊まりに行きます。あなた一人がここに泊まるのに何の不都合があるでしょうか。構わないでしょう?」などとおっしゃるけれど、頭を振って承知しないので、「それでは」と言って、重田君に頼んで人力車を雇ってくださった。）

一人住まいの男が、自分は友人宅に泊まるから、あなたはここに泊まりなさいと言って勧めることが現実的にあり得るだろうか。「今宵は電報を発して」とあるから、一葉は自宅から来ているので、自宅には〈先生の家に泊まります。先生は友達のところに泊まるので、安心して下さい〉という主旨の連絡をすることになるのだろうが、はたしてこのような理屈が家族に通じるものだろうか。そもそも三十一歳の分別ある大人の桃水が、そうした親たちの反応を予想し得ないなどということがあるだろうか。常識（?）に照らしても奇妙な記事なのだが、ではなぜこのような記事が書かれたのか。

これについて、関礼子に興味深い指摘(4)がある。

この時期桃水は『朝日新聞』に「胡砂吹く風」を連載しており、特に明治二十五年一月十日、十二日（七十八、七十九回）では、主人公林正元と香蘭が「再会し雪に降り込められて一夜を過ごし語り合う条りがある」という指摘である。関の論文から「胡砂吹く風」の関連箇所を以下に引いておく。

○（芳）東門までは余程の道程、もう〳〵泊つてお出でなさい、夫《それ》に宵から雪催《もよい》と言ひつつ窓を開かんとすれば、早ばら〳〵と降込む雪（芳）アレいつの間にか降て居ますよ（＊「芳」は、香蘭の母芳佳）（七十八回）

○降りしきる雪の時間待たんとして暫し腰を落ちつくれば生憎に風さへ吹起りて今は一歩も踏出すべきにあらず是れ此雪や風好く主人の意《こころ》を得たり（七十九回）

関はここから、「連載日にわずか二十日前後、桃水は小説と相似た状況に自らが置かれていることに気づく」と述べ、「桃水が『物語の体験化』を演じた」のだと述べている。関の立場は《雪の日》の記事を事実とし、桃水の発言の方に虚構を読みとるというもので、そこから「一葉の（日記——引用者注）記述からも桃水の狼狽ぶりが手にとるようである」、「一葉がなぜ自分を訪れたのか『一切不得要領』という言葉は、作中と現実の奇妙な類似にあわてた桃水の照れ隠しの強弁だったともいえよう」と述べているが、はたしてそうだろうか？　もちろん一葉が「胡砂吹く風」の右の条りを読んだことが確認できなければ、関のような判断の余地はあろう。

では一葉は師桃水の作品を読んでいないのだろうか？

一葉日記には新聞記事の引用がしばしば出てくる。後期の日記には、多忙や体調のせいだろうか、日々の記録を書き記すことが少なくなるのだが、一方で、社会に対する興味が深まったことと相まって、毎日の出来事を書き付ける代わりに新聞記事を抜き書きすることも多くなってくる。

また、明治二十四年一月二十二日の記事にも「今日の新聞に出たり」と新聞を読んでいる記事がある。樋口家の台所事情にもよるのだが、一葉は可能な限り新聞をとり、また、とれない場合には、纏めて知人から貰ってもいる。まして、師の桃水が連載している『朝日新聞』を読まないことは考えられない。

そのように考えたときに、『日記　二』の二月九日の記事、すなわち「萩野君来給ふ朝日新聞を持参したまふ」が気になるのである。「萩野君」が朝日新聞を持参しているということは、樋口家ではこの時期、朝日新聞を購読していなかったが、桃水の「胡砂吹く風」を読むために、読み終わった新聞を纏めて届けて貰っていたのだろう。

では、《雪の日》の記事によく似ているという「胡砂吹く風」の「七十八回・七十九回」つまり「一月十日・十二日」分を一葉はいつ読んだのだろうか？　その可能性の最も遅い時期は、右の記事の二月九日に届けられた分に含まれていたというものだろう。であるならば二月四日の《雪の日》の記事には書けなかったのか？〈書けた〉、それが回答である。なぜなら、先に推定したように、《雪の日》の記事は二月十二日以降に書かれたものだからである。つまり、関の言うように桃水の方が自分の書いた小説の内容をなぞって見せたのではなく、一葉の方が、日記の中に「胡砂吹く風」の物語を自らの経験であるかのように書き込んだ、というのが、真相なのである。

日記は事実だけを記録するものだ、と思い込むのは正しくはない。他人には読まれないのだから、わざわざ嘘を書くことに意味があるのか、という反論もあるかもしれない。しかし、一葉は、紫式部日記を始めとする平安女流日記の存在を知っている。つまり読まれるものとしての日記がある、ということも知っていたし、初期一葉日記は下書きや記録を纏め書きした形跡があり、日記文学と呼ばれる女流日記を意識していた可能性が高い。また、妹の邦子が手習いとして日記を書いたのでそれを添削した、ということが一葉の日記に記されている。そうした意味では、他者に読まれないことを日記の第一義として決めつけてしまうのは危険であるし、少なくとも樋口家ではそうした認識は薄かったようである。そういう意味では一葉日記の場合、どこか物語化された虚構の入り込む余地があったと見なした方がよい。

先に書いたように《雪の日》つまり二月四日の日記には「手づからしるこをにてたまへ

り」とある。ところが、同年六月後半から七月頃に書かれたとされる記事には「さりし雪の日の参会の時手づから雑煮にて給はりしこと」と書かれている。この「さりし雪の日」が《雪の日》と別だとするのは無理がある。とすれば、わずか半年ばかりのうちに、師の桃水が自ら作ってくれた料理を忘れてしまったのだろうか？　常識に照らして（という言い方は正しくないかもしれないが）理解しがたいことに思われる。しかも「4」で引いたように翌年の二月二十七日の記事では「手づから調理し賜はりしゝるこの昔し」となっている。作ってくれた料理を忘れることも理解しがたいが、それが再び元に戻ることも不思議だと言うほかかない。記憶が上書きされれば、後の記憶の方が残るのが普通（？）ではないだろうか。

ここから考えられる答えは次のようなものだと思われる。

桃水は何も作っていない、ということである。それにもかかわらず一葉は日記に「しるこ」と書いた。しかし事実ではないため記憶は曖昧になる。その結果、六月の記事では同じ餅料理という共通点を持つ「雑煮」と記してしまったのである。では翌年の記事はなぜ「しるこ」なのか。一葉はしばしば自分の日記を読み返している。特に《雪の日》に関わる記事であれば、約一年後に、改めて記事を読み返した可能性は十分にある。だからこそ、「4」で引いたような烈しい思いを記した日記記事が書かれたのだと言ってもよい。そうして、《雪の日》には「しるこ」と書いてある。

9　おわりに

再び《雪の日》の天気記述を眺めれば、天気は午前中「霙まじりの雨」、のち「雪」だから、この日の最高気温は午前中に記録されたものと推定される。この日、東京の最高気温は1.9度。地表温が2度以上ないと雨は降らないから、一葉の住んでいた菊坂町は測候所のあった麹町より気温が高かったのだろうと思われる。しかし、この日雲量は9.2、一日中空のほぼすべてを雲が覆っていた。こういう状況では場所による大きな気温の差は生じない。菊坂町もおそらくは最高気温でも2度をやや上回る程度だったはずである。とすれば雨が降る確率は極めて低いものになる。おそらく降っていたのは霙、それも雪催いの霙だったはずで、それを「雨」と見たのは、一葉の心だったのではなかろうか。

《注》

（1）山田有策「樋口一葉ノート・1　『雪の日』についての一考察」『東京学芸大学紀要』昭51・10

（2）『智山学報』昭55・11（杉崎俊夫『近代文学と宗教』平3・11　双文出版　による）

（3）半井桃水「一葉女史」『中央公論』明40・6（『全集樋口一葉　別巻』平8・12

小学館　による）

（4）関礼子「一葉日記における『語る主体』の生成——日記『雪の日』前後——」『立教大学日本文学』第六十五号　平3・3

第四章　雨のもの騙り

【問題の所在】

一葉の日記が、秘密を厳封するというよりは、どこか開かれているという印象を与えるのは、個室を持たない一葉の宿命とも言うべきものだろうが、同時に相続戸主として事実を後に残すための日記という記録志向に由来するものでもあろう。

天気記述についても、纏め書きの際に正確な天気が分からない場合には記さないといった姿勢なども、中期以降の日記が、〈私的な公の記録装置〉だったことを意味しているように思われる。しかし、事実の記録を心がけながらも、一方で、虚構に近い〈物語〉が紛れ込んでいるのも、また事実なのである。従って、一葉の日記読者は、記されている記事を〈真に受けながら〉、その背後に隠されている物語を読み解く必要がある。なぜなら、〈事実〉のみを語ることによっても、そこに〈虚構〉という〈騙り〉が生み出されることがあるからである。

そのためには、書かれてある事柄を通して、書かれていない事柄を読み解く作業が必要になる。事実を記すこと＝事実を全て書き記すこと、ではない。ある事実を書かないことによって、自ずからそこに〈別の事実〉を生み出してしまうことがしばしばあるのである。日記に記されている出来事の意味を明らかにするためには、その記事が書かれた文脈の中に出来事を引き戻して読み解いてみる必要がある。

事実を記録として残しながら、そこに入り込んでくる一葉の思い。本人は日記を書いていることを十分意識しているはずなのだが、それにもかかわらず行間に、そして時に本文に紛れ込んでくる、記録者としての役割を越えた記述の存在。

そう考えたときに、そもそも日記とはなにか、という疑問が沸いてくる。日記とはこういうものだ、と我々が無意識のうちに思い込んでいること、それらを洗い直すことから始めなければ日記は読めない。とすれば、そもそも日記と小説はどこが違うのか、という疑問も沸いてこないだろうか?

本章では、一葉が残した別の表現＝小説における〈雨の物語〉についても触れつつ、一葉日記に隠された〈物語〉の意味について、纏めることにする。

1　日記は「秘密」を書く装置なのか

一葉の日記に記された天気記述を検討すると、天気という〈事実〉を記録しながら、一方で、桃水と自分との不思議な縁を宿命づけるものとして、雨が特に強く意識されているということができる。おそらく初めはたんなる偶然に過ぎなかった桃水訪問日の雨が、いつの間にか訪問日に限って雨が降るというように一葉には思われてくる。実際にはそのような偶然が続くことはあり得ないのだが、日記でことさらに雨に言及し続けることで、日記読者には、一葉と桃水に纏わる不思議な因縁話として〈雨の物語〉が強く印象付けられることになる。

ところでいま日記読者と述べたが、一葉が他者に日記を読まれることを、どの程度意識していたのかについては判断が難しい。王朝女流日記を意識した書きぶりをしたことのある一葉であるから、他者に読まれる可能性を全く想定していなかったとは考えがたい。また、日記を検討すると、少なくとも母親と妹に対する悪口を見出すことはできない。せいぜいが軽い不満程度である。母親のたきは文字の読めない人だったらしいが、こうした書きぶりは、少なくとも妹に（そうして妹を通して母親にも）日記が読まれる可能性のあることを、一葉が意識していたことを想像させるものである。例えば、「国（邦）子日記の書き初めをなしたりとて見せる」（『につ記』明治二十五年二月十一日）という記事があるが、一葉が邦子の手習いの師だったとはいえ、この記事は、樋口家においては日記が秘密を記述する装置とは見なされていなかったことを示唆しているように思われる。

一葉は個室を持たない人であった。母と妹邦子と一葉は同じ部屋で寝ている。朝日記を書く一葉の場合、母と妹が朝食の支度をしている時間帯に、日記を部屋の隅ででも書いたのだろう。そこに家族が出入りすることは日常茶飯事だったはずである。言い換えれば、個人的な秘密を記す装置としての日記を持つ環境には、十分恵まれていなかったことを意味する。筑摩書房版『樋口一葉全集　第三巻（上）』(1)（以下、全集と略記）に、日々の記録を記した「正系日記」とされるものが収められているが、全部で四十四冊ある。他に散逸したものもあるようだが、一葉は基本的に日記を保管し続けていたことになる。想像を逞しゅうすれば、個室を持たない、また当然鍵のかかる金庫や抽出を持たなかったはずの一葉は、これらの日記を風呂敷に包むか文箱に入れるかして、押し入れか部屋の隅においていたはずである。少なくとも家族はその気になればいつでも一葉の日記を読むことができたと思われる。

しかし一方で、例えば萩の舎の人々に対する激しい怒りの表白を見出すこともできる。はたして一葉はそうした記事を読まれることを意識していたのかどうか。

そのように考えてくると、一葉日記の位相を一つに絞り込むことは不可能であるようにも思われる。

しかし、第一章でも述べたように、中期以降の一葉はできるだけ正確な記録を残そうとしている。一葉の日記が、秘密を厳封するというよりは、どこか開かれた印象を与えるのは、個室を持たない一葉の宿命とも言うべきものだろうが、同事に相続戸主として事実を後に残すための日記という記録志向に由来するものでもあろう。

天気記述についても、纏め書きの際に正確な天気が分からない場合には記さないといった姿勢なども、中期以降の日記が、〈私的な公の記録装置〉だったことを意味しているように思われる。しかし、事実の記録を心がけながらも、一方で、虚構に近い〈物語〉が紛れ込んでいるのも、また事実なのである。従って、一葉の日記読者は、記されている記事を記録として〈真に受けながら〉、その背後に隠されている物語を読み解く必要がある。なぜなら〈事実〉のみを語ることによっても、そこに〈虚構〉という〈騙り〉が生み出されることがあるからである。

そのためには、書かれてある事柄を通して、書かれていない事柄を読み解くという作業が必要になる。事実を記すこと＝事実を全て書き記すこと、ではない。ある事実を書かないことによって、自ずからそこに〈別の事実〉を生み出してしまうことがしばしばあるのである。日記に記されている出来事の意味を明らかにするためには、その記事が書かれた文脈の中に出来事を引き戻して読み解いてみる必要がある。本章ではまずこうした立場から、一葉日記を雨に着目して読み解いてみたい。

2　此頃降つゞく雨の夕べ

一葉が日記の中にことさらに雨を持ち込むことで、桃水との間に天が宿命ともいうべき縁を与えているという〈雨の物語〉を作り上げていると第二章で述べた。こうした営みは、小説という虚構を創造する作業とは異なって、毎日の生活に密着している点で、小説よりはるかに強いリアリティをもっていたはずである。その結果、一葉自身が〈雨の物語〉に取り込まれていくことになる。言い換えれば、〈雨の物語〉の方が一葉を支配し始めるということであり、雨が桃水の面影を一葉の中に呼び起こす装置となってしまうということである。それが日記の記事にも影響を与え、時に実際の行動をも支配するようになっていく。

もっとも、雨に閉ざされた空間の中で、恋しい人を思い起こすという現象自体は珍しいことではない。中原中也に長谷川泰子に関わる「六月の雨」(2)という詩があり、芥川龍之介に吉田弥生に関わる「また立ちかへる水無月の」という雨を想起させる「相聞」(3)がある所以である。しかし、一葉の場合には、これらよりもっと深刻な強い形で、雨が桃水を呼び起こしているように思われる。それを如実に示しているのが、次の記事である。

我はじめよりかの人に心ゆるしたることもなくはた恋し床しなど思ひつることかけてもなかりき　さればこそあまた丶びの対面に人けなき折々はそのこと丶なく打かすめてものいひかけられしことも有しが知らず顔につれなうのみもてなしつる也　さるを今しもかう無き名など世にうたはれ初て処せく成ぬるなん口惜しとも口惜しかるべ

きは常なれど心はあやしき物なりかし　此頃降つゞく雨の夕べ〔など〕ふと有し閑居のさま〔しどけなき〕打とけ姿などそこともなくおもかげに浮びて彼の時はかくいひけりこの時はかう成りけん　さりし雪の日の参会の時手づから雑煮にて給はりしこと母様のみやげにし給へとて干魚の瓶付送られしこと（中略）殊に五もくずし調ずること得意なれば近きに君様正客にして此御馳走申べしとて約束したりき　さるにても其手づからの調理ものよ　いつのよいかにして賜ハることを得べきなど思ひ出るまゝに有し頃恋しう世の人うらめしう今より後の身心ぼそうなど取あつめて一ッ涙に也ぬ

（現代語訳　私は初めからあの人〔桃水〕に心を許したこともなく、また、恋しい、会いたいなどと思ったことも、神かけてなかった。だからこそ、しばしばの対面で人がいない折々には、それとなく意味深なことを語りかけられたこともあったけれど、気付かないふりをしてつれない素振りだけをしてきたのです。けれど、今こうして身に覚えのない噂などをたてられて、初めて肩身の狭い思いをするようになったのは、ただただ悔しいのは当然だけれど、心は不思議なものですね。この頃の雨が降り続く夕べなどには、ふと〔先生が〕ゆったりと座って打ち解けてくださった姿などが、それともなく面影に浮かんできて、あの時はこうおっしゃった。この時はこうだった。かつて雪の日にお邪魔した折には、自らの手でお雑煮を煮てくださったこと　お母様へのおみやげにして下さいと言って、干魚の瓶漬を下さったこと（中略）特に「五目ずしを作ることが得意なので、近いうちにあなたを主客にしてご馳走しましょう。」と約束をしたりもした。それにしても、先生手づからの料理を、いつの世どのような機会に頂くことができるだろうか、などと思い出すままに、昔の日々が恋しく、〔あらぬ噂をたてる〕世間の人々が恨めしく、またこれから先のことを思うと心細く、様々な思いが一緒になって涙が出てきます。）

（『につ記』明治二十五年）

右は明治二十五年五月二十九日の日記記事の後、『につ記』末尾に記された記事の冒頭部分である。これについては藤井公明(4)や全集の補注などで記載時期や成立過程について考察がなされているが、六月に入って顕在化してきた一葉・桃水の仲に対する萩の舎での噂によって、一時桃水と絶縁するという七月二十二日の出来事と深い関わりがある記事で、この出来事に関わる時期に『につ記』末尾の余白を利用して、数次に亘って書き継がれたと推定されている。

「我はじめよりかの人に心ゆるしたることもなくはた恋し床しなど思ひつることかけてもなかりき」という表現は、思わぬ噂を流す萩の舎の仲間に対する怒り、また、桃水が一葉のことを自分の妻だと言いふらしているという噂を真に受けての桃水への怒り、そうして「口惜し」さの表白となっている。

しかし続けて記される桃水への思いは、この発言とは裏腹に「恋し床し」という感情以外のなにものでもない。こうした思慕を書かせる原因となったのは何だったのだろうか？記事には「此頃降つゞく雨の夕べ」とある。「無き名」を「世にうた」う人たちに対する激しい憎悪を記しながら、「此頃降つゞく雨の夕べ〔など〕ふと有し閑居のさま〔しどけなき〕打とけ姿などそこともなくおもかげに浮びて」と、桃水を思い起こさせたのは雨にほかならない。雨の物語に取り込まれている一葉が、目の前に降る雨を眺めながら、居ても立ってもいられなくなって筆をとり思いを書き付けた、とそう見える。一葉の日記では、他にもこうした例を見出すことができる。次節でさらに検討してみたい。

3　わが心より出たるかたちなれば

記事についてさらに検討するために、あらかじめ次のような作業が必要になる。天気の公式記録は一日につき一種類だけが示されており、一日の天気の変化を知ることはできない。ただ、雨については、一葉の天気記述と記録に残された天気、および降水量を参考にすると、一日の内のいつ頃雨が降ったのかが推測できる場合がある。例えば一葉は「晴」と記し、記録は「雨」しかも降水量が多い、つまり日中のにわか雨や通り雨の類いではないと判断できる場合には、雨は一葉の目覚める前か寝た後に降ったと推定できる。ここに、前後の天気を考慮することで、雨がその日の朝の目覚める前か、その日の夜の寝た後かを決定することが可能になる。

こうした作業をしながら日記を検討していくと、次に挙げる明治二十六年四月の記事が興味深いものに見えてくる。

（明治二十六年四月）

廿日　晴天　午前母君奥田老人を訪ふ　午後広瀬七重郎出京　才《ママ》判事件につきて也　本日直に帰県なすよし也　此夜母君と共に散歩なす　臥したるは十二時成けん　大雨に成ぬ

廿一日　雨天

わが心より出たるかたちなればなどか忘れんとして忘るゝにかたき事やあるとひたすらに念じて忘れんとするほど唯身にせまりくるがごとおもかげまのあたりにみえてえ堪ゆべくも非らず　ふと打ちみじろげばかの薬の香のさとかをる心地しておもひやるこゝろや常に行かよふとそゞろおそろしきまでおもひしみにたる心也　かの六条の御息所のあさましさをおもふにげに偽りともいはれざりけりな

おもひやる心かよはばみてもこん　さてもやしばしなぐさめぬべく

廿二日　晴天　小石川稽古に行く　道すがら半井君を訪ふ　小石川は例のごとくなり　午後田辺君子君来訪　龍子ぬし懐妊せられたるよし師之君に風聴の為也

（以上『蓬生日記』）

二十二日の記事に、萩の舎へ赴く途中に桃水の許に寄ったという記事が、さりげなく記されている。ここだけを読めば、通例の訪問に過ぎないように見える。しかし一葉は重要なことを書き記していないようである。この時期、一葉は桃水と絶縁状態にあり、訪問は簡単に許される状況にはなかった。また、この訪問が特別なものであることは、次に挙げる、先の『蓬生日記』と並行して同時期に使用されていた『しのぶぐさ』の同じ日の記事や「(日記断片　その二)」と名付けられた断片において、繰り返し言及されていることによっても明らかである。

道もせに咲く花のなかばゝつちに敷きて雪の中ゆくなどはかゝるをいふにや　青葉に成ぬる梢わかやかにもえ出たる小草など景色をかしきわたりにうしかふ家のひろやかなるなどもみゆ（中略）道ゆく人も我が面て守るらん様に覚えて只相しれる人に逢はじと斗いそぐ　かの家には思ひかけぬ事と只あきれにあきるゝものから人々うれしげにもてなさるゝことといとうれし

（現代語訳　道が狭いとばかりに咲く花々の、半ばは土に敷き詰められたようになって、雪の中を行くのはこんな状態をいうのだろうか。青葉になった梢や緑に萌え出した草などの景色も美しい辺りに、牛を飼う家の広々としているのなども見える。〔中略〕道を行く人がみな私の顔を見ているように思われて、ただ、知人には会わないようにと急いで行く。あの〔桃水の〕家では〔私の訪問を〕思いがけないことと、ただただ驚いているけれど、喜んでもてなしてくれるのはとてもうれしい。〕

（『しのぶぐさ』明治二十六年四月二十二日）

ことにいふべきこともあらず　聞かんと思ふこともなし　かれよりも詞なくこれよりも詞なし　何故にすがのねの長くまちて逢にし今日のとそゞろ我ながらあやしかしつま持ち給ひしとかほの聞居たるをいかで問はゞやと思へどさて其折もなし〔中略〕いかで御身大切にと斗何事もいひさして別れぬ　といはんかくいはんのさま〴〵は何方にかげかくしけん　其かたはしだにあらわしがたきは我ながら心よはしや今日を置きてまたの逢日もはかられなくに

〔現代語訳　特に言いたいことがあるのではない。聞こうと思っていることもない。あちら〔桃水〕からの言葉もなく、私からの言葉もない。長いお暇を経ての久々にお会いした今日なのに、〔なにを思うかと〕我ながら不思議な気がするのです。妻をお持ちになったと噂で聞いたことの真偽をどうやって聞こうかと思うけれど、その機会もない。〔中略〕「どうかお体を大切に」と、言いたいことのほとんどを言えないまま別れた。〔お会いしたら〕あれも言おう、これも言おう、と思っていたことはどこに消えてしまったのだろうか。その片はしだけでも、表現しきれないので、我ながら心の弱いことよ〔思うことの片はしすらも言えずに〕。今日の機会を逃して、また再び会える機会があるかどうかもわからないのに）　（「（日記断片　その二）」）

『しのぶぐさ』には「かの家には思ひがけぬ事と只あきれにあきるゝものから」とあるから、一葉の訪問は突然だったのだろう。「今日を置きてまたの逢日もはかられな」い訪問であり、「道ゆく人も我が面て守るらん様に覚えて只相しれる人に逢はじと斗いそぐ」という隠密の行動でもあった。

このように見てくると、先に掲げた四月二十日から二十二日までの記事が別の姿を持ってくる。

それを確認するため、実際の一葉日記の直筆の影印(5)を参考にして、改行や字明けなども含め正確に再現してみると次のようになる。

廿日　晴天　午前母君
奥田老人を訪ふ
午後
廣瀬七重郎出京
才判事件につきて也
本日直に帰県なす

↑ページ終り（改ページ）」

よし也　此夜母君と
共に散歩なす
　　　臥し
たるは十二時成けん
大雨に成ぬ
廿一日　雨天

わか心より出たるかたち
なれはなとか忘れんと
して忘るゝにかたき
事やあると　ひたすら
に念して　忘れん

↑
↑
↑
↑約四行分空白・ページ終り（改ページ）」
↑
↑約二行分空白

とするほと　唯身に
せまりくるかことおも
かけまのあたりに
　　みえて

↑ページ終り（改ページ）」

え堪ゆへくも非らす
ふと打ちみしろけは
かの薬の香のさとかをる
心地しておもひやる
こゝろや常に行かよふ
とそゝろおそろしき
までおもひしみにたる
心也　かの六条の御息
所のあさましさを
おもふにけに偽りとも
　　いはれさりけりな

↑ページ終り（改ページ）」

ひ
おもふやる心

（＊「ふ」の横に「ひ」と訂正）

かよはは
みてもこん
さてしも
しはし
なくさめぬ
へく
廿二日　晴天　小石川
稽古に行く　道す
から半井君を訪ふ
小石川は例のことく
↑ページ終り（改ページ）」
なり　午後田辺君子君
来訪　龍子ぬし懐妊
せられたるよし
師の君
に風聴の為也

二十一日の記事は「雨天」と記された後、ページの切れ目を挟んで約六行分の空白がある。つまり、後に二十一日の記事を書くつもりで約六行分を空けたうえで、その後に、「わが心より出たるかたちなればなどか忘れんとて忘る丶にかたき事やある」と激しい恋心を二ページ半に亘って書き記し、慌ただしく家を出たことを物語っている。

なぜ一葉はこのような行動をとったのだろうか？

記録によれば、二十日は降水量0.0。晴天で雨が全く降らなかった場合には記録は「——」と記されるので、0.0とは、雨が降るには降ったが、ほんのわずかだったことを意味している。一葉の日記には「臥したるは十二時成けん　大雨に成ぬ　廿一日　雨天」とあるから、深夜、二十一日に日が変わるころにパラパラと雨が降り始めたのだろう。十二時ころ床に入った一葉は、ふと外で雨音がしていることに気づく。「雨だ」と思いつつ、雨脚は次第に激しさを増してくる。そしてこの日は33ミリの大雨になる。翌二十二日は、降水量0.4ミリ。つまり二十一日は一日中雨が降り続き、日付が変わり二十二日になった深夜に雨が上がったらしい。二十一日、一葉は止むことなく降り続く雨を眺め、あるいはその夜も雨音を聞きながら、何を思っていたのだろうか。その答えが、二十二日の唐突な行動である。

二十二日早朝起きだした一葉は、日記を取り出し「廿一日　雨天」と書き付ける。そうして、〈ほかの事は後日に〉と思い定めそのための余白を約六行分あけ、その後に「わか心より出たるかたちなれは」以下、〈忘れようとすれば忘れられるはずなのに、面影が浮かんで耐えることができない〉という文章を記し「おもひやる心かよはばみてもこんさてしもしばしなくさめぬへく＝思いあう心が通っているのかどうか見に行こう、私の思いを慰めるためにも」という歌を詠み、桃水の許へと急いだのである。

その後、日を経ても空白の六行が埋められることはなかった。しかしその代わりに、先に引いた『しのふくさ』の同じ日の記事や「(日記断片　その二)」が書かれたのである。それほどこの日の出来事は一葉にとって大きかった。

二十二日、記録では天気は曇り、一葉の日記には「晴天」とある。深夜に雨が止んだ後も、この日は少なくとも午前中は雨雲が広く空を覆っていたはずである。それを「晴天」と書いた一葉の心の雲は、この日の再会で払えたのだろうか?

和田芳恵は『一葉の日記』(6)でこの時期の日記を読んだ印象として、「一葉は、桃水に失恋したものとして、苦しみもだえてゐた。諸事思ふにまかせず、生活は窮乏してゐた。強度の神経衰弱であつた。また、ノイローゼの兆候も見られる。」と述べている。「神経衰弱」、「ノイローゼ」とは穏やかではないが、記事がどこか奇妙に感じられるのは確かである。

「道すがら半井君を訪ふ」というさりげない記事の背後には、想いを抑えることができず、桃水の許へと急ぐ一葉の姿が隠されている。しかも「道すがら」とのみ記すという書き方が、かえってこの日の行動の深刻さを物語っている。この日は稽古日、一葉は早朝から慌ただしく準備して萩の舎に赴くのが常であった。その前に桃水を訪ねることは、相当慌ただしい行動だった。そうして、この行動を引き起こさせる要因の一つは、間違いなく雨だったはずである。

4　恋は

一葉日記が桃水に対する恋日記でもあるという指摘は、すでに多くなされている。そのような読みが可能になるのは、一葉がしばしば恋に関する激しいとも言える記述を日記に残しているからなのだが、それらはいずれも唐突に記されたものではない。一葉の恋を論じる際に引き合いに出される日記記述のほとんどは、雨と無縁ではないといってもよいのである。例えば次の文章。

恋は尊くあさましく無ざんなるもの也　つれ〴〵の法師が発心《ほっしん》のもと文覚《もんがく》上人が悟道のしをりも是れに導かれてと聞き渡るこそ尊けれ　花の散る所月のかくるゝところいづことしてか恋なからむ（以下略）　（『につ記』）

「恋は尊とくあさましく無ざんなるもの」というよく知られた記事だが、これは明治二十六年五月十九日と二十日の日記記事の間に書かれている。つまり、二十日の朝、十九日の記事を書いた後に続けて書かれたか、あるいは、二十一日の朝、二十日の記事を書く前に書かれたか、のどちらかということになる。
そうして、十九日夜から二十日の朝にかけて雨が降っていた。おそらく一葉は床の中で雨音をずっと聞き続け、二十日の朝にこの記事を書き付けたものと推定できる。
同じく、よく知られた「恋は」と題された記事。

見ても聞きてもふと忍び初ぬるはじめいと浅し　いはでおもふいと浅し　これよりもおもひかれよりもおもはれぬるいと浅し　これを大方のよには恋の成就とやいふらん逢そめてうたがふいと浅し　わすられてうらむいと浅し　逢はんことは願はねど相おもはん事を願ふいと浅し　相おもはんも願はず言出んも願はず一人こゝろにこめて一人たのしむいと浅し

（現代語訳　姿を見たり声を聞いたりして、ふと心の中で思い始める恋のはじめはまだ浅い。心に秘めて相手に思いを言わない恋もまだ浅い。こちらから思い、相手からも思われる恋もまだ浅い。この恋を大抵は恋の成就と言うのでしょう。付き合い始めて相手を疑う恋もまだ浅い。捨てられて恨む恋もまだ浅い。付き合うことは願わないけれど、二人の心が通じ合っていることを願う恋もまだ浅い。相思相愛であることも願わず、思いを打ち明けることもせず、片思いを一人楽しむのも、まだ浅い。）

（『につ記』）

この記事は明治二十六年七月六日の朝に書かれたと推定できるものだが、この日目覚める前も、一葉は床の中で雨音を聞いている。

うき世にははかなきものは恋也　さりとてこれのすてがたく花紅葉のをかしきもこれよりと思ふにいよ〳〵世ははかなき物也　等思三人等思五人百も千も人も草木もいづれか恋しからざらむ

（『水の上日記』）

右の記事は明治二十八年四月二十二日と二十四日の記事の間に記されている。記事が書かれたのは二十三日・二十四日・二十五日の朝のいずれかであるが、二十三日は35.2ミリの大雨だった。

さらに、おそらく一葉日記の中で最もよく知られた次の記事も、雨と無縁ではない。

雨じたりの音軒ばに聞えてとまりがらすの声かしましきにふと文机のもとの夢はさめぬ　今日は二月廿日成きとゆびをるに大かた物みなうつゝにかへりてわが名わがとしやう〳〵明らかに成ぬ　木よう日なれば人々稽古に来るべき也　春の雪のいみじう降たるなれば道いとわるからんにさぞな侘びあへるならんなどおもひやる

みたりける夢の中にはおもう事こゝろのまゝにいひもしつ　おもへることさながら人のしりつるなど嬉しかりしを　さめぬれば又もやうつせみのわれにかへりていふまじき事かたりがたき次第などさま〴〵ぞ有る
しばし文机に頰づえつきておもへば誠にわれは女成けるものを、何事のおもひありとてそはなすべき事かは

（現代語訳　雨の滴る音が軒先から聞こえて、カラスの声も騒がしく、それらの音で文机に寄りかかり転寝《うたたね》をしていた私はふと目が覚めた。今日は二月二十日と、指折り数えているうちに、夢の中の世界は消え、現実に戻って、自分の名前や歳が次第に明らかになってくる。今日は木曜日なので、人々〔生徒たち〕が稽古に来るはずだ。春の雪がひどく降ったので、道が悪く困っているだろうと思いやる。

見ていた夢の中では思うことを心のままに言うことができた。〔口にした思いの〕すべてを、あの人が知っていて「ああ嬉しい」と思ったのに、目が覚めてみれば、はかない現実のわが身に戻って、言ってはいけないこと、言葉に言い尽くせない事情など、様々な障害がある。

文机にしばしの間頰杖をついて思いを馳せると、ああ私は誠に女ではあるけれど、どのような思いがあってそれを為すことができるのだろうか。）

（『みづの上』明治二十九年二月）

有名な「誠にわれは女成けるものを」という一節を含む記事だが、「女成けるものを」

という発言は、様々な研究で指摘されているように、明治という時代の中で女として生きることの意味や、晩年の社会活動に対する一葉の関心と密接に結びついていることは間違いないだろう。しかしそうした読みが時に、「女」という言葉の持つ意味を女性全体の問題として、一葉個人の姿を置き去りにしてしまう危険性もあるのである。右の記事で「雨じたりの音」を聞きつつまどろんでいた一葉の夢の中に現われた「おもへることさながら人のしりつる」という「人」は誰だろうか?　そう考えてきたときに、「女」の意味の周辺に桃水の面影を配してみたくなるのである。

5　小説の中の雨

これまで日記における雨について検討してきた。本節では一葉の小説の中で、雨がどのような意味を持っているのかについて、簡単に触れておくことにしたい。なぜなら、雨を強く意識していた一葉が、小説でどのように雨を描いているのかを検討することで、一葉の小説創作の一端を明らかにできるように思うからである。なお、本章末に「作品別天気使用例数一覧」を挙げた(186ページ)。参照して頂きたい。

まず全体について言えることは、天候を示す描写としては、晴れ・曇りに対して、雨・

雪の用例が非常に多いということである。

晴れ・曇りは一葉の場合「天晴れ」「胸の雲」といった比喩表現として用いられる場合がほとんどであり、物語を彩る天候としては雨・雪を使用している。これは物語の趣向を凝らすために雨や雪などのドラマ性を持った天気を利用することで、物語を劇的なものにするという方法を用いていることを意味しており、物語制作の初歩的な方法といえる。そういう意味では小説作者としての一葉の未熟さを見て取ることも可能である。

初期の一葉作品が題詠和歌的、古典物語的な類型を離れていないことについては、すでに多くの指摘がある。天気の使用方法についても同様の傾向を指摘できる。雨を、例えば「涙雨」として、あるいは、古典和歌にしばしば登場する「眺め」る心の縁語「長雨」として利用している。雪もまた同様で、自殺した植村に対する罪の意識に戦きながら、雪が消えるようにおそらく死んでゆくことになる「うつせみ」の主人公の名が「雪」であることが典型的な例であるように、そうして、悲恋を描いた「別れ霜」の中で雪が降り続いているように、雪もまた、物語の結構を誂えるための古典的な手法の域を出ないといってよい。このような趣向を凝らすことでしか物語を創造できないところに、初期一葉の、そうして師である桃水の限界があったのである。

しかし、いわゆる「奇跡の14か月」と呼ばれる晩年の一葉の作品については、天気の意味も位相を変えているように思われる。この時期の一葉にとって、小説は自己の精神を仮託する手段として意識されていた。それゆえ、主人公たちも、一葉の精神を色濃く反映することになる。

以下、一葉の代表作「たけくらべ」と、「にごりえ」について、検討してみたい。

一葉作品において、最も強く雨が意識されているのは「たけくらべ」だろう。表を見ても10例と、全用例中の四分の一がこの作品であり、長編であることを考慮に入れても、多いといえる。もっとも、数を論じることはあまり意味がないかもしれない。作中でどのように機能しているのかという質の方が、文学の場合には重要だからだ。

これについても贅言《ぜいげん》を要しないだろう。「たけくらべ」でもっとも印象的な場面、下駄の鼻緒を切った信如と、助けようとする美登利のすれ違い、あえて言えば叶わぬ恋を象徴的に描いている場面（十二・十三）は雨の中である。また、「筆や」に美登利・正太らの仲間が参会して遊ぶ場面で「あれ誰れか買物に来たのでは無いか溝板を踏む足音がする」と、美登利だけが外の信如の足音に気づく場面（十）もまた、「秋雨しと〳〵と降るかと思へばさつと音して運びくる様なる淋しき夜」の出来事となっている。この場面では、他の空間から切り離して二人だけの時空を形作るものとして、雨が利用されている。同時に悲恋の象徴として雨が利用されているという点では、初期の一葉作品とはあまり違いはない。

しかし、一葉が美登利に自分の精神を託し、信如に――例えば――桃水の面影を見ているとするならば、雨という天気は、初期作品の類型的な趣向を越えて、日記における雨と意味や役割が重なってくる。

このような論証は、おそらく牽強付会に過ぎるだろうと思う。日記と小説は、表現の目的や方法において本質的に異なるものだからだ。しかし「たけくらべ」において、一葉が周辺の子供たちをモデルにして登場人物を描いていることや、自分の生活の現場に題材を求め、生活者の視線で物語を創造していることが示しているように、一葉はいわば等身大の人間たちを書こうとしている。それは作者である一葉自身にも当てはまるので、一葉は自己の生活や精神に即して物語を書いている。とすれば、「たけくらべ」に書き込まれた雨もまた、古典的な趣向を越えて、一葉自身の精神を反映するものとして読み解く必要があるのではなかろうか。

次に「にごりえ」であるが、この物語はお力と源七、さらに結城朝之助《とものすけ》をめぐる大人の恋の物語である。話の焦点はお力と源七の関係にあるが、ここでは朝之助に焦点を当ててみたい。

朝之助とお力の出会いは次のように描かれている。


さる雨の日のつれ〴〵に表を通る山高帽子の三十男、あれなりと捉《と》らんずらんば此降りに客の足とまるまじとお力かけ出して袂にすがり、何うでも遣りませぬと駄々をこねれば、容貌《きりよう》よき身の一徳、例になき子細《しさい》らしきお客を呼入れて二階の六畳に三味

線なしのしめやかなる物語、

朝之助は、源七とは違い、お力の恋人として想定されているとまでは言えない。しかし、右でも「三味線なしのしめやかなる物語」とあるように、お力の話の聞き手という重要な役割を与えられている。読者は、お力が朝之助に語る話を通して、子供時代の境遇や、源七との関係などを知る。いわば、大人の聞き手として朝之助は登場している。さらに「お前は出世を望むな」とお力の心に秘めた願いを読みとる人物として、いわば、物語の中のお力の本心を読者に明かす唯一の存在としても措定されている。

朝之助については、従来からモデルを、一時一葉の許嫁だった渋谷三郎や、半井桃水とする見解が出されているが、お力と朝之助の出会いが「さる雨の日」であり、「袂にすがり、何うでも遣りませぬと駄々をこねれば」という形で引き留めるという描写は興味深い。

一葉が小説において、どの程度雨を意識していたのか、明確な判断はできない。しかし、今見てきたような晩年の小説における雨の描写を見る限り、たんなる趣向として雨が利用されたとは考えがたい。自己の思いを仮託する重要な装置として、雨が小説の中に呼びこまれていた、と読んでみたいのである。

6　後期一葉日記の雨

再び一葉日記に戻れば、後期一葉日記は記述が少ない上、纏め書きなども増えて、天気記述自体が減ってくる。後期の一葉は、毎日の記録を残すより、その折々の思いを随筆風に記す場合が多くなってくる。しかしそうした中にあっても、雨は一葉と桃水との切り離せない縁を象徴するものとして機能し続けている。

例えば、次に掲げる明治二十八年六月三日の記事は、現存する一葉日記において桃水が登場する、終わりから四つ目の記事にあたり、天気記述を持つ桃水関連の記事としては、終わりから二つ目にあたる。そうして、日記に従えば、約一年ぶりの再会である。

三日　田中の会なれども出がたし　午後より三崎町に半井ぬしを訪へば飯田町の本宅におはします　かなたへ参らせ給へといふに四丁め二十一番地とて田中ぬしとは一小路斗隔てたる処へゆく

と、始まる。萩の舎の友人の田中みの子の会に欠席するという、義理を欠いての桃水訪問だった。記事は続けて、鶴田ぬしがはらにまうけし千代と呼べるがことしは五つに成しがいとよく我れに馴れてはなれ難き風情まことの母とや思ひ違へたる哀れ深し　（中略）か丶るほどに戸田ぬしが子も目さむればおかう殿いだき来てみす　まだ生れて十月斗のほどならん（中略）抱き取りてふりつゞみ見せ犬はり子まはしなどするにいつとなくなれて我が膝にのみはひよる　こはあやしき事かな　常にをとなしき子なれども見馴れぬ人にはむづかりて手をもふれささず此ほど野々宮様大久保様などあやし給ひしにいたく泣入て困じにけるを今日はかく馴れ参らせてよろこび居る事とおかうどのいぶかる　半井ぬしほ丶ゑみて縁のあるなめりといひ消つ

（現代語訳　鶴田さんが産んだ千代という名の子供が、今年五歳なのだけれど、大変よく私に馴れて離れがたい様子。本当の母親と思い違いをしているようで、愛しい。〔中略〕こうしている内に戸田さんの子供も目が覚めたので、おこうさんが抱いてきて私に見せる。まだ生まれて十月ほどでしょう。〔中略〕抱き取って振り鼓を見せ、犬張り子を回して見せなどするうちに、いつとはなく馴れて、私の膝にだけ這い寄ってくる。「これは不思議ですね。いつもおとなしい子ではありますが、見知らぬ人にはぐずって手さえも触れさせず、この前は野々宮様や大久保様などがあやしたのですが、ひどく泣いて〔二人とも〕困り果てていたのに、今日はこんなに馴れて喜んでいますよ」とおこうさんが不思議がる。半井先生は微笑んで「〔前世の〕縁でもあるのだろう」と一言仰った。）

と書かれている。子供たちと一葉との和やかな団欒とも言えそうだが、この時一葉は、桃水の弟と鶴田たみ子の間に生まれた千代を、桃水とたみ子の子だと思っていたということを考慮すると、話は単純ではなくなってくる。千代が一葉を本当の母のように思い違いをしている、滅多に懐かない戸田の子にまで自分は懐かれたと記し、その後にさりげなく「半井ぬしほ、ゑみて縁のあるなめりといひ消つ」と書き込んでいるのだが、この「縁のあるなめり」という言葉が、別の意味を持ち始めるからである。つまり、温かい家庭の様子を描きながら、本当はそこに母としているべきなのは自分ではないのか、という桃水との「縁」を記そうとしているとも読めるということである。

和田芳恵は『一葉の日記』(7)で、一葉はこの訪問の前に一度ならず桃水の許を訪れているのではないかと推測しているが、確かにそのような読みをしてみたくなるような、馴れ馴れしさのようなものがあるのである。

そうして、この日の記事の末尾部分には、

家に帰りて直に入浴　道にて雨にあふ　此よハ大雨也

と記されている。一日の出来事を記し、家に帰り着いた記事の後に、思い出したように

「道にて雨にあふ」と付記している。ここでもやはり雨の物語は力を失ってはいないようである。この記事の記された日記『水の上』には、五月二十三日から六月十六日までの二十五日分の記事が記されている。そのうち天気に関する言及があるのはわずか八例、六月の十六日分について見れば、四例に過ぎない。

この日、記録では降水量14.3ミリ。翌四日は16.1ミリ。夕方から翌朝にかけて「大雨」が降ったのは間違いなさそうである。しかしわざわざ「此よハ大雨也」と最後に記した一葉の心の内を忖度してみたくなるのである。

次に桃水関係の記事で、天気が記されている最後の記事を挙げてみたい。これは桃水に言及した最後の記事でもある。

明治二十九年七月
十五日　早朝兄君来訪　終日遊ぶ、午後より雨降出て帰るにかたければ今宵はこゝに泊る事と成ぬ　久保木より秀太郎来る　兄君の行てつれられしなり〔半井ぬしも中元の礼に来らる　門にてかへられき〕
(『みづの上日記』)

この日も雨だった。七月の記事は十三、そのうち天気が記されているのは三例だけである。そうして、「半井ぬしも」云々の部分は、全集の脚注に「行間に書き込む」とある。

日記を読み返した一葉が、ふと、雨の日に桃水が訪れていたことに気付き挿入したものだろうか。雨の物語を、忘れていたから書き忘れていたと読むべきなのか、あるいは、忘れていなかったからこそ書き加えたと読むべきなのか、それは分からない。いずれにせよこの記事が、日記に綴られた一葉と桃水の〈恋〉の最後の姿である。この四か月後一葉は結核で没する。二十四歳だった。

7 おわりに

以上、天気記述に関するいくつかの問題について述べてきた。

人は天気の影響をどれほど受けるものなのか、これは個人差があるとしか言いようがない。しかし、天気という定めないものを、自らの生活や、時に恋というものに重ねて、そこにある種の必然的な物語を作ろうとする人がいたとするならば、そのように願う姿勢の中に、その人物が置かれた生の限られた在り方が物語られている。そうして、樋口一葉という人は、まさにそのように読まれるべき限られた人生を、自らの日記の中で生きた人だと思われてならないのである。

《注》

（1）『樋口一葉全集　第三巻　上』筑摩書房　昭51・12

（2）またひとしきり　午前の雨が
菖蒲のいろの　みどりいろ
眼《まなこ》うるめる　面長き女《ひと》
たちあらはれて　消えてゆく

たちあらはれて　消えゆけば
うれひに沈み　しとしとと
畠の上に　落ちてゐる
はてしもしれず　落ちてゐる

お太鼓叩いて　笛吹いて
あどけない子が　日曜日
畳の上で　遊びます
お太鼓叩いて　笛吹いて

遊んでゐれば　雨が降る
欞子《れんじ》の外に　雨が降る
（中原中也「六月の雨」）

（3）また立ちかへる水無月の
嘆きを誰にかたるべき。
沙羅のみづ枝に花さけば、
かなしき人の目ぞ見ゆる。
（芥川龍之介「相聞」）

（4）「一葉伝説をめぐる二三の虚実」『香川大学学芸学部研究報告』昭34・8（藤井公明『樋口一葉研究』昭56・7　桜楓社　による）
（5）『樋口一葉日記　上（影印）』　鈴木淳・樋口智子編　平19年7月　岩波書店刊
（6）（7）和田芳恵　昭31・6　筑摩書房（和田芳恵　昭58・1　福武書店版による）

【作品別天気使用例数一覧】

作品名	掲載	晴れ		曇り		雨		雪		合計	
		天気	比喩	天気	比喩	天気	比喩	天気	比喩	天気	比喩
闇桜	25.3　武蔵野	0	0	0	0	1	0	0	0	1	0
別れ霜	～25.4.18　改進新聞	0	8	0	6	0	5	19	3	19	22
たま襷	25.4　武さし野	0	2	1	5	2	1	3	20	6	28
五月雨	25.7　武さし野	1	3	0	6	7	0	3	0	11	9
経づくゑ	～25.10.25　甲陽新報	0	2	0	0	4	1	2	1	6	4
うもれ木	～25.12.18　都の花	0	7	0	10	0	2	1	2	1	21
暁月夜	26.2　都の花	1	2	0	2	1	0	0	1	2	5
雪の日	26.3　文学界	0	0	1	0	0	0	9	1	10	1
琴の音	26.12　文学界	0	1	0	3	4	2	0	0	4	6
花ごもり	～27.2　文学界	0	1	0	10	1	1	0	0	1	12
やみ夜	～27.11　文学界	0	1	0	5	1	2	0	0	1	8
大つごもり	27.12　文学界	0	0	0	0	0	0	0	1	0	1
たけくらべ	～29.1　文学界	0	1	0	1	10	2	1	7	11	11
軒もる月	～28.4.5　毎日新聞	0	0	0	1	0	0	1	0	1	1
ゆく雲	28.5　太陽	1	0	0	3	1	0	2	0	4	3
うつせみ	～28.8.31　読売新聞	0	0	0	0	0	0	0	13	0	13
にごりえ	28.9　文芸倶樂部	0	2	0	1	2	3	0	0	2	6
十三夜	28.12　文芸倶樂部	0	0	0	2	0	1	0	0	0	3
この子	29.1　日本の家庭	0	2	0	2	0	0	0	0	0	4
わかれ道	29.1　国民之友	0	0	0	0	0	1	0	0	0	1
裏紫	29.2　新文壇	0	1	1	1	0	0	0	1	1	3
われから	29.5　文芸倶楽部	2	2	1	7	7	1	0	3	10	13
	総計	5	35	4	65	41	22	41	53	91	175
	作品数	4	14	3	16	12	12	9	11	17	21

（注）「天気」は、作品において天気天候を表すもの。
「比喩」は、天気・天候を表すもの以外。例えば「天晴れ（あっぱれ）」「疑いの雲」「雨露を凌ぐ」などや、「雪（人名）」などである。

下人の行方・芥川龍之介「羅生門」

【問題の所在】

芥川龍之介の「羅生門」をめぐっては、〈下人の行方論〉という定番とも言うべき研究テーマがある。

初出の末尾で強盗を働きに行くと記された下人が、最終稿では「下人の行方は、誰も知らない」と改稿される。その結果、下人はどうなったのか、ということが議論の対象になったのである。

「羅生門」は高校の国語教科書のほとんどに採用されている定番教材なので、〈下人の行方〉は教育の現場でもしばしば課題として取り上げられることになった。生徒たちを苦しめる（?）この問題に正解はあるのだろうか?

いやそもそも、こうした改稿を取り上げることに意味があるのだろうか?

小説は、作者の頭の中で産声を上げる。一般的には、そこから、構想メモ・草稿・下書きといった〈生成の過程〉を経て、定稿に至り、発表される。この過程を扱うのが〈生成論〉である。しかし、羅生門の場合、定稿以降も、改稿という過程を経て、作品は変容し続けた。これもまた〈生成の物語〉として読み解くことができる。この小説の醍醐味は、こうした生成の過程で浮かび上がってくる〈作者の物語〉を味わうことにある。

1　はじめに

「羅生門」の下人はどこへ行ったのか。その行方を今さら問うことは、あるいは何の意味もないのかもしれない。「下人の行方は、誰も知らない」と改稿された、春陽堂刊行の小説集『鼻』（大7・7　以下、単行本名は『　』、作品名は「　」で区別する）所収本文以降、それは確かに「誰も知らない」こととしてあってよいはずである。それにもかかわらず〈下人の行方論〉が提出され、検討の対象になり得たのは、初出本文（大4・11『帝国文学』）に、「下人は、既に、雨を冒して、京都の町へ強盗を働きに急ぎつゝあつた。」と書かれていたからである。いや、正確に言えば、この変更が、作品の結末部分にあたることで、作品全体の主題を変えてしまいかねないほど重大であり、さらに、作者芥川龍之介の失恋事件と重なり合うことで、たんなる作品論をこえた、〈作者の物語〉という読みの可能性があるからに他ならない。それだけの読みを要求する、作品を単品で扱う以上の物語性を、「羅生門」という〈作品〉は持っている。

こうした観点を中心に据えて「羅生門」を読み直してみることも無意味な作業ではあるまい。あるテキストが様々な読みによって姿を変えるように、作者というテキストも、実生活上の事実という伝記的な事実をこえて、様々な解釈にさらされてもよい。

具体的にいえば「羅生門」から「偸盗《ちゅうとう》」（大6・4および7『中央公論』）に至る道程を、〈下人の行方〉という〈作者の物語〉として検討していく。そこにどのような解釈が生み出されるのか、一つの私見を述べてみたいと思う。

2　失恋事件

「羅生門」が「偸盗」と深い関連があることについては、すでに多くの論究がある。本稿もまた、両者の関係を前提としている。ただそこから、例えば三好行雄の次のような発言(1)、つまり、

> 「偸盗」を書く龍之介が「羅生門」を視野のかなめにおいていたのは確かであって、だとしたら、この小説のモチーフの根源は「羅生門」の下人のゆくえを――かれを〈黒洞々たる夜〉のかなたに馳け去らせた作家の誠実を賭けて――問うこと、つまりは、下人の救済の試みにまで届いていた。（傍点原文）

という関係において結び合わされるとき、そこに作者芥川の成長と悟達という読み手の側の願いを込めた芥川像が前提とされているという意味で、安易に賛同するわけにはいかないのである。人は年齢と共に成長する、それに伴って判断力もより優れたものになっていく〈はず〉だという論理を暗黙の前提とすることは、いささかセンチメンタルにすぎるきらいがある。

やや走りすぎたが、ここではまず、本稿に関わる「羅生門」関連の出来事を整理しておくことにする(2)。

【「羅生門」関連年譜】

大正三年　五月頃　吉田弥生家を訪れるようになる

四年　二月頃　吉田弥生との恋の破局が決定的となる

七月二十三日　「仙人」脱稿（大正五年八月『新思潮』に掲載）

夏頃　「羅生門」執筆

↓

十一月　発表（『帝国文学』）（初出）

（末尾）「下人は、既に、雨を冒して、京都の町へ強盗を働きに急ぎつゝあつた。」

大正五年　←　夏頃「偸盗」の構想

←　十二月　塚本文との縁談契約が成立

大正六年　←　四月「偸盗」（一～六）発表（『中央公論』）

五月　小説集『羅生門』（阿蘭陀書房）刊行

（末尾）「下人は、既に、雨を冒して、京都の町へ強盗を働きに急いでゐた。」

←　七月「偸盗」（七～九）（「続偸盗」として）発表（『中央公論』）

←　十一月「戯作三昧」発表（『大阪毎日新聞』）

大正七年　←　二月二日　塚本文と結婚

←　三月　大阪毎日新聞社社友となる

←　五月「地獄変」発表（『大阪毎日新聞』『東京日日新聞』）

七月　小説集『鼻』刊行（春陽堂）

（末尾）「下人の行方は、誰も知らない。」

〈下人の行方〉という作者の物語は、右に示したように、芥川の失恋事件との関係でまずは眺められなければなるまい。これについても、すでに多くのことがいわれている。ここでは、芥川の出した親友恒藤宛て書簡を引いて、事件の流れを確認しておくことにする。

ある女を昔から知つてゐた。その女がある男と約婚をした。僕はその時になつてはじめて僕がその女を愛してゐる事を知つた。しかし僕はその約婚した相手がどんな人だかまるで知らなかつた。それからその女の僕に対する感情もある程度の推測以上に何事も知らなかつた。その内にそれらの事が少しづつ知れて来た。最後にその約婚も極大体の話が運んだのにすぎない事を知つた。

僕は求婚しようと思つた。（中略）家のものにその話をもち出した。そして烈しい反対をうけた。伯母が夜通しな《ママ》いた。僕も夜通し泣いた。あくる朝むづかしい顔をしながら僕が思切ると云つた。それから不愉快な気まづい日が何日かつづいた。其中に僕は一度女の所へ手紙を書いた。返事は来なかつた。一週間程たつてある家のある会合の席でその女にあつた。僕と二、三度世間並な談話を交換した。何かの拍子で女の眼と僕の眼とがあつた時、僕は女の口角の筋肉が急に不随意筋になつたやうな表情を見た。女は誰よりもさきにかへつた。（中略）五、六日たつて前の家へ招かれた礼に行つた。その時女がヒポコンデリックになつてゐると云ふ事をきいた。（中略）二週間程たつて女から手紙が来た。唯幸福を祈つてゐると云ふのである。其後その女にもその女の母にもあはない。約婚がどうなつたか、それも知らない。

（大4・2・28　恒藤恭宛て）

この書簡に代表される、失恋事件に関する芥川の一連の発言を要約すれば、〈イゴイズム〉の発見と、〈さびしい〉という感情に帰着する。しかもそれは、他者に対する感情であるよりは、多く自分に向けられている。「家のもの」の反対を押し切る力もなく、また「hungerを恐れ」て（大4・3・12　恒藤恭宛て書簡）愛に殉ずる勇気も持てない、さらに相手を「ヒポコンデリツク」に陥れた人間、それがこの時点での実生活者芥川の自己認識だった。

一方、後年に発表され、一般に「別稿『あの頃の自分の事』」（大8・1『中央公論』）と呼ばれる発言がある。

当時書いた小説は「羅生門」と「鼻」との二つだつた。自分は半年ばかり前からこだはつた恋愛事件の影響で独りになると気が沈んだから、その反対になる可く現状と懸け離れた、なる可く愉快な小説が書きたかつた。そこでとりあへず、先、今昔物語から材料を取つて、この二つの短篇を書いた。

「羅生門」にかかわる研究のほとんどは、先の書簡群と右の発言と、そうして実際にはあまり「現状と懸け離れ」ているとも「愉快」とも思えない作品の主題との関係を、どう整合させていくかに費やされていると言っても過言ではない。それらの一々について詳述は

しないが、例えば、

初期「羅生門」の最後の「下人は、既に、雨を冒して、京都の町へ強盗を働きに急ぎつゝあつた。」の一文のうちに、私たちは、人生の〈醜〉と対決し、これから目を背けず、〈醜〉としての人生への無限の侮蔑をスプリング・ボードとして、「永遠に超えんとするもの」、反秩序のモチーフに立脚し〈行為〉の可能性にかけた作者の意図の定着を確実に知りうるのではないか。（傍点原文）

という小泉浩一郎の見解(3)などが、妥当な読みのあり方だと言えよう。強盗になるという、いわば悪という「反秩序」を全面的に肯定することは、「周囲は醜い。自己も醜い。そしてそれを目のあたりに見て生きるのは苦しい。（中略）僕はイゴイズムをはなれた愛の存在を疑ふ。（僕自身にも）。」（大4・3・9　恒藤恭宛て書簡）と、「イゴイズム」という悪意の存在を批判し、自分自身をも断罪せずにはいられなかった芥川自身には取り得る行為ではなかった。

さらに、失恋後初めて書かれたとされる小説「仙人」（大4・7・23稿　大5・8『新思潮』）の中に「死苦共に脱し得て甚《はなはだ》、無聊《ぶりょう》なり。仙人は若かず、凡人の死苦あるに。」と、むしろ生存苦の方を甘受することで、自身の運命を納得しようともがいていた芥川の到達できるはずのない世界でもあった。「仙人」については吉田俊彦（4）に「生の苦悩を宿命的な存在苦として甘受し、行動性を欠いた相対化の思弁処理によって救済を図ろうとする芥川の、消極的な生の姿勢を読みとることができる」という指摘があるが、こうした消極性に対置させるかたちで「羅生門」は書かれているのである。だからこそ「現状と懸け離れた」という読みが可能になるという方向に、読みは固まってきているようである。そうして、「羅生門」を単独の作品として扱えば、おそらくこうした解釈以外は成り立たないだろう。

ただ、「羅生門」と原典との関係については、もう少し注意を払う必要がある。すなわち、原典の一つとされる『今昔物語』の「羅城門登上層見死人盗人語第十八（羅城門の上層に登りて死人を見し盗人の語）」が、始めから盗人の物語という、「羅生門」における結論を内包していたということについてである。芥川が『今昔物語』から材料を得たとき、まずそれは盗人の話だった。芥川は初稿において、それをそのまま結論に採用している。盗人になれない芥川にとって、それはすでに「現状と懸け離れ」ている。だからこそ芥川は、実生活とさして離れているとも思われないエゴイズムの物語を書きうるだけの自由を得たのだ、ということは見逃してはなるまい。

こうした原典の意義は他にも見いだせる。三谷邦明（5）は「羅生門の上に登ったところで、そこに死体がある。そうすると生徒たちは、下人は死体と一緒に寝ようとしたのか、もしそうだとしたら、そこからして下人の人間性がおかしいんじゃないかという議論があった」と述べている。ごく平凡な人間であったはずの下人の行動としては、確かに異常なのである。この部分、「盗人此れを見るに心の不得ねば、此れは若し鬼にや有らむと思て、怖けれども若し死人にても有る、恐して試むと思」と、鬼は怖いが死人は怖くないという原典の主人公の態度をそのまま取り込んだことによるものと考えられる。

芥川はよく言われるように、原典の盗人を近代人に創造し直しているかもしれない。しかし、同時に原典に対する無批判な部分が温存されてもいるのである。こうした原典の意義も忘れてはならないと思う。

ところで、以上は「羅生門」を完成された単独の作品として、静止視点で捉えた場合の解釈にすぎない。その背後にある作者の心の動き、つまり〈作者の物語〉の側から、「羅生門」をめぐる改稿と、関連する作品群を視野に入れた、変容する物語として眺め直す必要がある。次節以下で、それについて考えてみることにしたい。

3　「羅生門」の語り

「羅生門」は善にも悪にも徹しきるだけの勇気を持てない人間が最後に悪を選び取る、その過程を書いた心理ドラマだとされる。そうした観点に立って眺めたとき、初出「羅生門」にも『羅生門』（大6・5刊）所収の「羅生門」（以下、この二つの本文を初期「羅生門」と呼ぶ）にも、登場人物は一人しかいない。下人だけである。なぜなら、この物語の中で下人の心理変化に最も大きく関わる老婆の言葉が、これらの本文では〈間接話法〉になっているからである。以下に初出本文と最終稿本文とを挙げてみる。

【初出】

老婆は、片手に、まだ屍骸の頭から奪つた長い抜け毛を持つたなり、蟇《ひき》のつぶやくやうな声で、口ど《ママ》もりながら、こんな事を云つた。

成程、死人の髪の毛を抜くと云ふ事は、悪い事かも知れぬ。しかし、こういう死人の多くは、皆その位な事を、されてもい丶人間ばかりである。現に、自分が今、髪を抜いた女などは、蛇を四寸ばかりづ丶に切つて干したのを、干魚だと云つて、太帯刀《たてわき》の陣へ売りに行つた。疫病にか丶つて死ななかつたなら、今でも売りに行つてゐたかもしれない。しかも、この女の売る干魚は、味がよいと云ふので、太帯刀たちが、欠かさず薬《ママ》料に買つてゐたのである。自分は、この女のした事が悪いとは思はない。しなければ、餓死をするので仕方なくした事だからである。だから、又今、自分のしてゐた事も、悪い事とは思はない。これもやはりしなければ、餓死するので、仕方がなくてする事だからである。さうして、その仕方がない事をよく知つてゐたこの女は、自分のする事を許してくれるにちがひないと思ふからである。――老婆は　大体こんな意味の事を云つた。

【最終稿】

老婆は、片手に、まだ屍骸の頭から奪《と》つた長い毛を持つたなり、蟇のつぶやくやうな声で、口ごもりながら、こんな事を云つた。

「成程な、死人の髪の毛を抜くと云ふ事は、何ぼう悪い事かも知れぬ。ぢやが、こゝにゐる死人どもは、皆、その位な事を、されてもいゝ人間ばかりだぞよ。現に、わしが今、髪を抜いた女などはな、蛇を四寸ばかりづゝに切つて干したのを、干魚だと云うて、太帯刀の陣へ売りに往んだわ。疫病《えやみ》にかゝつて死ななんだら、今でも売りに往んでゐた事であろ。それもよ、この女の売る干魚は、味がよいと云うて、太帯刀どもが、欠かさず菜料に買つてゐたさうな。わしは、この女のした事が悪いとは思うてゐぬ。せねば、飢死をするのぢやて、仕方なくした事であろ。されば、今又、わしのしてゐた事も悪い事と思はぬぞよ。これとてもやはりせねば、飢死をするぢやて、仕方なくする事ぢやわいの。ぢやて、その仕方がない事を、よく知つてゐたこの女は、大方わしのする事も大目に見てくれるであろう。」

老婆は、大体こんな意味のことを云つた。

この違いの効果について、三谷邦明(6)は「初出の場合は、老婆の言葉は間接話法で書かれているわけで、そうすると対話関係を持たない」、「直接話法になってくると、今度は老婆と下人との対話関係というものが出てくる」と述べている。興味深い指摘だと思う。ただそこから、「老婆の言葉が間接話法では下人の心の中で響かないで、悪を犯すというのは引き延ばされる。だから最後の『下人は、既に雨《ママ》を冒して、京都の町へ強盗を働きに急ぎつつあった』という形で、強盗という事件は後で起きることになる」のに対し、直接話法では「対話関係の中で、何か事件が起きなきゃいけないわけで、クライマックスの〈引剥〉という行為がすごく大きな意味を持ってくる。するとどうしても『強盗をしに行った』という形にはならない。最後の部分で『下人の行方は、誰も知らない』とならざるをえない」という結論を導き出していることには賛成しがたい。『鼻』所収本文に至って話法が転換される、それが結末部分とも関係してくるという指摘は重要だと思うが、右の三谷の論理は飛躍しすぎであるように思われる。

ここで言いうる最大限の事柄は、初期「羅生門」では、下人の心理変化に関わる最も重要な部分が、間接話法、すなわち聞き手の主観に即した叙述によって語られているということまでであろう。言い換えれば、初期「羅生門」においては、老婆が何をどのように語ったのか、ではなく、老婆の言葉を下人がどう聞いたのか、つまり、聞き手である下人の結論や願望を含めた理解の内容が提示されている、ということである。極言すれば、初期「羅生門」では、老婆が何を語ったにせよ、下人は最初から盗人になるという結論を持って、老婆の言葉からそれを正当化しうる部分だけに耳を傾けていたとも言えるということだ。従って、「羅生門」を心理ドラマとして読む限り、物語を構成する人物は下人一人しかいないことになる。

そうして、問題はなぜそうなったかにある。

あらかじめ断っておけば、これを芥川の未熟にのみ帰結させるわけにはいかないように思われる。「羅生門」以降のいわゆる歴史小説、たとえば「鼻」（大5・2『新思潮』）、「芋粥」（大5・9『新小説』）、「煙管」（大5・11『新小説』）、「煙草と悪魔」（大5・11『新思潮』）等々、これらはいずれも登場人物一人一人の生き生きとした会話を、直接話法で記している。しかも、これらの作品は、第一作品集『羅生門』以前の作でもある。この作品集に収録される際に「羅生門」は一回目の手直しがなされている。もし作者の成熟という点から捉えるのならば、この時点で話法の転換はあってもしかるべきではなかろうか。しかし、実際に話法が転換されたのは『鼻』所収本文、つまり下人の行方を「誰も知らない」と改めた、その時点でのことである。これについては、改めて後で検討することにして、ここでは、初期「羅生門」が下人一人の物語となっていることの意味について述べておくことにする。

先に（「2」）述べたように、芥川は原典を採用するにあたって、盗人という結論を前提として物語を構築している。その結論に向かって組織された性急な語り、作者自身の感情に支配された自己完結的な語りが、下人のみに即した語りとなって表れたのである。それは作者芥川と主人公の下人とが極めて近い存在であることを示している。下人の心理や論理の展開は、この年二十四歳の若者芥川の心理や論理以上でも以下でもない。失恋を経験し、自己を嫌悪している一人の若者の願い妄想するであろう世界を、無批判に反映したものにすぎない。作者は高みから登場人物を見下ろしているのでも、対象化しているのでもない。それがこの作品における作者と下人との関係のあり様なのである。

それは、あるいは逆説的に聞こえるかも知れないが、「羅生門」に見られ、その後の芥川文学の大きな特徴の一つでもある、多重視点からの語りという手法に如実に表れている。

4　多重視点からの語り

「羅生門」には語り手が複数登場する。あるいは、複数の異なる地点から物語世界を眺めている。

冒頭の「或日の暮方」「羅生門の下で雨やみを待ってゐ」る下人を見ている語り手。続いて、京都の荒廃を「旧記」を参照しながら語る、現代の位相に属する語り手。さらに

「作者はさつき、『下人が雨やみを待つてゐた』と書いた」と、「作者」と称し「書く」という行為を行う語り手。これに「羅生門の樓の上へ出る、幅の広い梯子の中段」にいる下人を「一人の男」と呼ぶ語り手も数えられる。これらの語り手は重複しているとも考えられる。しかし重要なのは、複数の語り手による語りによって物語の世界を〈相対化〉しようとする行為に隠された意味である。

一般に、物語に多重視点による語りが設定されているとすれば、それは物語を全て見通している全能の人物、つまり作者が、隠されたある事実を読者自身に悟らせるために組織した語りだとみなされる。様々な視点によって照らし出された事実を重ねることで、読者は、物語の中の登場人物たちには見えていない真実に到達できるのだ。例えば推理小説を読む時のように。

ところが「羅生門」においては、そうなっていないのである。いや、芥川の作品はいずれも、多重視点、あるいは多層の語りが、一つの事実を提示するために組織されたものではないところに特徴があると言った方がよい。例えば「酒蟲」（大5・6『新思潮』）末に列挙された三つの解釈が、事実を示すのではなく、かえって事実をより混沌とさせてしまっているだけであるように。

あるいは、「藪の中」（大11・1『新潮』）が〈藪の中〉の出来事三つを羅列しているだけで、犯人が誰か結局分からないように。この作品については、柄谷行人(7)に「『藪の中』を読んで、われわれは『事実の相対性』という観念を受けとるかもしれないが、それだけのことである。われわれは少しも動揺しない。いいかえれば『藪の中』はわれわれに謎のなかを生きるように強いはしない」という発言がある。また、中村光夫(8)は「ある事実に三つの面から異なった解釈を与えるのは、それを人の三倍考えぬく事ですが、ひとつの『事件』について事実が三つあるのは、考えの整理がつかぬという事です」と述べている。いずれも芥川の用意する事実、広い意味で多層の語りが、一つの事実の提示に向けられていないことを述べているのである。さらに佐藤忠男(9)は映画「羅生門」とその原作となった「藪の中」とを比較して、「原作と違って映画は明快である。原作では誰が嘘をついているのか分からないが、映画では三人とも嘘をついていたのだ、ときめてしまう」と述べている。映画の持つ〈大衆性〉は、観客に明確な解答を与えることで得られるものだと言える。それゆえ「三人とも嘘をついていた」とただ一つの解答＝正解が用意されている。従って映画の側から見れば、小説は「誰が嘘をついているのか分からない」だけのつまらない話だ、という評価が下されてしまうことになる。

その他、一々挙げないが、多層の語りが、物語を曖昧で難解なものにしているにすぎないと思われる作品は少なくない。しかもその傾向は晩年の「玄鶴山房」(昭2・1、2『中央公論』)に至るまでほとんど変化は見られない。

そうして、多層の語りが一つの事実の開示に向けられていないとすれば、その語りは何を意味するのだろうか？

それは一種の苛立ち、作者芥川の焦りであると言える。

語り手は、作者と登場人物の間にいて、作者の構築した世界を物語る仲介者と、そのように固定して考えるのは危険ではなかろうか。それだけが語り手の役割ではない。小説の筋が作者の思想を反映しているように、語り手の設定の仕方も作者の企てを反映している。そうして、「羅生門」に登場する語り手たちは、相対化して語っているという素振りを通して、下人を突き放して見せようとしている。「旧記」を引用してみせることで〈自分は下人とは違う時代にいる〉という語り手、「作者」と自称することで〈下人は自分の創造物にすぎない〉という語り手、下人を「一人の男」と呼ぶことで〈自分はこの男をよくは知らない〉という語り手。これらの語りは、下人と作者とが別人であることを繰り返し語っている。

とすればそうした語り自体が、逆に、下人が作者芥川の等身大の自画像であることを物語ってしまっているのではなかろうか。作品が「現状と懸け離れ」た世界を指向していようとも、そう指向せずにはいられない姿勢の中に、芥川と物語との〈近さ〉が示されてしまっている。

先に述べたように、初期「羅生門」が、老婆という他者をせっかく用意しているにもかかわらず、対立する人間同士の心理的葛藤が描かれず、結局下人一人の心理を描くことにしかならなかったのは、この小説が作者個人の主観に支配された一種の〈私小説〉になってしまっているからである。下人と自分との近似性を否定しようとして、芥川は複数の未組織の語り手たちをひたすら登場させる。その手法こそが、語り手を通して自分と下人とを切り離そうともがいている作者芥川の姿を示している。

作者に即して「羅生門」を読む時、読者が想像している以上に生身の芥川が見えてくる。とすれば、その後、芥川＝下人は、どのような物語を生きていくことになるのだろうか？本稿がたどってみたいのは、この先に続く〈物語〉である。

ただ、これについて考える前に、もう一点、芥川の語りの特徴について述べておきたい。それは、語り手自身の物語への登場、訳知り顔で物語を解説する、いわば、さかしら（賢しら）ぶって語る語り手の存在である。

5　さかしらとしての語り

例えば「鼻」には、次のように語る語り手が登場する。

禅智内供は、禅珍内供とも云はれてゐる、出所は今昔（宇治拾遺にもある）である、しかしこの小説の中にある事実がそのまゝ出ているわけではない。

これは「鼻」末に当初付記されていたものだ。作者が作品に顔を出してみせることで、作者が作品から独立していることを印象付けている。

この種の付記に該当するものは、他にも「孤獨地獄」(大5・4『新思潮』)、「父」(大5・5『新思潮』)「酒蟲」(既出)、「道祖問答」(大6・1『大阪朝日新聞』)などの初期作品に多く見られる。また、「一々、数へ立てれば、それだけで、もう、この原稿用紙の何枚かを黒くしなければならないかも知れない」という「芋粥」の中の記述や、「今その例を挙げて見ると」以下、本質的には物語と直接関係を持たない逸話を挿入する「さまよへる猶太人」(大6・6『新潮』)における語りなど、至る所にさかしら、あるいは、なまの作者の顔が見出される。

これらが作品内部の世界と基本的に無関係であることは、後に芥川自身がそのほとんどを削除あるいは改稿していることでも明らかだ。ただ重要なのは、芥川が当初、執筆の時点ではこれらを書き込まずにいられなかったという事実である。作者が作品に対して距離を持たずにいられないという姿が、両者の距離を決めあぐねている芥川の姿を浮かび上がらせている。

一般に芥川は〈知性〉の人と言われる。しかしそれを〈理性的〉な人であると短絡すべきではない。平岡敏夫(10)は、芥川の作品から受ける感銘は、主知的、合理的というよりも抒情的であるように私には思われる。芥川の作品にある合理的な解釈や機知などはそれだけを取り出すならば、常識的もしくはややそれをうわまわる程度のものにすぎず、そこにそれほど魅力があるとは思えない。その魅力はロジックのおもしろさというよりも、その作品をおおう情緒気分――抒情的なものにあると考える。

と述べている。正しい解釈だと思う。知識や論理の観点から芥川の発言を読む限り、常識的なのである。それを超えた作品の魅力は、作者たらんとしながら、ついに純粋な作者たりえないことへの作者の焦り、作品の語りの中に露呈する作者芥川の情念の部分にあるのではなかろうか。しかし、だからこそ、芥川龍之介という作者に纏わる物語は魅力的でもある。そして、それを最も如実に語っているのが「羅生門」という〈作品〉なのである。その意味を探るためには、「羅生門」の延長線上に位置するとされる、もう一つの盗人の物語、「偸盗」を読んでみなければならない。ただし、あらかじめ断っておけば、これら二つの物語は、登場人物などに直接的な関連は差し当たり見られない、別の物語である。

6 「偸盗」における現在の物語

はじめに「偸盗」のあらすじを簡単に整理しておく。

平安時代有能な偸盗の集団があった。頭領は沙金という女で、猪熊の婆が若い頃「思ひがけない身分ちがひの男に、いどまれて(二)」生んだ子だった。集団の中には太郎・次郎という兄弟もいた。沙金は太郎の愛人だったが、次郎や婆の今の夫である猪熊の爺とも関係を持っていた。沙金は次郎に惹かれ、太郎をなきものとするため、藤判官の所の侍に、自分たちがその夜盗みに入ることを漏らしてしまう。

また、猪熊の家には「白痴に近い天性を持って生まれた(七)」阿濃《あこぎ》という下女が使われていたが、阿濃は父親の分からない子供を身ごもっていた。これを堕胎させようとする爺から逃れるため、阿濃は外に逃げ出す。

その夜待ち伏せにあった偸盗たちは散り散りになり、それぞれ羅生門に集まってくる。一方、次郎は藤判官の侍に追い詰められて殺されそうになる。そこに兄の太郎が通りかかり一旦は見捨てようとするが、兄弟愛に目覚め引き返して次郎を救う。

別の場面では、猪熊の爺が同じく侍に追い詰められていた。そこへ猪熊の婆が助けに入り、侍と刺し違えて絶命する。それを知らずに爺は羅生門へと逃げていく。

羅生門の夜の中、集まった偸盗たちの中で、阿濃は出産する。また、猪熊の爺は婆を呼びながら死んでいく。

翌日、猪熊の家で殺害された沙金が発見される。太郎・次郎の兄弟は行方知れずである。

「偸盗」は、過去を前提とした物語である。少なくともそのように作られている。太郎・次郎の兄弟にしても、猪熊の爺や婆、あるいは阿濃《あこぎ》にしても、芥川一流の語り口で、それぞれの過去が語られている。

しかし、過去に関する多層の語りは、これまで同様、一つの事実を明らかにするべく組織されてはいない。それればかりか、これらは「偸盗」という物語の現在の展開にも、何ら直接的な影響を与えていない。この点について、まず確認しておくことにする。

「偸盗」は、盗人の物語である。何度も盗みに成功してきたはずの有能な盗みの集団が、仲間である沙金の裏切りによって失敗する失敗譚である。そして、そのように仕組まれている。しかもそれは芥川の得意とした小道具によって象徴的に語られている。すなわち立本寺がそれである。

立本寺の重要性についてはすでに平岡敏夫(11)に、「いわば作品において約束された場所である」という指摘があり、さらに次のように述べている。

（前略）「偸盗」の時代は平安朝（末期）である。とすれば当然日蓮宗の立本寺など存在していなかったことになる。芥川がどのような京都古地図によったのかあきらかではないし、なぜ立本寺を設定しなければならなかったのかは不明であるが、「立本寺門前」の作中における意味にかわりはない。

平岡が論文で指摘しているように、確かに立本寺は物語の中に繰り返し出てくる。その理由は、過去の時空を象徴している羅生門（後述）に対置される形で、立本寺が「偸盗」の現在の物語において重要な役割を担わされているからである。物語の中で、立本寺はまず、その夜押し入る藤判官の屋敷の位置を示す指標として登場する。

これをまつすぐに行つて、立本寺の門を左に切れると、藤判官の屋敷がある（二）

という風に。次いで、次郎と沙金とが待ち合わせをする場所として再び現われる。そうして、次郎は、重い心を抱きながら、立本寺の門の石段を、一つづつ数へるやうに上つて、その所々剥落した朱塗の丸柱の下へ来て、疲れたやうに腰を下した。（四）

という状態で沙金を待つ。その眼前を、沙金はその夜押し入る予定の「藤判官の所の侍（四）」とともに、一旦通り過ぎる。沙金はその男から屋敷内の情報を入手する一方で、自分たちが押し入ることを教えもする。この沙金の裏切りが盗みの失敗の原因である。また、沙金が、太郎を亡きものにするために仲間を裏切ったことを次郎に打ち明けるのも、同じく立本寺である。

沙金の裏切り＝盗みの失敗という「偸盗」における〈現在の物語〉は、立本寺を視野に入れた語りによって構築されていく。

しかも、盗みが実行される七章では、藤判官の屋敷での待ち伏せによって混乱した偸盗たちに混じって、逃げ惑う次郎の姿が描かれ、そうして「今自分のゐる所が、外ならない立本寺の門前だと云ふ事に気がついた」（傍点引用者）と語られている。その直後の一文は、こうした立本寺の意味を受けるように、「これから半刻ばかり以前の事である」と、あらかじめ破れることを約束された盗みの開始される時点にまで、物語は逆行させられるのである。

一方、立本寺は、例えば大正五年九月発行の『大日本寺院総覧』によれば「元亨元年、四条大宮櫛笥町に創建し、龍華院と称」する寺、しかも次のような謂われを持つ。

祖師堂安ずる所、日蓮上人冑影の像と称し伝ふ。初め松永久秀の男、右衛門佐久道の下臣、佐々木広次と云ふ者あり、年来信仰して家内に安ず。兵乱に当り出陣の際、祈願すらく、凱陣《がいじん》恙《つつが》なくば一寺を立つ可しと。山中に行きて冑を覆ひ叢中に納む。賊是を奇貨とし、発して之を見るに重きこと盤石の如し。惶《おそ》れて之を納むること元の如し。次いで凱陣するに及び像を出し之を安ず。

こうした謂われを芥川が知っていたと断定することはできないが、これまで述べてきた立本寺の扱いを見れば、その可能性は高いと思われる(12)。そうして、以上に従えば「偸盗」において、作者はまず立本寺に象徴される盗みの失敗譚を企図したのだと言えそうである。それがこの物語の現在なのである。

しかし〈現在の物語〉は、作中で繰り返し語られる〈過去の物語〉と何ら関係していないことも事実である。繰り返せば、盗みの失敗は、沙金の裏切りという現在の理由によって引き起こされている。

また、従来盛んに論じられている、太郎・次郎・沙金の三角関係の物語に視点を置いてみても、同じことが言える。沙金を太郎から奪うという後ろめたさに対する次郎の呵責は、太郎に救われたという過去の恩義によるのではなく、血の繋がった兄弟だという現時点でも断ち切ることのできない、いわば現在の事実によって引き起こされている。さらに、二人の兄弟は、沙金の容貌や肉体という現在の事実に魅了されているにすぎない。それは、「偸盗」の主人公たちのほとんどが過去の物語を背負っている中で、ただ一人沙金だけが猪熊の婆の子という、太郎や次郎にとっては何の意味も持たない過去が、わずかに語られるだけで、基本的に現在にのみ属する存在であることとも関連している。

太郎、次郎、沙金の三人は、物語の中のいかなる過去からも隔離された現在という時空の中で、痴話話を演じているにすぎない。だからこそ、その解決も、兄弟愛という〈現在形〉が根拠となっている。こうした解決法に対しては、安易であるという批判がしばしばなされているが、これも、作品の内部の必然性と切り離された所で、三者の物語が展開されていることに対する、読者の不満の表われであるといえる。

しかもこの三角関係についても、立本寺が語りの視野に入ってくる。

例えば、沙金と次郎との間に共犯関係が結ばれるのは立本寺である。また、この二人の姿を太郎が目撃する場面も、

太郎は、一町を隔てゝ、この大路を北へ、立本寺の築地の下を、話しながら通りかかる、二人の男女の姿を見た。（五）

と、ややくどい言い回しで、わざわざ立本寺の名を出して語られているのである。

以上は、現在進行する物語として「偸盗」を読んだ場合、男女の痴話話にすぎない平凡な物語であることを意味する。それは、芥川自身の自己評価「安い絵双紙」（大6・3・29松岡譲宛て書簡）ですらない。それにもかかわらず「偸盗」に物語としての意味があるとするならば、それは作中に繰り返し描かれた〈過去の物語〉の方にある。こうした観点からもう一度「偸盗」を読み直してみたい。

7 「偸盗」における過去 ①阿濃の物語

「なに、手筈に変りがあるものかね。集るのは羅生門、刻限は亥の刻――みんな昔から、きまつてゐる通りさ。」（二）

太郎の問いに答える猪熊の婆の言葉の中に、羅生門は初めて登場する。それは「昔から、きまつてゐる」場所として指定された空間である。偸盗たちは、この羅生門の「重苦しい暗《やみ》の中（六）」に集い、藤判官の屋敷に向かい、敗れ、ふたたび「羅生門の夜（八）」に帰ってくる。

この羅生門の扱いには十分注意を払う必要がある。なぜなら偸盗たちは羅生門に帰ってくるべく指定されてはいなかったからである。

第二章において猪熊の婆は「『阿濃は、あの体だから、朱雀門に待つてゐて、貰ふ事にしようよ。』」と話している。臨月の娘を待たせるのに、猪熊の家に近い朱雀門が選ばれるのは自然だろう。しかし、臨月ゆえ盗みに参加させないのならば、そのまま猪熊の家に居させればよい。そうしないでわざわざ朱雀門で待たせるのは、おそらく盗みの後、盗人たちは一旦朱雀門に集合し、そこで取り分の分配でもするべく手配されていたと判断するのが、作品に即した最も自然な解釈だろう。臨月の阿濃であっても、藤判官に関する情報収集など、何らかの役割は果たしていたはずだからである。しかし盗人達は朱雀門ではなく、羅生門に集まっている。とすれば、盗みに失敗した偸盗たちは、いずれも過去の習慣に導かれ、無意識のうちに「羅生門の夜」を目指して集まったことになる。そうして、その「夜」の中で、阿濃の出産と猪熊の爺の死という二つの物語が展開される。

しかし、阿濃は朱雀門で待っているはずではなかったのか?

「偸盗」において阿濃が大きな位置を占めていることはすでに多くの論究がある。しかしそれらのほとんどは阿濃に救済の象徴という、抽象的な意義を読みとるだけで、実際の行動に即した考察を欠いているように思われる。右の問題についても、具体的な言及はないようだが、朱雀門にいるはずの阿濃が羅生門にいるという事実こそが、「偸盗」の秘密を明らかにしていると言わなければならない。しかも阿濃は、第六章、偸盗たちが盗みに出発する時点ですでに、その姿を羅生門の楼上に見せているのである。

その理由を作中に求めるとすれば、阿濃の過去、ということになる。「双親を覚えてゐない」阿濃は、「幼い時に一度、この羅生門のやうな、大きな丹塗りの門の下を誰かに抱くか、負われかして、通つたと云ふ記憶がある」。そして苦しい目に遭う度に「何時もこの羅生門の上に逃げて来ては、独りでしくしく泣いてゐ」るという、過去の習慣によって羅生門に来たのだと、その理由が第七章で語られている。

この夜も「堕胎薬」を飲ませようとする猪熊の爺の手を逃れて、羅生門にやって来たと推測される。しかし、それですべてが説明されるわけではない。逃げ出した阿濃は「枇杷の木の下を北へ(五)」、とわざわざ回りくどい言い方で、京の南の外れにある羅生門とは反対の方角へ逃げたと語られているからである。ちなみに、当初予定されていた集合場所である朱雀門は猪熊の家の北側にある。

「偸盗」に様々な無理や矛盾があることは、すでに指摘されている。それは、「偸盗」が、『中央公論』の四月号に第一章～六章が、残りが七月号に「続偸盗」として発表された、という事情にもよるのだろう。「朱雀門」と「羅生門」という集合場所の違いや、阿濃の行動なども、こうした事情によると考える方が、実際には自然だと思われる。本稿の目的も、作品の矛盾をあげつらうことにはない。それは作者のミスとして許されてよい。しかし、矛盾を矛盾として認めることと、矛盾を矛盾のまま放置しておくこととは、明確に区別されなければなるまい。矛盾を冒してまで、なぜ作者は羅生門にこだわったのか。最初の企図通り、朱雀門に盗人たちが集合し、阿濃もまたそこで待っていることに、何ら障害はなかったはずである。芥川の手帳にも、次のようなメモが残されている。

○兄と女との関係をdepictするscene, 朱雀門（?）辺偸盗の集合する光景。

しかし作者は、羅生門に、おそらくは無理矢理に偸盗たちを集合させたのである。例えば先に引いた、阿濃が羅生門に来た理由は、第七章、つまり七月号の「続偸盗」の第一章に記されている。これは、第六章、つまり四月号の「偸盗」の最後の部分で唐突に羅生門に阿濃の姿を描いたこととの矛盾に気づいた作者が、続編の中で慌てて理由をこじつけたとしか思えない。それほど、阿濃の記憶はおぼつかなく、必然性に欠けるのである。こうした感想文めいた論証は、あるいは的確ではないかもしれない。しかし、もしさらにこういう言い方が許されるのであれば、臨月の腹を——しかもその夜生まれることになる子を——抱えて、京の町中をヨタヨタと羅生門まで阿濃を歩ませたものは何か。その理由を作中に見出すことができるだろうか。

たんなる矛盾や思い違いでは済まされない何事かがそこにあった、と考えてみる方が自然なのではなかろうか。あらかじめ指定された羅生門という空間の夜に向かって、作者は様々な矛盾を冒しながら登場人物たちを集合させた、と、作者の側に理由が求められなければならないのではないか。作品の内的な必然性を壊してまでもそうせずにはいられない、作者の情念が作品に無理を強いた。それが「偸盗」という作品の失敗の意味なのである。

そうして、作者の描こうとした物語は、「羅生門の夜」の中で展開されるもう一つの物語、すなわち猪熊の爺の死の中に隠されている。

8 「偸盗」における過去 ②爺と婆の物語

猪熊の爺は「羅生門の夜」の中で死ぬ。藤判官の屋敷での待ち伏せによって手傷を負ったからである。そうして京の「小路のまん中（七）」に死体となって転がらなかったのは、猪熊の婆が身命を賭して助け、しかもそれを見捨てて羅生門に逃げ帰ったからである。

その「羅生門の夜」の中で「時と処とを別たない、昏迷の底に、その醜い一生を、正確に、しかも理性を超越した或順序で、まざまざと再び、生活」し、その直後「『やい、お婆、お婆はどうした。お婆。』」（以上、八）と三度お婆を呼ぶ。過去を象徴する羅生門で、爺は「昏迷の底」すなわち過去の物語の到達点でお婆を呼んでいるのである。

〈現在〉に対置される〈過去〉の物語は、猪熊の爺と婆によって形作られている。

それは第五章で爺が語る「昔語り」にも示されている。若い頃の婆に「懸想した猪熊の爺」が、「情人の子を孕ん」で「行き方が、わからなくなつ」た婆に再びめぐり会う。「『めぐり会つて見れば、お婆は、もう昔のお婆ではない。わしも、昔のわしではなかつたのぢや。が、つれてゐる子の沙金を見れば、昔のお婆が又、帰つて来たかと思ふ程、俤がよう似てゐるて』」。これがお婆と暮らす爺の理由である。そうして「『されば、昔から今日の日まで、わしが命にかけて思ふたのは、唯、昔のお婆一人ぎりぢや。つまりは今の沙金一人ぎりぢやよ。』」とまで言い放つのである。

先に、〈主人公たちのほとんどが過去の物語を背負っている中で、ただ一人沙金だけが猪熊の婆の子という、太郎や次郎にとっては何の意味も持たない過去が、わずかに語られるだけ〉だと述べた。そのわずかな過去が、わずかであるがゆえに一層、過去の何たるかを明確に物語っている。

一方婆は、「自分が若かつた昔にくらべれば、どこもかしこも、嘘のやうな変り方」をした都大路を歩みつつ、「都も昔の都でなければ、自分も昔の自分ではない。その上、貌も変れば、心も変つた」、「京の大路小路に、雑草がはえたやうに、自分の心も、もう荒んでしまつた」(以上　二)と考える。この感慨が、先に引いた爺の思考と呼応していることは明らかだろう。しかも「荒んでしまつた」はずの婆は、自分の命と引き換えに爺を救うのである。それは、二人の恋の物語という過去に導かれて、と言い換えることができる。

「お爺さん。お爺さん。」とかすかに、しかもなつかしそうに、自分の夫を呼びかけた。(中略)

——猪熊の婆は、次第に細つて行く声で、何度となく、夫の名を呼んだ。さうして、その度に、答へられないさびしさを、負うてゐる創《きず》の痛みよりも、より鋭く味はされた。(中略)

「お爺さん。」

老婆は、血の交つた唾を、口の中にためながら、囁くやうにかう云ふと、それなり恍惚とした、失神の底に、——恐らくは、さめる時のない眠りの底に、昏々として沈んで行つた。(七)

「夫の名」を「何度となく」呼ぶ婆の姿は、先に引用した、爺が婆を呼ぶ姿と呼応している。それは、矛盾や無理が多々ある「偸盗」という作品にあって、正しく結び合う形で語られているだけに、一層意味の重さを如実に示している。

しかもその物語は、爺と婆が〈恋という過去の物語〉を実践し、なおかつ爺が〈羅生門〉にいる、という二つの要素を同事に満たすことによって、成り立っている物語なのである。

ところで、「偸盗」に関する芥川の次のようなメモがある。

○磧。太郎、婆。○屋敷跡。太郎、平六。阿濃のここへ来る伏線を張る。○往来。婆、太郎。○羅生門。太郎、爺、阿濃。平六、爺。○廃寺。侍、沙金。次郎、沙金。○屋敷跡。婆、阿濃。

完成作と比較して、このメモが初期の段階にあることは明らかである。後に立本寺と定められて大きな意味を持つ場所が、ここではまだ「廃寺」であることに注意を払う必要があろう。しかし、この段階ですでに「羅生門」の語が記されている。しかもメモに従えば、「羅生門」で展開される物語は、二つの場面による構成が企図されていたようである。その二つの場面に共通する人物として「爺」が登場している。ということは、羅生門という過去を象徴することになる場所は、爺を中心に構想されていたことになる。では、羅生門と爺とをすでに、初期の段階で関係付けたものは何だったのだろうか。

吉田俊彦(13)は第八章における爺の描写に、トルストイの「イワン・イリッチの死」の影響があることを指摘している。先に引いた、お婆を呼ぶ場面もその例に挙げられているが、「イワン・イリッチの死」は、芥川の失恋事件に関わる次の書簡を想起させる。

東京ではすべての上に春がいきづいてゐる。平静なる、しかも常に休止しない力が悠久なる空に雲雀の声を生まれさせるのも程ない事であらう。すべてが流れてゆく。そしてすべてが必止るべき所に止る。学校へも通ひはじめた。イワンイリイッチもよみはじめた。

唯、かぎりなくさびしい

（大4・2・28　恒藤恭宛て）

これは「2」で引いた、失恋事件の顛末を知らせる恒藤宛て書簡の末尾にあたる。ここに記された「イワンイリイッチ」と、先のメモと、多くの論者によって言及されているように「偸盗」がすでに大正五年に構想されていたこととを考え合わせれば、失恋の後、「羅生門」の制作を経て、「偸盗」に至る流れの底を脈々と流れ続けたある精神が、「偸盗」においては猪熊の爺として現われている事は明らかであろう。そしてそれは、爺が下人の後身であることを意味している。もちろん両者が同一人物だと言っているのではない。「羅生門」「偸盗」はそれぞれ独立した別の小説である。しかし、失恋事件を背負った一人の人物が、自身の精神を反映した人物を作中に描いた、いわば作者の精神的な分身の役割をになう者として、下人と猪熊の爺は同じ役割を果たしているということである。

本論文の目的は、小説を個別に扱うことにはない。作者を中心に据えた物語を想定しながら、その流れの中で生成を続ける〈作者の物語〉を読んでいる。そうして、恋に殉ずる勇気を持てなかった自分に対する、苦い自己嫌悪を背景に創造された「羅生門」の下人は、等身大の作者芥川その人であった。同様に、「偸盗」が書かれたとき、作者は失恋事件という〈過去〉の出来事に対する、「偸盗」執筆時点の己れの感情を猪熊の爺に託したのである。

それは、自分を愛し、自分のために命を捨てた婆を見捨てて逃げる、卑怯者として造形されている。自分の身だけを思い、相手を顧みる余裕を持たない男の行く先が羅生門である。

「『みんな昔から、きまつてゐる通りさ』（二）」と婆が言うように、過去に導かれて爺は羅生門に帰ってくる。しかも例えばそこは、太郎が弟の次郎を一旦見捨てようとする場面で「『走れ。羅生門は遠くはない』（七）」と自分に言い聞かせる、いわば良心の捨て処の象徴でもある。そうして、太郎は次郎を救いに引き返したのに対し、爺は婆が自分を救ってくれたことに気づく余裕すら持たずに、ひたすら羅生門に走ったのである。

家人の反対を押し切る力も、愛に殉ずる勇気も持てなかった人物は、ここではさらに、卑怯者の影も背負わされている。すでに終わってしまった出来事に対する自己評価として、これはかなり自虐的だと言わざるを得ない。

もっとも、ここで、一人の人物が、実現しなかった恋や、その結果傷ついた自分や、傷つけた（と思われる）相手をどう思い続けていたのかという、倫理的な問題を云々することはできない。小説の読解において、倫理的な正解などはおそらくないのだから。ただここでは、失恋事件の傷がまだ生々しく残っていたことを確認すれば足りる。しかもそこには、従来述べられてきたような救済の要素などはどこにもない。それは同時に、救済の象徴として読み解かれてきた、阿濃の出産に対する読みの問題へと結びついてくる。次にこの点について検討を加えておく。

9　「偸盗」における過去　③羅生門の意味

三好行雄(14)は阿濃について次のように述べている。

阿濃の〈母〉は確実に猪熊を救済した。第八節（本論文では「章」と記載――引用者注）、猪熊の死を描く作者は、かれに〈不思議な微笑〉をゆるした。阿濃の生んだ赤ん坊の指に触れながら、猪熊の表情には〈秘密な喜びが、折から吹き出した明け近い風のやうに、静に、心地よく、溢れて来る〉。ここにあるのは、女が男にあたえる最大の恩恵――〈母〉として、〈父〉であることをゆるすそれでしかないにしても、たとえば〈彼は、この時、暗い夜の向うに、――人間の眼のとゞかない、遠くの空に、さびしく、冷かに明けて行く、不滅な、黎明を見たのである〉という一節に托された

作者の意図はおもく、深い。（傍点原文）

この阿濃像が、「偸盗」に救済を見る典型的な説だと言える。しかし、これまで述べてきたように、卑怯者とまで自分を断罪している芥川が、はたしてこうした安易な救済を猪熊の爺＝自分に与え得ただろうか。例えば、「不滅な、黎明」を、夜明けすなわち救済の明るさと、単純に読み解くことができるかどうか。もう少し厳密に考察する必要がある。

「黎明」については、すでに芥川の初期作品「青年と死と」（大3・9『新思潮』）との関連が指摘されている。ただそれらも夜明けの明るさとして黎明を読みとっている点では、三好説の補強でしかない。しかしこの作品において「黎明の光の中に黒い覆面をした男」と出て行くのは「A」の方である。人生を楽観的に捉え、生きることを願い、その結果死んでしまう「B」ではなく、生を苦しみと観じ、死を願う「A」が生き残る。とすれば「A」が出て行く「黎明の光」の中は、相変わらず苦渋に満ちた生存苦の世界であるはずである。「青年と死と」が書かれた時点では、芥川の若者らしい観念的な人生認識が示されていたにすぎないにせよ、「黎明」の語が、その後三年を経て再び登場することの意味は小さくはない。

「偸盗」においても「黎明」は「遠くの空に、さびしく、冷かに」明けるのである。これは阿濃が羅生門の楼上で「遠い所を見るやうな眼をして」見る「人間の苦しみに色づけられた、うつくしく、痛ましい夢」と呼応している。そこには永遠に消え去らないものとして「人間の悲しみ」が描かれ、「空をみたしている月の光のやうに、大きな人間の悲しみだけは、やはりさびしく厳に残つてゐる」（以上、七）と語られている。しかも「さびしい「人間の悲しみ」を眺めているのは、月だけではない。盗みに出発する偸盗たちの背後から「寂然と大路を見下してゐる（六）」羅生門もまた「人間の悲しみ」を見つめている。その羅生門の楼上で子は「人間の苦しみをのがれようとして、もがくやうに、腹の児は又、人間の苦しみを嘗めに来ようとして、もがいている」状態で誕生するのである。

過去を象徴する爺と婆、二人は繰り返し「昔の自分ではない（二）」と呟く。しかし一方では「人間は何時までも同じ事を繰返して行くのであらう。さう思へば、都も昔の都なら、自分も昔の自分である。（二）」とも言う。そして、婆は昔の愛に身命を賭し、爺も死の夢の中で婆を呼ぶ。そう考えてくれば、爺の死と阿濃の出産という二つの物語が、羅生門の下で展開されなければならなかった理由も明らかではなかろうか。

始めから破れるべく仕組まれたその夜の物語を「寂然と」見下ろしていた羅生門は、今、眼下に繰り広げられている「人間の悲しみ」も見下ろしている。それらは、おそらく翌日にはきれいさっぱり忘れ去られる一つの出来事にすぎない。そしていつかまた、繰り返される物語でもあろう。過去から未来へと続く、人間の愚かな営みの繰り返しを、羅生門は悠久の時の流れの中で見下ろし続ける。そうした時の流れの中に位置付けて初めて、羅生門の持つ意味が明らかになる。

また、最期に爺は「この子は――この子は、わしの子じゃや。（八）」と言う。従来これを爺の告白として、阿濃の子の父親は爺だという判断がなされているようである。しかし「不滅な、黎明」の中で、生の苦しみを受けに生まれる子は、必ずしも爺の血を直接に受け継ぐ必要はない。ここでは、永久に変わらぬ「悲しみ」を背負い、「何時までも同じ事を繰返して行く」人間たちすべての生死の営みの象徴としてとらえた方がよい。そういう意味では、まさに愚かな人生を生きた爺の子でもある。「不思議な微笑」と、「微笑」の語に「不思議」という言葉を冠した作者の意図を見逃してはならないと思う。

こうした虚無的な人生観は、先程の「青年と死と」だけではなく、処女作「老年」（大3・4『新思潮』）以降、終生把持され続けたものだった。「羅生門」や「偸盗」はこの作者ゆえに生み出され、また、後年の「河童」（昭2・3『中央公論』）が書かれもするのである(15)。

ところで、「偸盗」については、塚本文との交際を通しての「失恋体験超克」を見、「『偸盗』の作者にとって、この作品を書くことはそのまま自身の失恋体験を自己の内部で完璧に処理し、自己の再生を願うことに他ならなかった」とする石割透(16)の見解がある。しかし、これまで述べてきたように、こうした救済説には無理があるようである。婆を捨てて逃げる爺の卑怯者としての姿は、むしろ逆の方向を示唆している。塚本文との縁談が調うのは、「偸盗」発表の約半年前の大正五年十二月頃。若く潔癖であったはずの芥川が自分の〈心変わり〉をどう思っていたのか。必ずしも楽観的な解釈を下すべきではないように思われる。もっとも、塚本文との恋愛は、それはそれで別の物語である。いらぬ想像は差し控えるべきかもしれない。

以上「偸盗」について述べてきたが、結末を含む改変が加えられた「羅生門」を所載した、短編集『鼻』が刊行されるのは、「偸盗」発表の約一年後、大正七年七月である。次節ではこうした観点から「羅生門」を検討してみたい。

10 「羅生門」結末の改稿について

「羅生門」改稿の中で最も重要な部分は、もちろん結末である。この改変は「3」で述べたように、老婆の言葉の話法の転換と無関係ではない。老婆の言葉とは、自分が髪の毛を抜いている女が、生前蛇を売っていた悪人だったという話をすることで、自分を正当化する部分にあたる。ここで注意が必要なのは、老婆の語る話の出典が「羅生門」の骨組みの原典となった「羅城門登上層見死人盗人語第十八」にはなく、同じ『今昔物語』の「太刀《たて》帯《わき》陣売魚嫗《おうな》語第三十一（太刀帯の陣にて魚を売りし嫗の語）」を挿入していることである。骨組みとなった原典の方では、

「己が主にて御ましつる人の、失給へるを繚《あつか》ふ人の無ければ、此て置奉たる也、其の御髪の長に余て長ければ、其を抜取て鬘にせむとて抜く也、助け給へ」と云ければ

とあり、死んだ主人の髪を抜くという物語になっている。この部分の一部は「羅生門」で「この髪を抜いてな、この髪を抜いてな、鬘にせうと思ふたのぢや。」という老婆の言葉に直接話法として活かされている。しかし、これに続く部分は、「太刀帯陣売魚嫗語第三十一」の蛇を干し魚と称して売っていたという女の話を、間接話法で挿入し、それを受けて下人の考えが変化する、というふうに展開していく。こうした事柄を勘案した場合、初期「羅生門」には二つの問題があるように思われる。

第一に、なぜ挿入部分も直接話法にしなかったのか。右の引用は芥川が直接眼にした本文だとされている。それゆえ、原典に倣って直接話法にしたのだと思われる。それに続く部分についても、別の話の挿入ではあっても、直接話法にすることは可能だったはずである。

第二は「主」の髪を抜くという善悪の問題をより強く示しうるはずの物語を捨てて、なぜたんなる悪女の物語にしてしまったのか、ということである。

もっとも、これらに対する明確な解答を出すことは不可能であるように思われる。別の

話を取り込むという、一種のさかしらだったのかも知れない。あるいは、芥川の創造力の欠如とも解釈可能だろう。ただ、それらは憶測でしかない。しかし、一方で、次のことは確言できる。つまり作者は結果的に老婆という人間を消してしまったのだということである。「3」で述べたように、間接話法で語られる老婆の話は、老婆自身の訴えではなく、下人がどう聞いたのかという下人の判断しか示していない。また、「主」の髪を抜くという重い心理的葛藤を抱えていたはずの老婆自身の物語を、たんに悪女の髪を抜くという物語に置き換えることで、老婆の罪は軽いものになり、挿話の仲介者にすぎなくなってしまってもいる。それが初期「羅生門」の語りの意味である。芥川はこうした結果を見据えて改稿したことになる。

これはたんなる表現技法の問題ではない。技法上の問題であるならば、最初の改稿の時点で、芥川の作者としての技量から言って、話法の転換は可能だったと思われる。しかし、実際に改稿がなされたのは、「羅生門」が続編とも言うべき「偸盗」を持った、その道筋の延長線上でのことだった。ちなみに、芥川の初期作品を検討してみると、他の作品で改稿により話法の転換がなされた作品はないと言ってよい。とすれば、この転換は何を意味するのか。あらかじめ結論を述べれば、それは老婆の人格の復活という作業だった。

11　猿のようなもの

初期「羅生門」が書かれた時点で、芥川に老婆の人格を消すという意図があったとは思われないが、後に改稿が行われたとき、芥川はその作業の意味を理解していたと思う。それは老婆に与えられた描写、特に猿に関するイメージの変容を通して窺うことができる。

東郷克美は「『猿のやうな』人間の行方」(17)の中で、「羅生門」「偸盗」「地獄変」などを取り上げ、「醜怪な獣性をおびた老人――なかでも醜い老婆の系譜」の存在に言及し、「芥川にとって『猿』こそ人間のかたちをした獣であり、まさに『人間獣』の比喩にふさわしいものであった」と述べている。エゴイズムに満ちた人間、そして老醜という人間の宿命、それらを総括し象徴する存在として、猿は確かに芥川にとって唾棄すべきものだったと言える。

「羅生門」においても、「檜皮色の着物を着た、背の低い、痩せた、白髪頭の、猿のやうな老婆」という描写がなされている。この老婆が「偸盗」においても、猿という語とともに語られるのは、二作品の関係を考えた場合、当然だと言える。東郷も「『偸盗』は『羅生門』における『猿のやうな老婆』の行方を書いた作でもある」と述べているが、猪熊の爺が下人の後身であるように、猪熊の婆もまた「羅生門」の老婆の後身であるとも言えるのである。

ただ、ここで注意しなければならないのは、「猿のやうな」ものの「偸盗」での扱われ方である。猿という表現は、婆が爺を救う場面で集中して用いられている。

赤痣《あざ》の侍は、その後から又、のび上つて、血に染んだ太刀をふりかざした。その時もし、どこからか猿のやうなものが、走つて来て、帷子《かたびら》の裾を月にひるがへしながら、彼等の中へとびこまなかつたとしたならば、猪熊の爺は、既に、あへない最期を遂げてゐたのに相違ない。が、その猿のやうなものは、彼と相手との間を押しへだてると、突嗟《とっさ》に小刀を閃かして、相手の乳の下へ刺し通した。（中略）しばらくは、どちらがどちらともわからなかつたが、やがて、猿のやうなものが、上になると、再《ふたたび》小刀がきらりと光つて、組みしかれた男の顔は、痣だけ元のやうに赤く残しながら、見てゐる中に、色が変つた。（中略）その時、始めて月の光にぬれながら、息も絶え絶えに喘《あえ》いでゐる、皺だらけの、蟇《ひき》に似た、猪熊の婆の顔が見えた。（七）

この引用の最後の部分は「羅生門」の「蟇のつぶやくやうな声」を持った老婆と重なっている。しかしその老婆が、「偸盗」ではすでに失われてしまったはずの愛に殉じる場面で「猿のやうな」姿を現わしていることは注目に値する。ここでは「醜い」、エゴイズムに満ちた「人間獣」として「猿」が現われているのではない。むしろ老醜を背負いながらも、なお人間であろうとするものの外面的な姿態が「猿」と形容されているにすぎない。右の引用に続く場面で、婆は「何度となく」「かすかに、しかもなつかしさうに、自分の夫を呼びかけ（七）」る。「夫」を求める婆の中に、人間としての血が流れていることは明らかだろう。そうして、「8」で述べたように、夫を呼ぶ婆の姿が、婆を呼ぶ爺の姿と正確に呼応し合っていたことを考えるとき、初期「羅生門」が、下人と老婆の間に対話関係を持たない、下人の一人芝居に終わっていたこととの間に、大きな変化が生じていることに気づく。すなわち、「偸盗」では、爺に対し対等の人格を持った存在者として、婆が登場しているのである。

また、先の引用部分は、「地獄変」（大7・5・1〜5、22『大阪毎日新聞』）において、生きながら焼かれる良秀の娘とともに死ぬ「猿」を連想させる。

するとその夜風が又一渡り、御庭の木々の梢にさつと通ふ――と誰でも、思ひましたらう。さう云ふ音が暗い空を、どことも知らず走つたと思ふと、忽《たちま》ち何か黒いものが、地にもつかず宙にも飛ばず、鞠《まり》のやうに踊りながら、御所の屋根から火の燃えさかる車の中へ、一文字にとびだした。（十八）

車の中で焼かれる上臈《じょうろう》を実際に見たいという絵師良秀の希望に対して、大殿様が、良秀が溺愛していた良秀の娘を車に乗せて焼く場面である。良秀は、車の中の娘を見て「思はず知らず車の方へ駆け寄らうとしたあの男は、火が燃え上がると同時に、足を止めて、やはり手をさし伸した儘、食ひ入るばかりの眼つきをして、車をつゝむ焔煙を吸ひつけられたやうに眺めて居（十八）」るという状態で、娘を助けようとはしない。それに対するように、娘に可愛がられていた猿が、炎の中に飛び込むのである。

「猿秀」とも渾名される良秀は、芸術に殉じ娘を見殺しにする負のイメージを負わされているが、一方で「猿」が、良心のあり処として娘に殉ずる存在として描かれている。「羅生門」において負の存在でしかなかった猿のイメージは、「偸盗」を経て、「地獄変」に至る過程で変容している。それは、「人間獣」として否定されてきた猿という存在の、正の方向への復権だった。こうした変容に並行するかたちで、芥川の中における猿の語を冠された老婆の意味もまた変容してきたのである。そこから遡るかたちで「羅生門」の改稿がなされることになった。それが老婆の復権＝人格の復活の中味である。

失恋事件当初において、自分を断罪し、人間は皆醜いエゴイストだと観じていた芥川は、ただ十分に他者の存在を認識できるほどの大人ではなかった。所詮は傷ついた己れの心を持て余すだけの一人の若者だった。しかし「偸盗」という〈続編〉を書き上げたとき、芥川は猪熊の婆を創造する作業を通して、失恋事件における〈相手という人間〉の存在に気づいたのだと思う。そこから「羅生門」において、下人と対等の関係を持ちうる人格を持った老婆への転換、つまり、直接話法で下人に対峙する老婆が登場したのである。

12　下人の行方

「下人は、既に、雨を冒して、京都の町へ強盗を働きに急ぎつゝあつた」という一文が、「下人の行方は、誰も知らない」と改められた。その理由は、これまで述べてきたように、老婆の復権によるものである。初期「羅生門」において間接話法で記述された〈理屈〉は、下人の願いや結論を内包している語りだった。その語りが悪に身を任すことを肯定しているのだとすれば、それは取りも直さず、下人が老婆との会話以前に盗人になることを決めていたことを示している。

しかし、「羅生門」の最終稿において老婆の言葉が直接話法になった時、話は老婆自身の自己保身を語るものであって、下人の気持ちはその語りの中にはない。そうして、老婆の主張に下人は耳を傾け、「では、己が引剥をしようと恨むまいな。」と言う。この部分、初期「羅生門」と最終稿「羅生門」に違いはない。しかし、これまで述べてきたように最終稿の場合には、この時下人が本当はどう考えていたのかは分からない。その曖昧さを受けたことによって結末は「下人の行方は、誰も知らない。」となったのである。

では、改稿がなぜ「偸盗」以降に行われたのか？

初期「羅生門」において語り手は「京都の町へ強盗を働きに急ぎつゝあ」る下人に寄りそって「京都の町へ」付いていく。一方最終稿「羅生門」では、

老婆は、つぶやくやうな、うめくやうな声を立てながら、まだ燃えてゐる火の光をたよりに、梯子の口まで、這つて行つた。さうして、そこから、短い白髪を倒にして、門の下を覗きこんだ。外には、唯、黒洞々たる夜があるばかりである。

下人の行方は、誰も知らない。

と、語り手はあくまで老婆とともに羅生門に留まり続けている。いつか下人が帰って来るのを待つように。だから、下人の方が羅生門に帰ってこなければならない。「偸盗」において、偸盗たちが無意識のうちに羅生門に帰ってきたように。それが、老婆とともに語り手が留まり続けることの意味である。

「偸盗」において、愚かな人間たちの営みを悠久の時の流れの中で見下ろし続けている羅生門を描いたとき、「羅生門」という小説の主人公は羅生門そのものになった。「かうして人間は、何時までも同じ事を繰返して行くのであらう。（二）」という猪熊の婆の感慨は、「偸盗」を経て、最終稿「羅生門」へと流れ込んでいく。そうしてその時ようやく「羅生門」は、失恋という出来事の中でもがいていた芥川個人の物語を超えて、人間すべての生

死の営みの物語に変容したのである。

「偸盗」が発表された三か月後に、芥川は「戯作三昧」（大6・10〜11『大阪毎日新聞』）を発表している。詩神を信じ、「『あせるな。さうして出来る丈、深く考へろ』」と自らを励ます馬琴の姿は、芸術至上主義者と呼ばれることになる、芥川その人の苦しみの姿である。それは芸術と実生活に分離された作者としての道を選択していこうとする芥川の岐路であるかも知れない。そうしてこの後に、先にも触れた「地獄変」が書かれてもいる。芸術家の魂をとるか、人間の感情を選ぶべきか、そうした選択の物語と並行して、最終稿「羅生門」は登場してくる。失恋という個人の物語は、芸術至上主義者芥川の誕生とともに、ようやく芸術として普遍性を獲得した。それが改稿に関わる様々な物語を含みこんだ、〈羅生門〉という物語なのである。

　単独の作品を扱う作品論という限られた範囲での読みが、「羅生門」という作品にとってふさわしい方法であるのか。単品としての作品を超えた、もう一つの〈作品〉があるかも知れない。それは作者を軸にした、作品群の生成の物語、と言い換えてもよい。

　そうした観点から、例えば、第一短編集『羅生門』（大6・5）の扉に「君看雙眼色／不語似無愁」という詩句を載せた、その「似無愁（うれいなきににたり＝愁いがまるでないみたいだ）」という言葉の逆説的な意味にこだわってみる必要があるのではないか。あるいは「偸盗」に関するメモを記した手帳に残されている「間歇的《かんけつ》にくるYのmemoryに圧倒された」という言葉の意味にも、作品に対するのと同様に相対すべきではないのか。さらにまた、「彼にも恋があつた。その委曲は記すまい。その時彼は一生懸命であつた」（恒藤恭「友人芥川の追憶」昭2・9『文藝春秋』）と、芥川への追悼文の中に記さずにいられなかった、友人の発言の重さにこだわってみる視線があってもよいのではなかろうか。そうしてそこにこそ、あるいは〈作品〉があるのかも知れないと思うのである。

＊本論文における引用は『芥川龍之介全集』岩波書店　全12巻（一九七七年七月～一九七八年七月）による

《注》

（1）三好行雄「下人の行方　『偸盗』論の試み・その一」『日本文学』昭48・7

（2）『芥川龍之介全集　8』（昭46・10　筑摩書房）、浅野洋他編『作品と資料　芥川龍之介』（昭59・3　双文社出版）、森啓祐「初恋の人／吉田弥生」『国文学』昭45・11（同著『芥川龍之介の父』昭49・2　桜楓社　による）などを参照した。

（3）小泉浩一郎「『羅生門』（初稿）の空間――その主題把握をめぐり――」『日本文学』昭61・1

（4）吉田俊彦「『羅生門』小考―形象イメージを手掛りに―」『岡大国文論稿』昭57・3

（『芥川龍之介―『偸盗』への道―』昭62・5　桜楓社　による）

（5）（6）三谷邦明「座談会『羅生門』を読む」『日本文学』昭59・8

（7）「藪の中」『国文学』昭47・12（柄谷行人『意味という病』昭64・10　講談社文庫による）

（8）中村光夫「『藪の中』から」『すばる』昭45・6（『日本文学研究資料叢書　芥川龍之介Ⅱ』昭52・9　有精堂　による）

（9）佐藤忠男「小説『藪の中』と映画『羅生門』」『ユリイカ』昭52・2

（10）平岡敏夫「芥川における歴史物から現代物へ――『抒情』の変革――」『日本文学研究』昭38・11（『日本文学研究資料叢書　芥川龍之介』昭45・10　有精堂　による）

（11）「『偸盗』の世界」『国語国文薩摩路』昭55・8（平岡敏夫『芥川龍之介　抒情の美学』昭57・11　大修館書店　による）

（12）同様の記述は『都名所図会』にも見られ、比較的よく知られていたものと思われる。ちなみに、「偸盗」との関連が指摘される『今昔物語』の「巻二十五の第十一」、「巻二十六の第二十」、「巻二十九の第三、第六、第七、第八」には、立本寺の名は見られない。

（13）吉田俊彦「『偸盗』小考」『岡山県立短期大学研究紀要30号』昭61・7

(14) 同(1)

(15) 「河童」では、生まれる前に、母親のお腹の中にいる胎児に父親が「お前はこの世界へ生れて来るかどうか、よく考へた上で返事をしろ。」と問いかけ、胎児が「僕は生れたくはありません。第一僕のお父さんの遺伝は精神病だけでも大へんです。その上僕は河童的存在を悪いと信じてゐますから。」と答える場面がある。

(16) 石割透「芥川龍之介『偸盗』における意味」『日本近代文学』昭50・10

(17) 『日本の近代文学2　芥川龍之介』昭57・7　有精堂　による

詩への意志

――中原文也の死・亡児詩群をめぐって――

【問題の所在】

中原中也は根っからの詩人だった。一方、中也の小説に完成作はないと言っていいし、下書き段階の散文草稿を読んだだけでも、散文、少なくとも小説には向いていないことが分かる。中也に天から与えられた才能は韻文、特に詩のためにあったと言ってよい。

また、中也の長男の文也は自身の分身と言ってもよいくらい、中也にとって特別な存在だった。親が子供を溺愛するという類いの愛情ではなく、息子と自分とを同一視するという関係において文也を見ていた。その結果、大人になることを拒絶し続け子供であろうとし続けた、ピーターパン・シンドロームとでも言うべき中也が、文也をかつての自分と見なすことで、大人になってしまった自分を受け容れる契機ともなった。

例えば、中也は文也に自分の後を継いで詩人になって欲しいと願う。親子二代ならなにかできそうだ、とも言う。自分の夢を託す親の姿とも言えるが、詩神に魅入られた同じ運命を背負うものとして、自分の生まれ変わりのように見なしていると言った方が正確だろう。また、文也誕生後の詩には、繰り返しのリズム、特に七音を用いたゆったりとした、川の流れや時の流れを思わせるリズムの詩が多くなってくる。それまで止まっていた時間が中也の中で流れ始めたことの反映とみなせる。

しかし、こうした文也の存在が、突然、喪われる。

詩人ならば、それを詩にする、または、詩で克服しようとするかもしれない。少なくとも中也はそうしようとした。だがそれに飽き足らず、その後、中也は「文也の一生」という散文で文也の死を語ろうとする。しかし、その試みは中断され、新たに文也の死に関わる詩群が書かれる。

こうした表現者の表現の過程＝生成の物語をたどることで、詩や散文という表現手段がどのような意味を持っているのかが見えてくる。

0　はじめに

中原中也に「冬の長門峡」という詩がある。

冬の長門峡

長門峡に、水は流れてありにけり。
寒い寒い日なりき。

吾は料亭にありぬ。
酒酌《く》みてありぬ。

われのほか別に、
客とてもなかりけり。

水は、恰《あたか》も魂あるものの如《ごと》く、
流れ流れてありにけり。

やがても密柑《みかん》の如き夕陽、
欄干《らんかん》にこぼれたり。

あゝ！　――そのやうな時もありき、
寒い寒い　日なりき。

中也の第二詩集にして、最後の詩集でもある『在りし日の歌』（昭和13年4月刊）に収められた、この詩集を代表する作品の一つである。文也を亡くし、故郷山口に帰ることを決めた中也が昭和12年夏頃に編集を終え、友人の小林秀雄に出版を託し、同年、わずか三十歳で中也が亡くなった（昭和12年10月22日）後に、小林によって出版された詩集である。

中也の第一詩集『山羊の歌』（昭和9年12月刊）が、若さ溢れた軽くリズミカルな作品を多く収めて、思春期の若者に支持されるのに対し、わずか四年後、三十歳の詩集であるにもかかわらず、『在りし日の歌』に収められた作品は、ゆったりとしたリズムや、哲学的な難解さを含み持った作品が多い。思春期に『山羊の歌』で中也の虜になった若者が、年をとるに従って『在りし日の歌』の方に心惹かれるようになるという指摘などもあるが、そうした質の違いが確かにある。

『在りし日の歌』には、例えば、

ある朝　僕は　空の　中に、
黒い　旗が　はためくを　見た。
はたはた　それは　はためいて　ゐたが、
音は　きこえぬ　高きが　ゆゑに。

で始まる「曇天」のような作品がある。字空けによる独特の、どこか不穏な、詩人の喘ぎを感じさせるリズムと、「黒い　旗」という、不吉な何かを連想させるものの存在など、この作品はある種の重さに支配されている。
あるいは、

あれはとほいい處《ところ》にあるのだけれど
おれは此處《ここ》で待つてゐなくてはならない
此處は空気もかすかで蒼く
葱の根のやうに仄かに淡い

で始まる「言葉なき歌」。「とほいい」と、はるか遠くにある何かを求める詩人の目には、しかし、「あれ」と呼ぶものの正体は見えてはいない。絶望的な距離にある見えないものを、それでも求め続ける詩人の心の中には、同時に諦めに近い静かな思いや移ろいも流れているように感じられる。

こうした作品の一つに「冬の長門峡」を位置付けることができる。この作品に描かれているのは、川の流れに象徴される過ぎゆく時の流れであり、また「魂」という生命の姿だといえる。老いたる我れという老成に近い感情も読み取ることができる。余りに若く晩年を迎える中也だが、長命だけが人を老成させるわけではあるまい。様々な経験を経た中也の一つの到達点がここにはある。

しかし、それだけが「冬の長門峡」の意味なのだろうか？

本論文で検討してみたい問題がここにある。

『在りし日の歌』という詩集には「亡き児文也の霊に捧ぐ」という献辞が添えられている。中也は没する約一年前に最愛の息子文也を喪っている。詩集には、この経験に由来する作品も収められており、「冬の長門峡」も文也没後に書かれた作品の一つである。しかも、没後二か月も経たない時期に制作された作品でもある。こうした観点から、文也没後の作品群がどのように生まれ、どのように完成に至った（あるいは至らなかった）のかという生成の過程を辿ってみることで見えてくる作品の意味について検討してみたい。

1　文也の死

昭和十一（一九二六）年十一月十日、中原中也の長男文也が小児結核で死亡した。満二歳になったばかりだった。

中也の日記には、

十一月四日。（中略）坊やの胃は相変らずわるく、終日むづかる。明日頃はなほるであらう。

とペンで記され、その直後に、

十一月十日　午前九時二十分　文也逝去
ひのへ申一白おさん大安翼
文空童子

と筆で記された記事があり、ページを改めて、同じ筆で「文也の一生」（後述）が書かれている。十日の記事には戒名が記されているので、文也が亡くなった当日のものではない。

筆で記されていること、文字や墨の色合いなどから、後に述べる「第Ⅱ群」が書き記された十二月二十四日（おそらく四十九日の法要の後）に書かれたものと推測できる。

いずれにせよ、日記によれば、十一月四日、あるいは五日に文也の容態が急変し、十日に亡くなったことが分かる。それほど突然の出来事だった。

村上護は『中原中也の詩と生涯』(1)で、中也の様子を次のように記している。

そのときの中原の取り乱しようはひどかった。死んだ文也をいつまでも抱いて離さず、遺体を棺の中に入れるのに苦労した、と母のフクさんは語っている。

その後の意気消沈ぶりは目を覆うものがあった。文也の位牌を置いた二階の六畳間に籠りきって、中原は外出など一切しなかった。

彼は位牌の前で、しきりにおがんでいた。四十九日間は坊主にも毎日きてもらって、お経を読んでもらっていた。そのころにはキリスト教だけでなく、彼は仏教にも興味を示し、通って来る坊主に様様な質問をした。彼は持っていた般若心経の経本に、坊主から教わったことを書き込んでいたという。中原が過度のノイローゼに陥ったのは、四十九日が過ぎたころからであった。

中也の詩作にとって、我が子を喪うという出来事は、もちろん小さな出来事ではありえなかった。自分の内の純粋なもののすべてを、子供という概念の中に昇華させて詩作していたともいえる中也にとって、文也の死は、そのまま自己の崩壊に等しい重さを持っていたからである。

その結果、翌十二年一月八日頃から、精神障害の療養のために千葉寺療養所にひと月余り入院させられることになる。入院中に書かれた「千葉寺雑記」の中で中也は、「子供が亡くなり、ために一層（情緒が——引用者注）柔軟となり、亡くなつたは辛いがせめて詩の方は進展すると分つてゐました」、「いくら努力致しましても、詩の進展は従来の経験から致しましても、十年に一度するかしないかくらゐのものでございます」と記しているように、文也の死は、「十年に一度」の詩的転機とも認識されていた。

では詩的転機を迎えた中也は文也の死をどのようにして詩にしたのだろうか。それを明らかにするための具体的な問いは次の二つに整理される。

一、文也の死後まもなく文也との思い出に材を得た「また来ん春……」を書き得た詩人が、その後、ほぼ同じ思い出を描いた「夏の夜の博覧会はかなしからずや」を、完成できなかったのはなぜか。

二、「一九三六・一二・二四」という同じ日付を持つ作品群、すなわち「文也の一生」（散文）、「夏の夜の博覧会はかなしからずや」（詩）、「冬の長門峡」（詩）をどのような関係において読むべきなのか。言い換えれば、これらの作品をそれぞれ独立した作品として読むだけでよいのか。

中也は文也の死後まもなく五つの詩（以下〈第Ⅰ群〉と呼ぶ）を書いている。このうち「暗い公園」を除く四作品「月夜の浜辺」「また来ん春……」「月の光　その一」「月の光　その二」は、文也の死のわずか三か月後に、雑誌に発表されている。文也の死の衝撃の中にあって、中也はこれらの詩を短期間で完成したことになる。しかもこれら四作品が『在りし日の歌』に採用されていることを考慮すれば、完成のレベルに達していると中也が判断した作品だということになる。従って単純に考えれば、文也の死はさほど遠くない時期に〈表現〉にまで昇華されていたように見える。

その後、「文也の一生」「夏の夜の博覧会はかなしからずや」「冬の長門峡」が書かれている（以下〈第Ⅱ群〉と呼ぶ）。これらは同じ日付を持ち、すべて毛筆で書かれ墨の色や字体なども同じであり、同日に続けて書かれたと見なすことが出来る。内容を考慮すれば、まず「文也の一生」が書かれ、その続きとも言うべき内容をもつ「夏の夜の博覧会はかなしからずや」が詩として書かれ、これらと一見内容的に何の繋がりもない「冬の長門峡」が書かれたと推定できる。

以上の〈第Ⅰ群〉と〈第Ⅱ群〉の成立の過程を眺めてみると、奇妙な点に気づく。

一つは、〈第Ⅰ群〉では文也の死を対象化して〈表現〉にまで高めることができていたようにみえる中也が、なぜその後、我が子の死の悲しみに押しつぶされ、終に完成に至らない「夏の夜の博覧会はかなしからずや」のような作品を残したのか。同時に「冬の長門峡」という秀作も制作しているにもかかわらず。

さらに、「文也の一生」という散文の行き着く先がなぜ「夏の夜の博覧会はかなしからずや」という詩＝韻文だったのか。

文学を志す者が、自分にふさわしい表現方法として、どのようなジャンル＝表現方法を選ぶのか、それは表現者としての〈質〉と〈意志〉によって決まるだろう。もちろん複数の表現方法を必要に応じて使い分けることも、普通にあるだろう。しかし、詩を自らの天職と見なしていた中也の場合、散文と韻文の関係はそう単純ではない。散文で書くことと韻文で書くこと、これらの間にある中也の精神の働きはどのようなものだったのだろうか。

2　〈第Ⅰ群〉・月

最愛の我が子を喪った〈親〉は、その後どうするだろうか。

「いつまでも抱いて離さず、遺体を棺の中に入れるのに苦労」させるということは、あり得ることだろう。

では〈詩人〉はどうするだろうか。

詩作を宿命と観じているはずの〈詩人〉は、自らの体験を詩という表現に変えていこうとするはずである。少なくとも中也はそうしたのだ。そのようにして〈第Ⅰ群〉は制作された。しかしそれは当然ながら容易な作業ではなかった。

一般的に言えば、実生活における体験は、言語化可能な営みである。体験はほぼ同時に頭の中で言語化されて、認識・記憶という過程を経るので、行為している時点で、体験はすでに文学という言語表現の側に寄り添いつつある。

しかし、その体験が〈言語に絶する〉体験ならばどうだろうか。

中也が〈第Ⅰ群〉を制作するにあたって直面しなければならなかったのが、この言語化不能の体験の言語化＝詩作という問題だったと思われる。

これに対して採用された手段が、中也にとって最も手慣れた手法を用いることだった。それが、「月」という比喩と、ソネットという形式の採用だった。

〈第Ⅰ群〉の五作品中「月夜の浜辺」「月の光　その一」「月の光　その二」の三作品に、タイトルも含めて月が出てくる。先述したように、これら三作品は『在りし日の歌』に収められているのだが、所収する際の手直しはほとんどなされていない。つまり中也にとってこれらの作品は、始めから十分に完成作だと見なされていたことになる。これを支えたのが月という比喩なのである。

比喩としての月については別論文（2）で論じたが、月は「父親」の隠喩として、すでに中也の初期作品から用いられていた。つまり、子を喪った中也は、父である自己に月を重ね、象徴という手法を通して詩という表現のレベルを保ったのである。

佐藤泰正（3）は、

「愛児を失つて彼の神経が混乱した時、家人は屢々《しばしば》『正行《まさつら》』の名が彼の口から洩れるのを聞いた」と大岡氏は「中原中也伝」の中で記し、これを、中原が九歳の時の最初の詩稿が、亡くなった弟を歌ったもので、「学校の読本の、正行が御暇乞の所（今一《ひと》度《たび》天顔を拝し奉りて）といふのがヒントをなした」（「詩的履歴書」）という詩人自身の回顧と結びつけているが、むしろ「正行」とは、彼の父に対する、また亡児に対する、彼の父であり子である二重に屈折した深い負い目の意識――その裂け目から発したものとみることができよう。

と述べている。文也を喪ったとき思わず「正行」の名が出るという行為は、言語に絶する悲しみに対応した精神の突出とも言うべきものであり、心の奥底・記憶の底に沈んでいた〈正行体験＝弟の死〉を突然呼び起こすほどの痛切な体験だったということだろう。しかし、表現者として悲しみを〈表白〉するときには、自らの悲しみを対象化し、より高次の言語表現に変えていく必要がある。比喩・象徴＝メタファーという表現技法は、このレベルに位置する表現技法である。だからこそ、中也は月というメタファーを使用することで、現実の体験を詩という高次の表現へと変えることができたのである。

中也の詩における月は、元々は父親の謙助を象徴するものとして使用されていた。しかし〈第Ⅰ群〉で使用されている月は、亡児文也の父＝自分という意味の広がりを持っている。

月の光　その一

月の光が照つてゐた
月の光が照つてゐた

お庭の隅の草叢《くさむら》に
隠れてゐるのは死んだ児《こ》だ

月の光が照つてゐた
月の光が照つてゐた

おや、チルシスとアマントが
芝生の上に出て来てる

ギタアを持つては来てゐるが
おつぽり出してあるばかり

月の光が照つてゐた
月の光が照つてゐた

月の光　その二

おゝチルシスとアマントが
庭に出て来て遊んでる

ほんに今夜は春の宵

なまあつたかい靄もある
月の光に照らされて
庭のベンチの上にゐる

ギタアがそばにはあるけれど
いつかう弾き出しさうもない

芝生のむかふは森でして
とても黒々してゐます

おゝチルシスとアマントが
こそこそ話してゐる間

森の中では死んだ子が
蛍のように蹲《しゃが》んでる

「その一」の六連中三連（全六行）で繰り返される、一見意味不明な「月の光が照つてゐた」という句を、月である父親が「死んだ児」を黙って見下ろしている姿と解釈してみる。同じく「その二」では「月の光」の届かない「黒々して」いる「森」の中で「蹲んでる」「死んだ子」を思う父親の姿と解釈してみる。そうすることで、「その一」のもつ切迫した表現の質、「その二」の絶望的な悲しみの意味が見えてくる。父親を月と呼んでいた子供だった中也が、今度は自身が父親として我が子を見る、という認識は、子を喪った父としての自分だけではなく、自分を子として愛してくれた亡き父親への思いも、中也の中に呼び起こしたのではなかろうか。「死んだ児」を見下ろしている父としての中也の姿を、中也の父謙助が我が子中也の苦しみを労るように、あるいはともに悲しむように見下ろしてもいる。こうした二重の映像がこの作品の中にはあるように思われる。

3 〈第Ⅰ群〉・ソネット

また、〈第Ⅰ群〉の完成作と見なされる四作品は、いずれも基本的にソネット（十四行詩）の形式を採用している。

中也には、精神状況が不安定であればあるほど、ソネットや四行四連という安定した形式で詩を作るという傾向がある。不安定な心のあり方を、安定した詩型に押し込めることで、感情を制御していると言ってもいいかもしれない。この時も自然に、ソネットが採用されたのだと推定される。
例えば「また来ん春……」。

また来ん春……

また来ん春と人は云ふ
しかし私は辛いのだ
春が来たつて何になろ
あの子が返つて来るぢやない

おもへば今年の五月には
おまへを抱いて動物園
象を見せても猫《にやあ》といひ
鳥を見せても猫《にやあ》だつた

最後に見せた鹿だけは

角によつぽど惹かれてか
何とも云はず　眺めてた

ほんにおまへもあの時は
此の世の光のたゞ中に
立つて眺めてゐたつけが……

この詩について北川透(4)は「中也は、そのような（七五調・ソネットという音律・構成上の――引用者注）単旋律の上においてしか、〈文也〉の死を詩へ切りかえしえなかったのだ、と言えるかも知れない。何の防禦もなく愛児の死を受け容れざるをえなかった中也の裸形の意識が、その死を、書くという行為のなかで生へ転換させるための、それは唯一の方法だったのではないか」と述べているが、正しい指摘だと思う。

「また来ん春……」は、七五調、四四三三のソネットという、定型律に定型の形式。中也は我が子の死という極限状況を、この根源的な形式に押し込めたのである。いや、詩の方が中也をこの形式の内に呼び寄せたのかも知れない。定型律定型詩という構造を除いて作品の内容を眺めてみると、この作品には文也に対する思いと思い出が書きつけられているだけの素朴な作品にすぎないのである。

こうした形式に依存する傾向は、〈第Ⅰ群〉でこれまで取り上げてこなかった「暗い公園」にも見られる。

暗い公園

雨を含んだ暗い空の中に
大きいポプラは聳《そそ》り立ち、
その天頂《てつぺん》は殆んど空に消え入つてゐた。

六月の宵、風暖く、
公園の中に人気はなかつた。
私はその日、なほ少年であつた。

ポプラは暗い空に聳り立ち、
その黒々と見える葉は風にハタハタと鳴つてゐた。
仰ぐにつけても、私の胸に、希望は鳴つた。

今宵も私は故郷《ふるさと》の、その樹の下に立つてゐる。
其の後十年、その樹にも私にも、
お話する程の変りはない。

けれど、あゝ、何か、何か……変つたと思つてゐる。

「一九三六・一一・一七」つまり、文也没後わずか七日後の日付を持つこの作品を書いている中也に「お話する程の変りはない」はずがない。乱れる心を懸命に抑えようとして、中也はこの作品でも安定した形式で書こうとしている。成立過程を検討してみると、当初は三行五連という形式が企図されていたようである。四行四連やソネットには及ばないにしても、安定した構造に向かおうとする意志を読み取れる。しかしこの作品は「三三三一」という形でしか書き終えることが出来ず、未完成の作となってしまった。

こうしたことを考慮すれば、〈第Ⅰ群〉において完成作と見なされる作品はいずれも、文也の死という言語化不能の体験を、自分にとって手慣れた方法の中に呼び込み言語化した結果、作品としては一定のレベルを超える作品になり得たのだということができる。

4 〈第Ⅰ群〉・破綻

しかし、ソネット形式を拠り所として何とか詩を完成させようとする試みは、文也の死を対象化するには充分な力を発揮しなかったようである。先に引いた「月の光　その二」が二行七連のソネットであるのに対し、「その一」は二行六連の十二行である。ソネットを指向しながらついにソネットに至らなかった苦闘の痕が「その一」にはある。「その二」は「一」を受けて、一旦気持ちを整理し、呼吸を整えてから書き綴られた作品なのだろう。それが二行七連のソネットという形式での完成をもたらしたのだと思われる。こうした苦闘の痕は「月夜の浜辺」にも見られる。(網掛けは棚田。以下も同じ)

月夜の晩に、ボタンが一つ
波打際に、落ちてゐた。

それを拾つて、役立てようと
僕は思つたわけでもないが
なぜだかそれを捨てるに忍びず
僕はそれを、袂に入れた。

月夜の晩に、ボタンが一つ
波打際に、落ちてゐた。

それを拾つて、役立てようと
僕は思つたわけでもないが
　月に向つてそれは抛《はふ》れず
　浪に向つてそれは抛れず
ぼくはそれを、袂にいれた。

月夜の晩に、拾つたボタンは
指先に沁み、心に沁みた。

月夜の晩に、拾つたボタンは
どうしてそれが、捨てられようか？

連構成は「二四二五二二」と特段の定まった構造を志向していないように見える。しかし網掛けした部分に着目すれば「月の光」の二作品と基本的に同じ、佐藤洋一(5)の言う「二行単位が基礎の音楽的構成」を基調とした構造を持っていることに気づく。疲れた中也の精神はこの時、詩作の原点として二行を一単位とする繰り返しのリズムを呼び寄せていたのである。

繰り返しの意義について中也自身に、「詩とは、何かの形式のリズムによる、詩心(或ひは歌心と云つてもよい)の容器である」、「繰り返し、旋回、謂はば回帰的傾向を、詩はもともと大いに要求してゐる」(「詩と其の伝統」昭9・7『文学界』)という発言がある。

これは一般論というよりは、中也自身の詩の本質を語っており、中也の詩は放っておけば繰り返しを多用する傾向があった。だからこそ、文也を喪ったとき、自然に繰り返しが現われたのである。「月夜の浜辺」は本来もっと別の構造を企図されたものだったと思う。しかし、文也の死が中也に与えた衝撃によって、自ずと繰り返し構造が呼び寄せられた。というより、繰り返し構造によってかなしみを吐露することを通してしか、詩を完成させることができなかったと言った方が正確かもしれない。

しかもソネットではあっても、例えば「四四三三」という中也がよく使った構造ではなく、二行を基本とする構造は、中也の場合、より精神の不安定な時に使用される傾向がある。詩句を四行に纏めるという作業と、二行を繰り返すという作業は、作品を完成させるために必要な、例えば詩句を選び構成し整える労力において大きな違いがある。二行を繰り返せば四行になるわけではない。四行で構成される一つの連は、そこに一つの意味の世界がなければならない。二行一連で構成される詩は、リズムを生み出すことは得意でも、意味のまとまりを提示するには不十分な形式なのである。

〈第Ⅰ群〉の作品に見られる二行を一連とする構造は、それだけ、中也の受けた衝撃の大きさを示している。一見完成作に見える文也没後間近の〈第Ⅰ群〉は、実は、体験を十分に昇華した上での創作ではなく、自分の受けた衝撃をそのままの形で吐露した作品群と見なした方がよい。

その後に〈第Ⅱ群〉が登場することになる。では文也の死を、中也はその後どのようにして克服し表現しようとしたのだろうか？

5　〈第Ⅱ群〉・記録への意志

ある出来事を乗り越えようとする場合、中也はその経験を必ずしも詩だけで対象化しようとしたわけではない。恋人の長谷川泰子に去られた後に「我が生活」という散文が書き記され、弟恰三《こうぞう》の死が「亡弟」という小説の試みになったように、散文による記述を通して過去の出来事を相対化しようとすることも行っている。衝撃が大きければ大きいほど、出来事を一度は散文という形式で書いてみないと気が済まないという傾向が、中也にはあったようだ。

ところで、一般的に言えば、韻文になりにくい出来事も、詩人の場合には散文詩によって表現できたのではないかと考えることができる。詩に関するあらゆる手ほどきを中也にしたといえる富永太郎には優れた散文詩があるし、その影響を受けて、中也にも「或る心の一季節」他五編の散文詩がある。

しかし先の出来事の場合、中也は散文詩への道を歩まなかった。それは中也が本質的には抒情詩人だったからである。中也自身の発言に、「反省したことを、それに就ける事実を書き付けるなんていふことが私には実に滑稽だ、——私には記述的興味といふものが全くない」、「私はその私の思考の対象から思考された所のことしか書きつける勇気がない、私は徹頭徹尾詩人なんだと識つた」（『日記』昭2・5・3）というものがある。「反省したこと」について「事実」を「記述」するのではなく、「思考の対象から思考された所のこと」を、つまりある出来事によって引き起こされた思いを、一切の説明や言い訳をせずに「勇気」を持って詩として書きつける詩精神しかないのだ、と言っているのである。こうした観点から先に挙げた、「我が生活」や「亡弟」を読んでみると、確かに事実の整理や説明という散文的要素よりは、自分の感情を吐露するという詩的傾向が強い。「我が生活」では、〈女を奪われてくやしい〉と、「亡弟」では〈長男である自分の責任を思うと苦しい〉と、自身の心の内にあるものを吐き出しているだけなのだ。そういう意味では、一部の評論を除いて、中也の散文はいずれも客観的な事実の提示ではなく、主観的で自己完結的な語りによって成り立っているといえる。

しかし、そうした中也が、文也の死を前にして書き綴ろうとしたのが「文也の一生」という散文なのである。タイトルが如実に示しているように、執筆の意図は文也の一生を残そうとする〈記録への意志〉にある。はたしてそれは中也には可能だったのだろうか？


昭和九年（一九三四）八月　春よりの孝子の眼病の大体癒つたによつて帰省。九月末小生一人上京。文也九月中に生れる予定なりしかば、待つてゐたりしも生れぬので小生一人上京。十月十八日生れたりとの電報をうく。八白先勝みづのえといふ日なりき。その午後一時山口市後河原田村病院（院長田村旨達氏の手によりて）にて生る。生れてより全国天気一ヶ月余もつゞく。

昭和九年十二月十日小生帰省、午後日があたつてゐた。客間の東の六畳にて孝子に負はれたる文也に初対面。小生をみて泣く。それより祖母（中原コマ）を山口市新道の新藤病院に思郎に伴はれて面会にゆく。祖母ヘルニヤ手術後にて衰弱甚だし。

（十二月九日午後詩集山羊の歌出来。それを発送して午後八時頃の下関行にて東京を立つ。小沢、高森、安原、伊藤近三見送る。駅にて長谷川玖一と偶然一緒になる。玖一を送りに藤堂高宣、佐々木秀光来てゐる。）

手術後長くはないとの医者の言にもかゝはらず祖母二月三日まで生存。その間小生はランボオの詩を訳す。一月の半ば頃高森文夫上京の途寄る。たしか三泊す。二人で玉をつく。高森滞在中は坊やと孝子オ部屋の次の次の八畳の間に寝る。祖母退院の日は好晴、小生坊やを抱いて祖母のフトンの足の方に立つてゐたり、東の八畳の間。

三月二十日頃小生腹痛はげしく三四日就床。これよりさき一月半ば頃坊や孝子の乳房を噛み、それが膿みて困る。三月二十六日呉郎高校に合格。この頃お天気よく、坊やを肩車して権現山の方へ歩いたりす。一度小生の左の耳にかみつく。


「文也の一生」の冒頭部分である。

例えば「生れてより全国天気一ヶ月余もつゞく」という記述などからは、文也の誕生の意義をことさらに重大なものとして位置付けようとする意図が読み取れる。そのほか「十二月九日」以下の（ ）内の『山羊の歌』に関する記述や、「小生腹痛はげしく三四日就床。これよりさき一月半ば頃坊や」という、まず自分のことを記すという順序なども、自己中心的な発想が根底にあるという意味で、中也的な叙述のスタイルになっている。

しかし一方で「文也の一生」には、それまでのどの散文にもみられない特徴がある。それは、この文章が文也という存在に関する記録だという点である。

それまでの中也の書いた散文には、他者の事実を語る記録という散文の方法はなかった。

中也の書く散文は、他者によって引き起こされた自分の気分や感情、あるいは悪口を記すのであって、自分の主観を離れた語りはありえない。生活の記録であるはずの日記においても、例えば昭和二年の日記が「精神哲学の巻」と名付けられているように、ほとんどが自分の精神を記述する装置となっている。そもそも中也には自分との関係を抜きにした他者の存在そのものに対する興味があったかどうかさえ疑わしい。その中也が「文也の一生」という、息子とはいえ他者の記録を残そうとしたのである。

文語調の文体は、普段自分の使わない言葉を用いることで感情を抑え、より客観的な記述を企図したものと推定される。「十月十八日」という日付に「八白先勝みづのえ」という説明を追加したり、「山口市後河原田村病院（院長田村旨達氏の手によりて）」、「祖母（中原コマ）」という（　）書き部分を挿入したりするなどの記述からは、事実を客観的に詳しく書き記そうとする意志を読みとることができる。

そのように見てくると、高森や呉郎といった人々に関する記事も、文也に関わった人々の記録を残すことで文也の周辺にまで記録の範囲を広げた〈文也史〉とでも言うべき大きな歴史記述に見えてくる。その他にも草稿を検討すると「親子」と書いた部分を抹消し「坊やと孝子と自分」というように、文也を主体にした記述に直している箇所などもある。

つまり「文也の一生」は、中也的な散文でありつつも、従来とは異なる記録的側面を持った異例の散文だと言える。右の引用に続く部分でも、時間は前後するものの、日付を適宜挿入しつつ、文也に関わる出来事を記述していくという形式を保っている。

その終わりの部分を次にあげる。

六月頃四谷キネマに夕より淳夫君と坊やとをつれてゆく。ねむさうなればおせんべいをたべさせながらみる。七月淳夫君他へ下宿す。八月頃靴を買ひに坊やと二人で新宿を歩く。春頃親子三人にて夜店をみしこともありき。八月初め神楽坂に三人にてゆく。七月末日万国博覧会にゆきサーカスをみる。飛行機にのる。坊や喜びぬ。帰途不忍池を貫く路を通る。上野の夜店をみる。

六月頃の記述から、記事は七月・八月と順に書かれ、ふと春ごろの思い出に戻り、次いで八月の出来事を記し、再び遡って七月末の万国博覧会の出来事に言及し、そこで「文也の一生」は突然終わっている。

先に述べたように、同じ日付を持ち同じ筆で書かれたと推定されるものに、「夏の夜の博覧会はかなしからずや」と「冬の長門峡」という二つの詩がある。内容から判断すれば、万国博覧会に関する「夏の夜の博覧会はかなしからずや」が、この記録に続けて書かれたものと推定できる。おそらく万国博覧会の出来事を思い出した中也は、そこでそれ以上〈記録〉を書き続けることが出来なくなり、〈詩〉でその出来事を書かざるを得なくなったのだろう。言い換えれば、それほどに万国博覧会の思い出は印象深いものであり、それまで抑えていた感情をどうにも抑えきれなくなってしまったのだと想像される。

では「夏の夜の博覧会はかなしからずや」はどのような作品なのだろうか?

6 〈第Ⅱ群〉・感情の爆発

この作品は『在りし日の歌』には採られなかった。中也にとって完成作とは見なされなかったということだ。

ところで、この作品は「1」「2」という二つのパートに分かれているが、「1」について論者(棚田)がある作業を施した本文を以下に挙げてみたい。

夏の夜の博覧会

1

夏の夜の、博覧会
雨ちよと降りて、やがてもあがりぬ
夏の夜の、博覧会

女房買物をなす間、
象の前に僕と坊やとはゐぬ
二人蹲《しやが》んでゐぬ、やがて女房きぬ

三人博覧会を出でぬ
不忍ノ池の前に立ちぬ、坊や眺めてありぬ
そは坊やの見し、水の中にて最も大なるものなりき、
髪毛風に吹かれつ
見てありぬ、見てありぬ、
それより手を引きて歩きて
広小路に出でぬ、

広小路にて玩具を買ひぬ、兎の玩具

どうだろうか？　博覧会に親子三人で出かけた思い出を語っている。後に文也が亡くな

るということを知らなければ、特にどうと言うことのない作品に思える。博覧会がかなしい理由も分からない。それはこの作品に繰り返し書かれている〈かなしい〉という部分を削除したからである。では、実際の作品はどうなっているのかを次に挙げる。

夏の夜の博覧会はかなしからずや

1

夏の夜の、博覧会は、哀《ママ》しからずや
雨ちよと降りて、やがてもあがりぬ
夏の夜の、博覧会は、哀《ママ》しからずや

女房買物をなす間、かなしからずや
象の前に僕と坊やとはゐぬ
二人蹲んでゐぬ、かなしからずや、やがて女房きぬ

三人博覧会を出でぬかなしからずや
不忍ノ池の前に立ちぬ、坊や眺めてありぬ

そは坊やの見し、水の中にて最も大なるものなりきかなしからずや、
髪毛風に吹かれつ
見てありぬ、見てありぬ、
それより手を引きて歩きて
広小路に出でぬ、かなしからずや

広小路にて玩具を買ひぬ、兎の玩具かなしからずや

網掛けが削除した部分である。ただひたすら〈かなしい〉と叫んでいる。「文也の一生」で、かなしみを抑えつつ冷静な記録者であろうとした中也が、万国博覧会の思い出に到達したとたん、自分の感情を抑えきれなくなって、「夏の夜の博覧会はかなしからずや」という詩を書くことで自分の感情を爆発させた、とそのようにして出来上がった作品だということである。

詩は散文とは異なり、改行という手法が用いられる。行の下の空白は、言葉にならない言葉が隠されている。一般には余情表現と言われる手法にあたる。しかしこの詩の場合には、見えないはずの言葉が「かなしからずや」と見える形で書かれているのである。

「夏の夜の博覧会はかなしからずや」は、文語調であることにも表れているように、「文也の一生」を引きずっている。万国博覧会での出来事を時間を追って記述しようという手法も、記録者の手法に近い。しかし、それでもどうしようもないかなしみの感情が、詩という方法を中也にとらせたのだと言える。同時に、詩の作者として、この作品の出来の悪さも十分分かっていたのだろう。
これを受けて、中也は、仕切り直しをするかのように「2」を書く。

2

その日博覧会に入りしばかりの刻《とき》は
なほ明るく、昼の明《あかり》ありぬ、
われら三人《みたり》飛行機にのりぬ
例の廻旋する飛行機にのりぬ
飛行機の夕空にめぐれば、
四囲の燈光また夕空にめぐりぬ

夕空は、紺青《こんじやう》の色なりき
燈光は、貝釦《かひボタン》の色なりき

その時よ、坊や見てありぬ
その時よ、めぐる釦を
その時よ、坊やみてありぬ
その時よ、紺青の空！

「2」もまた、文語で書かれている。感情を抑えようとする意思の表れだろう。そうして、〈第Ⅰ群〉のところで述べたように、感情を制御しやすく、より完成に近い作品になり得るはずの二行一連という構造の中に感情を押し込めようとしたのだと推測できる。しかし最終連の四行一連という構造は、亡児文也に対するかなしみの感情が、詩を破綻させてしまったことを物語っている。「その時」とは、まさに文也が生きていた時であり、それを四度繰り返す。「紺青の空！」の「！」は、感情の爆発以外の何ものでもない。「1」で起きた破綻は「2」でも起こった、と読むほかない。

では、引き続き書かれた「冬の長門峡」はどうなのだろうか？

7 〈第Ⅱ群〉・「冬の長門峡」

「冬の長門峡」は、「夏の夜の博覧会はかなしからずや」の「1」から「2」を経て、その仕切り直しという意味を持っていたはずである。

改めて、本論文冒頭に掲げた『在りし日の歌』所収本文（完成形、と呼ぶ）を挙げる。

冬の長門峡

長門峡に、水は流れてありにけり。
寒い寒い日なりき。

吾は料亭にありぬ。
酒酌みてありぬ。

われのほか別に、
客とてもなかりけり。

水は、恰も魂あるものの如く、
流れ流れてありにけり。

やがても密柑の如き夕陽、
欄干にこぼれたり。

あゝ！　――そのやうな時もありき、
寒い寒い　日なりき。

文也の死との関係を一旦忘れて、この詩を鑑賞するとどうなるだろうか？
文語の使用は、この詩に一種の緊張感を生み出している。「ありぬ」「なりき」という厳しい口調は、冬の長門峡の寒さにふさわしい。そこに「水は流れてありにけり」と「けり」という詠嘆の感情を含む叙述は、川の流れのリズムをも生み出している。さらに二行一連という構造もまたさらさらと流れる川の流れのリズムにふさわしい。
例えばそのような鑑賞が可能だろう。
では、当初の形（初期形、と呼ぶ）はどうだったのだろうか。（以下、完成形と異なる箇所に網掛けをしておく。）

冬の長門峡

長門峡に、水は流れてありき。
寒い寒い日なりき。

吾は料亭にありぬ、酒酌みてありぬ。
われのほか客とてもなかりき、
寒い寒い日なりき。

水は恰も、魂でもあるものの如く、
流れ流れてありぬ。
寒い寒い日なりき。

やがて密柑の如き夕陽《ひかり》、
欄干に射してそひぬ。
寒い寒い日なりき。

あゝ、そのやうな時もありき。
寒い寒い　日なりき。
あゝ、そのやうな時もありき。
寒い寒い　日なりき。

先に示した完成形は二行六連。〈第Ⅰ群〉の「月の光　その一」「月の光　その二」と同じ二行による連構成であり、奇しくも、完成度の低い方の「その一」と同じ構造になっている。ただ、ここでは「月の光」との関連において読まれるより、時系列に沿って、〈第Ⅱ群〉の「夏の夜の博覧会はかなしからずや」の「1」から「2」を経て目指された形式の延長線上に置いて読んだ方がいいだろう。

初期形の構造は「二二三三三二二二」の六連。言うまでもないことだと思うが、この作品の基底を流れるリズムも二行を一連とするものであり、そこに「寒い寒い日なりき。」が挿入されることで構造が破綻していると見なせる。つまり「夏の夜の博覧会はかなしからずや」の「1」で繰り返された「かなしからずや」の挿入と同じことがこの初期形でも起こっていたのである。

ここで重要なのは、例えば「夏の夜の博覧会はかなしからずや」において、「三人博覧会を出でぬかなしからずや」といった表現が二重の事実を表白しているということだ。ここには「三人博覧会を出」るという文也生前の過去の出来事と、それを「かなし」いと感じる現在の感情という二重の出来事／時間が内包されている。

そうして、これまで述べてきたことを踏まえれば「冬の長門峡」においても同様に、二重の出来事／時間を読みとるべきではなかろうか。つまり長門峡に流れる水を見つめている過去の中也と、それを「寒い寒い日なりき。」と感じている現在の中也の二つである。

大岡昇平[6]はこの作品について、

> 寒い寒い日に、料亭で酒を飲んでいると、水が流れ、夕陽が欄干に射してきた、それだけの話だといえば、それまでである。それを「そのやうな時もありき」と詠嘆する理由は、われわれの生活には見当たらない。そこに一種のもどかしさが生じる。

と述べ「ここには中原の短い生涯で経てきた時間だけが指示されているのである」と述べているが、この詩における時間には、「そのやうな時も」と「も」という副詞が付されていることに注意する必要がある。

「寒い寒い日なりき。」は、長門峡を訪れた冬という時空に属する描写として理解されるのが一般的である。たしかに冬と寒さとをあえて別にして理解する必要はないように見える。しかし、試みに初期形の「寒い寒い日なりき」をすべて「かなしからずや」に置き換えてみたらどうなるだろうか。「夏の夜の博覧会はかなしからずや」における悲壮なかなしみの感情を、同じように読みとることができるのではなかろうか。

また、「冬の長門峡」の「密柑の如き」という表現だが、中也の詩においてみかん色が負の要素を持たされたことは一度もない。中也の友人の野田真吉(7)にも「オレンヂ色は中原にとっては人間的な『愛』の世界、『生』をいつくしむ世界を意味した象徴的な表現である」という発言がある。たしかに、例えば「羊の歌　Ⅲ」(昭6年2〜3月頃『山羊の歌』所収)では、「九歳の子供」と話をする情景を描いて、

私は炬燵《こたつ》にあたつてゐました
彼女は畳に坐《すわ》つてゐました
冬の日の、珍しくよい天気の午前
私の室《へや》には、陽がいつぱいでした
彼女が頸かしげると
彼女の耳朶《みみのは》　陽に透きました

私を信頼しきつて、安心しきつて
かの女の心は密柑の色に
そのやさしさは氾濫するなく、かといつて
鹿のやうに縮かむこともありませんでした
私はすべての用件を忘れ
この時ばかりはゆるやかに時間を熟読翫味《がんみ》しました。

と表現している。冬、密柑色の陽が射している風景の中で、時間の流れを感じているという、「冬の長門峡」とほぼ同じ世界が描かれている右の作品において、密柑色が幸福の色合いを帯びていることは明らかだろう。つまり「魂でもあるものの如く」「流れ流れ」る水を「密柑」色の「夕陽」の中で見るということと、「寒い」という感情とを結びつけるには無理があるのである。それにもかかわらず、これらが結びつくとすれば、それは長門峡を訪れた過去の楽しい思い出と、文也を喪った現在の自分という本来別々の二つの世界が内包されているからに他ならない。

さらに「夕陽」についても、初期形では「ひかり」というルビがついていた。〈光〉へのこだわりについては吉田熈生(8)が指摘しているように、〈第Ⅰ群〉の「また来ん春……」の最終連の「ほんにおまへもあの時は／此の世の光のたゞ中に／立つて眺めてゐたつけが……」を想起させるし、「夏の夜の博覧会はかなしからずや」の「四囲の燈光」にも通じているように思われる。

このように考えてくると、「冬の長門峡」もまた文也の死という文脈で読むべき作品だと言えるのである。

「夏の夜の博覧会はかなしからずや」という、文也の死を直接歌った作品が書かれ、それに引き続き「そのやうな時もありき」という文也の死を内在させた「冬の長門峡」が書かれた。その後、感情の暴走とも思われる「寒い寒い日なりき」を削ることで、作品は二行一連の構造へと整えられていく。それは、文也の死の直後から、時間の経過をへて中也自身の呼吸が整えられていく過程と呼応している。そうして結果的に、二行一連という構造が川の流れのリズムにもふさわしくなっていったのである。

もちろん、完成された作品は、それ自体独立した意味を持っている。いわゆる実生活読みによって理解したと思ってしまうべきではない。「冬の長門峡」独自の解釈はあってしかるべきだと思う。しかし、最初に述べたように、本稿の目的はそこにはない。文也の死を起点として詩が生まれる生成の過程＝精神の物語を〈詩への意志〉として読んでみることにある。

8　おわりに

これまで述べてきた中也の詩作の過程を、やや大きな視点から、次のように整理することが出来る。

「文也の一生」から「冬の長門峡」への道程は、自然主義的な事実の記述という手法から、自己の内面に沈潜し、暗示によって何事かを指示し表現する象徴主義的な手法へという詩史的な展開に対応している、というように。

佐藤伸宏(9)は「中也晩年の詩的世界」を「サンボリスムの本質的な領域に深く切り込むものであった」と述べているが、それは「言葉なき歌」(『文学界』昭11・12)の「あれ」や「曇天」(『改造』昭11・7)の「黒い　旗」という語の〈指示性＝暗示・象徴性〉のみに見出されるべきではない。文也の死という現実的な経験を詩という表現に転換していく過程において、中也は悲しみを直接的に語るのではなく、それらを越えたより高次の象徴的な表現によって語ろうとした。そこでは、近代詩が詩的展開の歴史において通過した過程が、そのまま中也の精神の中で短期間の内に起こっていたのである。わずか三十年の生涯において、『山羊の歌』から『在りし日の歌』へと、大きな変貌を遂げた精神の変化の一端が、文也の死を契機にもたらされた。

「1」で引いた「千葉寺雑記」で文也の死を「十年に一度」の詩的転機と認識していた理

由も、こうした体験によるものだったと考えられる。「千葉寺雑記」にはさらに「昨年末より、一進境をみた私の詩（それらはまだ発表してない）」という記述や、「結局言葉では何事も云ひ現せるものではない、さればこそ、従来とも暗示的な詩法を採つてゐるわけでございます」という記述も残されている。

そのように考えてくると「3」に引いた〈第Ⅰ群〉の「暗い公園」でも、末尾部分においてすでに、

今宵も私は故郷の、その樹の下に立つてゐる。
其の後十年、その樹にも私にも、
お話する程の変りはない。

けれど、あゝ、何か、何か……変わつたと思つてゐる。

と、過去と現在を比べながら、「お話する程の変りはない。」と言いつつ、「あゝ、何か、何か……変わつたと思つてゐる。」と、二重の時間を含み持っていることに気づくのである。

以上、本論文では「詩への意志」というタイトルで、文也の死を起点とする亡児詩群の意味について考えてきた。しかし、実は最も根本的な問題について言及してこなかった。それは、意志されるべき「詩」とは何か、ということである。この問題を抜きにして本論文は成り立たないはずだが、これに対する解答を提示することは容易ではない。しかし中也の時代における詩を抒情詩と呼ぶならば、それは感情という心の動きを言葉を通して提示することを意味する。「言葉」という言葉の中には、余情表現を含む〈息遣い〉も含まれる。文也を喪ったとき、中也はこうした「言葉」の持つすべての機能を用いて、自分の悲しみを語ったのである。亡児詩群の持つ特殊性は、余情表現の持つ言外の意味を、目に見える言葉によって書き記してしまったことにある。ただ、こうした未完成とも言うべき詩群の存在によって、逆に詩とは何かが見えてくる。散文の持つ論理性や記録性によっては決して到達し得ない心の形、それを提示してみせるのが「詩」なのだということが。

ちなみに、次男愛雅《よしまさ》が文也の死の約一か月後の十二月十五日に生まれているが、愛雅に取材した詩は残っていない。大岡昇平(10)は「文也の思い出に固執して、現に生きて目の前にいる子供に感心を示さなかった。というよりは、文也の思い出が次男を愛することを禁止するように働いたとしか思えない」と述べているが、中也の心の底に空いた穴は、新たに生まれ得た感情を排出してしまったのだろうか。

ただ、この時期使用されていた日記の終りの方に、愛雅に関する次のような記事がある。

十二月十五日
午後〇時五十分（かのと。未。八白）愛雅《ヨシマサ》生る。此の日半晴。（＊ルビは中也）

「生れてより全国天気一ヶ月余もつゞく。」と記された文也に対して、「此の日半晴。」は確かに扱いが軽いようにも思われる。しかし、日記には、文也没後の記事とこの記事との間に、日付不明の次のようなメモが記されている。

靖雅
〇靖隆
〇愛雅
〇瑞喜
滋二郎
靖二郎

愛雅の名前を考えたときのメモだろう。〇印は、候補を絞った痕跡だと思われる。我が子の平穏で長命な人生を願ったことが、選ばれた漢字に表われている。そうして中也はまず、文也の存在を想起させる「二郎」の名を避けた。次いで、おそらく、中也・文也と続く3音の瑞喜を避けたのではなかろうか。その上で、愛雅という名を選んだ。そのような〈物語〉を右の六行のメモの中に読んでみたい気がする。とすれば中也の愛情が愛雅に向けられていなかったとは言えないだろう。

佐々木幹郎(11)は、文也没年の翌年、すなわち中也の没年の昭和十二年について、

昭和十二年という、中原にとっての晩年は、詩人としてよりも病を得た人のリハビリテーションの年、と考えた方がよいように思う。詩人としての彼の仕事は（この年にも活動は続くが）、もうすでに終了していたのである

と述べている。ここで言う「詩人としての彼の仕事」とは詩を書こうとする意志を指すだろうか。

確かに最晩年の約一年、中也の仕事の大半は『在りし日の歌』の編集に費やされたと思われる。詩集には「亡き児文也の霊に捧ぐ」という献辞が添えられていることはすでに述べた。また「永訣の秋」と題された章も存在する。「永訣」には、文也に対する「永訣」の意味も籠められているという原子朗(12)の指摘がある。とすれば『在りし日の歌』編集

において、文也の死の物語までがこの詩集の目的だったということだろうか。

『在りし日の歌』に付された「後記」は次のような文章で終わっている。


私は今、此の詩集の原稿を纏め、友人小林秀雄に托し、東京十三年間の生活に別れて、郷里に引籠るのである。別に新しい計画があるのでもないが、いよいよ詩生活に沈潜しようと思つてゐる。

扨《さて》、此の後どうなることか……それを思へば茫洋とする。

さらば東京！　おゝわが青春！


東京に別れ、青春にも決別した後の中也の「詩」はどのようなものになっただろうか？「詩生活に沈潜」すると書いているから、中也にはこの後の「詩」があったはずである。先の命名に関するメモ書きを考慮すれば、愛雅に関する詩も生まれる可能性があったように思われる。しかし、もはやそれを知ることはできない。そしてもし、多感な青春時代にしか生まれ得ない詩が抒情詩ならば、確かに中也の詩は『在りし日の歌』をもって終わったのである。

＊本論文における中原中也作品の引用は『中原中也全集』（一九六七年一〇月～一九七一年五月　角川書店）による

《注》

（1）昭54・10　講談社
（2）棚田輝嘉「月夜の浜辺　――中原中也の月――」『国文学会誌第二十集』平3・3　岐阜女子大学国文学会
（3）佐藤泰正「『冬の長門峡』をめぐって」『別冊國文學　No.4』昭54・夏期号　學燈社
（4）北川透「天使と子供」（『中原中也わが展開』昭52・5　国文社による）
（5）佐藤洋一「中原中也の形式感覚　――詩の『構成』の観点から――」『四季派学会論集』第2集　平2・3（長野隆編『日本文学研究資料新集　28　中原中也・魂とリズム』平4・2　有精堂による）
（6）「『在りし日の歌』」『新潮』昭41・1（大岡昇平『中原中也』昭54・5　角川文庫による）
（7）野田真吉『わが青春の漂白　中原中也』昭63・12　泰流社
（8）「本文および作品鑑賞」吉田熙生編『鑑賞　日本現代文学　第20巻　中原中也』昭56・4　角川書店

（9）佐藤伸宏「晩年の中原中也——その詩的世界とフランス象徴主義——」『文芸研究』第92集　昭54・9〔同（5）による〕
（10）同（6）
（11）『中原中也　近代日本詩人選16』昭63・4　筑摩書房
（12）原子朗「詩集『在りし日の歌』　永訣の秋」（『國文學』昭58・4　學燈社）

あと（なか）がき

初対面の人に会ったとき、研究者同士ならば「私は○○をやっている××です」と挨拶をする。○○には、芥川龍之介とか、村上春樹とか、文学者名が入ることが一般的だ。時には、流行歌の歴史とか、現代アニメ全般、といった広い範囲の研究領域を口にする人達もいる。いずれにせよ、生涯を通して明らかにしたいと思っている対象＝問題を○○に入れて自己紹介をする。

これが困る。

○○に入れるべき語を私は（多分）持っていない。なぜかというと、これまでの近現代文学研究者としての経歴の中で、「これ」といって、生涯をかけて明らかにしようと取り組んだ対象がないからだ。

その折々にふと疑問に思ったこと、それを明らかにしたい、と思うと矢も楯もたまらずその問題に取りかかってしまう。

花袋の「蒲団」は「告白」なの？

「羅生門」の「下人の行方論」に、自分も参加してみようか。

そんな具合で、始めてしまう。もちろん、「自分の青春時代にあったフォークソングって、何だったんだろう」といった、我が人生にかかわる（ちょっと）重大な問題なども対象にしたことがある。

他には、梶井基次郎とか石垣りんとか。相田みつをや日本の流行歌、マンガ、等々。そもそも研究の最初は正宗白鳥だった、ということをいま思い出した。

研究者の本道が、特定の対象について人生をかけてその謎を解く、というものならば、そこから離れたところをうろうろ歩いてきた。困ったもんだと思う。研究は対象に対する尊敬と愛によって成り立っている。例えば芥川龍之介を研究するために、自分の一生をかけたって、どれほどのことを明らかにできるのだろうか？　という風に、たいていの研究者は研究対象に対していつも謙虚だし、それが当然だと言える。私もまた、こうした姿にまったく異論はない。研究とはそういうものだと信じているからだ。

だから、自分の研究は邪道で軽いと思う。ただ同時に「割の悪い研究方法をえらんでしまったな」とも思う。

芥川を研究する場合、少なくとも全集は全部読まなければならない。私が読んだ全集は岩波書店版の全12巻だ。筑摩書房版の全8巻＋別巻1を持っていたのだが、いざ論文を書くとなると、当時は岩波版を使用するのが一般的だったので、購入し読み直すことになった。（ちなみに最新の岩波版全集は判型を変えたことにもよるのだが、なんと24巻もある）。

伝記研究なども可能な限り読む必要がある。論じようとしているテーマに関する先行研究も可能な限り全て読まなければならない。誰かがすでに言っているということを知らずに、自分の解釈であるかのごとく論文にすることは、下手をすれば盗作と呼ばれる危険があるし、そうでなくても勉強不足、研究者の風上にも風下にも置けないと軽蔑されてしまう。

だから、研究対象を替える度に、一から勉強のし直し、ということになる。

「割に合わないな」と思う。でも、好きでやってきたのだから、こんなことを言う資格はない。正直に言えば「割に合わない」などと思ったことは、これまで一度もない。我が人生で初めて、ここで二度も呟いてみたのだが、まったくそんな気がしていない。

楽しかったからだ。そういう意味では恵まれていたと、時代と社会と人生とその他諸々に感謝したい。

ただ、そろそろ定年ということになって、「自分の仕事を纏めてみたい」とふと思った。多分無理だろう、そう思いながら、これまでの論文を眺めてみると、所詮人間は自分の嗜好や能力を超えられないのだな、と思うことがあった。似たような方法や問題意識で研究している論文がいくつかあったのだ。

それを簡単に言えば、物語の語られ方＝語り手論、と、物語の生まれる場所とそこからの流転の物語＝生成論、この二つにはこだわってきたんだなあと思ったのである。

これらなら一冊の本にできるかも知れない。そう思って比較的まっとうだと思われる論文を纏めたのが本書だ。
「語り」を「騙り」にしたのは、へそ曲がりの私らしく、語りの中でも、とくに書き手の騙りに反応した論が多かったことによる。

本書に収めるに当たって次のような作業をしている。
① 論旨の変わらない範囲で、読みやすさを考慮し、小見出しを付け、大幅に削除・加筆をした。いくつかの論文を再構成したものもある。
② 各論文の冒頭に【問題の所在】を新たに設け、導入部とした。
③ 読みやすさを考慮して、一葉の日記や文章からの引用については、必要に応じて、字あけ、濁点の追加、適宜漢字に改める、ルビをふる、などの作業を行った。また、長文には現代語訳を付した。

右の作業を行うため、すべての論文を書き直した。今後本書の論文を決定稿としたい。できれば気軽に読んでいただきたい。研究論文という性質上、どうしようもない専門用語や研究論文的文体を排除できていないので、実際には気軽に読めるものではないかと思うが、多少の苦労と頭の体操と暇つぶしをしてみようと思っている人に読んでいただけたらと思っている。

それ以外の人達もできれば序文にあたる「騙り、と生成」と「あと（なか）がき」を読んでいただけるとうれしい。（あっ、いま読んでるか。ありがとうございます。）


ところで、本書をお読みいただき、とりわけ一葉の日記に興味を持っていただいた人に、無駄話を。

序文で、日記にはすべてを書き記すことはできない、必要最小限の事実を、まずは書こうとするだろうと書いた。そういう観点から考えて、未だにどうしても解けない疑問がある。

その一つが、一葉の日記にはときどき、「入浴した」という記事が出てくることだ。

一葉は入浴した日全てに「入浴」と書いているわけではない、というか、入浴したという記事は極めて少ない。十例に満たない。ならば、最初から書かなければよい。言い換えれば、なぜわざわざ「入浴した」と「その日に限って」書いているのか？

二つ目は、〈書かない〉とわざわざ日記に書いてある例がいくつもあることだ。

くどいようだが、日記にすべてを書くことはできない。それどころか、一日の出来事のほとんどは書くことができない。もし書いたらとんでもない量になってしまう。だから日記とは〈書かない〉ことが前提なのだ。どうしても書いておきたいことだけを書いておくための道具だ。書かないと判断したことは書かないのが当たり前なので、わざわざ〈書かない〉と〈書く〉必要はないはずだ。それにもかかわらず書かないとわざわざ書く理由が分からない。実は本書で取り上げた《雪の日》の日記（明25・2・4）の末尾にも「家に帰り（し）は五時　母君妹女とのものがたりは多ければばかゝず」と〈書いて〉ある。

以上の二つの疑問に対する私の答えは、今のところ、ない。今後その解答を見つけることができるだろうか？　分からない。是非誰かに解いていただきたい。研究者として自分が謎を解きたいという思いはもちろんあるが、それ以上に、誰でもよい、私の疑問を解決してほしい、と願う自分がいる。とにかく知りたいのだ。

と、こんなことを考えながら日々研究にいそしんでいる。

本書を出すにあたり、文芸社の吉澤茂様、砂川正臣様、谷井淳一様に多大なご尽力をいただきました。本の周辺に生きる者でありながら、知らないことばかりで、大変勉強になりました。心よりお礼を申し上げます。

また、Masa氏にはカバーの原画を描いていただきました。ただただ感謝しています。

某月某日　棚田　輝嘉

【初出一覧】

騙り、と生成　――序にかえて――

書き下ろし

騙りの生成・田山花袋「蒲団」

田山花袋「蒲団」　――語り手の位置・覚え書――

（『国語国文　第五十六巻第五号』昭62・5　京都大学文学部国語学国文学研究室）

一葉日記を読む

一章～四章　以下の論文より改稿

正系日記の誕生　――影印版「若葉かけ」を読む

（『國文學　第49巻9号』平16・8　學燈社）

雨の物語・その他　――一葉日記における天気記述を巡って――

（『實践國文學　第六十二号』平14・10　実践国文学会）

〈雪の日〉――一葉日記における天気記述を巡って――

（『国文学攷　第一七六・一七七合併号』平15・3　広島大学国語国文学会）

雨の日　――一葉日記における天気記述を巡って――

（『国語国文　第七十二巻第三号』平15・3　京都大学文学部国語学国文学研究室）

下人の行方・芥川龍之介「羅生門」

下人の行方　――語り手の位置・覚え書き――

（『国語国文　第六十巻第二号』平3・2　京都大学文学部国語学国文学研究室）

詩への意志　――中原文也の死・亡児詩群をめぐって――

詩への意思　――中原文也の死――

（『實踐國文學　第四十八号』平7・10　実践国文学会）

演歌の時代　――日本フォークソング史試論――

演歌の時代　――日本フォークソング史試論――

（『實踐國文學　第七十三号』平20・3　実践国文学会）

(20) 同 (15)
(21) 添田知道『演歌の明治大正史』1963.10 岩波新書 による
(22) 1971.3〜4録音（1980.7 URCレコード SOUNDS MARKETING SYSTEM版 による）
(23) レコード『自然と文化の72時間 '71全日本フォークジャンボリー・オリジナル実況盤』1971 キングレコード から聞き取ったものに適宜漢字・カタカナをあてた
(24) 添田とは「危ないよ→ヒョーロヒョロ」、「落っこった→落ちた」の部分が違っている
(25) 朝日新聞学芸部編『戦後芸能史物語』1987.12 朝日新聞社 による
(26) 添田唖蝉坊・知道著作集 1
(27)『受験生ブルース 高石友也 フォーク・アルバム 第2集（+4） 第2回・高石友也リサイタル実況より』ビクターエンタテインメント 2006.1 による
(28)『自然と音楽の48時間 '70全日本フォークジャンボリー実況録音』King Record 1990、および、(23) による
(29)「日本禁歌考・序説 上」『愛苑』1970.5/6合併号 なお、第一巻・第三巻の存在は確認している
(30) 同 (1)
(31)「演歌のディナーミック」渡部音楽文化フォーラム主催シンポジウム 1981年（『時代の気分、歌の気分』講談社 同 (9) 所収 による）

本経済新聞社　による

(9)「歌謡曲の源流をたどる」(原題「『春一番』は平安時代の民謡が故郷だ」)(『朝日ジャーナル』1978.5　小泉文夫『歌謡曲の構造』平凡社ライブラリー　1996　親本は1984による)

(10) 阿久悠『愛すべき名歌たち　―私的昭和歌謡曲史』1999.7　岩波新書

(11) 黒岩康『現代の眼』1980年5月号

(12) 園部三郎　1968.11　中央公論社

(13) 後になぎら健壱によって「教訓Ⅱ」が作られ、「教訓Ⅰ」と呼ばれるようになる。

(14) 1979.8　晶文社

(15) 前田祥文・平原康司編著『60年代フォークの時代』1993.3　シンコー・ミュージック刊　による

(16) 歌詞は、1969.8の第4回フォークキャンプ版による

(17) (14) に挙げた本によると、1963年から日本ではヴァンガード・フォークソング・シリーズというレコードのシリーズが出されており、「ニューポート・フォーク・フェスティバル」も第1集、第2集が出されているという。1964年にアメリカで出されたものは、日本では第3集にあたるが、おそらくシリーズとして出されたのではなかろうか。また、ピート・シーガーが1963年に来日しているので、これと関係しているかも知れない。

(18)「ライナー・ノーツ」2006.7　(『Newport Broadside The Newport Folk Festival 1963』1964 Vanguard Records, 2005Ace Records Ltd)

(19) 園田三郎・矢沢保・繁下和雄『日本の流行歌――その魅力と流行のしくみ――』1980.6　大月書店

によって生み出され、人間の営みを物語るものならば、言葉の変貌の中に変化し続け、また一方で変わらずに残り続ける人間の姿が確かにあるのである。

《注》

(1) 伊藤強　1984.6　駸々堂出版
(2) 1983.12　岩波書店
(3) 一般に「版」とは、版の組み直し、つまり改版による新たな「版」を指す。後述する『広辞苑』や『日本国語大辞典』などは、版を改めた時点で「版」と呼び、同じ版による刷り増しについては「刷」と呼んでいる。「刷」の場合でも手直しは入るようであるが、「刷」の場合には同版と見なすのが普通である。ただ出版社によっては「刷」の代わりに「版」を使うことがあり、以下の表における「版」はいずれも「刷」にあたるものであり、例えば「18版」とは「初版18刷」という意味である。
(4) 棚田輝嘉「フォークソングという『歴史』(上)」『實踐國文學』第六十九号　2006.3　実践国文学会
(5) 添田知道は「音楽史から見た唖蝉坊」(添田唖蝉坊『流行歌・明治大正史』1933.11　春秋社　1982.9　刀水書房版による) で、「この（ノンキ節：引用者注）あとの唖蝉坊の作品には、音楽上の新しい展開はない。大正七年をもって、音楽史上の唖蝉坊の時代は終わったのである。」と述べている。
(6) 金子潔　1987.1　新日本出版社
(7) 今西栄造『演歌に生きた男たち――その栄光と挫折の時代』1980.6　文一総合出版
(8) 船村徹『私の履歴書　歌は心でうたうもの』2002.9　日

こに「流行唄＝はやりうた」としての大衆音楽が生まれた。この時点で歌＝流行歌＝演歌だった。しかし、昭和に入ってレコードによる歌の流布という方法が確立される過程で、街頭でアカペラ、またはバイオリンなどによって歌われた演歌は、歌の歴史の片隅に追いやられていく。その流れの中で、演歌の精神は「流し」といった方法で、演歌と流行歌の間を生き抜いていこうとした。

昭和戦後の日本で、再び流行歌の拡大という現象が起こる中で、かつての演歌は流行歌の総称、さらに歌謡曲の別称として使われていた。それが1960年代という時代の音楽状況だった。しかしそこから、演歌の精神は関西フォークに、演歌という呼称は歌謡曲へと、分かれて継承されていく。

その後、関西フォークはフォークソング、ニューミュージックという呼称を経つつ、若者達の流行歌の一つの呼称となっていく。同時に、こうした硬派の歌を好まない若者のためにアイドル歌謡が生み出されていく。一方、若者ではない（？）聞き手達には、たんに歌謡曲と呼ばれる歌が流行し、同時に大人達（？）の好む歌として《演歌》という概念が新たなジャンル名として使用されていく。

こうした流れが1970年代以降の音楽の状況である。従って、「エンカ」の呼称は、辞書で二つに〈分断〉されて立項されるだけの正当性を持っているし、しかし同時に、〈同じもの〉でもある。

一つの言葉が、時の流れの中で、意味を変えていくのは当然だろう。ただ、その変化の内実を知らない限り、知識は知識に止まり続ける。ある作品が生み出される過程において変わりゆくものと変わらないものがあるように、言葉の意味においても変わりゆくものと残り続けるものがある。そうして言葉が人間

らなんですね。演歌が堂々と主流である間は、これは演歌だ、演歌だなんて言う必要がないんですが、ニュー・ミュージックとか和製ポップス、フォークとか、そういうものが流行歌すなわち大衆音楽の主流を脅かすような勢力になってきているために、そうでないものを意識し、区別しなければならない状況にきている。

この発言は1981年のものだが、「フォーク」はこの時、「関西フォーク」「カレッジフォーク」「四畳半フォーク」「抒情派フォーク」という様々な呼称を経て、「ニュー・ミュージック」と一括されて呼ばれるようになっていた。小泉が上記の発言で「フォーク」をどのような意味で使っているのかは分からないが、「演歌というものを一つはアンチテーゼとしてとらえている」という発言からは、1981年において演歌の精神を歌に見出すことができないという嘆きを吐露したものと見なせる。小泉の別の発言を「4」に引いたが、1927年生まれの小泉は、まだ演歌が残っていた時代の空気をわずかに吸うことができた人であり、演歌の社会性・思想性の方に流行歌の意義を見出そうとしてきた立場の人なのだろう。その小泉が演歌消失の危機を訴えた1981年にはすでに演歌はなくなってしまっていたのかもしれない。だからこそ、辞書の演歌の項目では、わざわざ二つに分けて立項されたのだと言える。

これまで演歌から現在に至る流行歌の歴史を「エンカ」という言葉を通して眺めてきた。

「1」～「5」で述べてきたように、明治以降の歌、特に民衆の歌は、自由民権運動の壮士節に由来する、政治批判・世相風刺の歌だった。それらが民権運動の崩壊とともに、思想性を薄れさせつつ、民衆の歌として大衆に歌われていくことになる。こ

> 巨大な敵がいなくなったら、その時はどうするか。新しく巨大な敵をどこかに発見するのか。日本のフォークは、そこまでの力は持っていなかった。安保体制が確立し、六〇年代から七〇年、そして八〇年と“アンポ・ハンタイ”の運動がそのエネルギーを減衰させ、ベトナムもまたテーマでなくなったとき、フォークがニューミュージックと呼ばれるかたちになったのは、むしろ必然といってよかったかもしれない。

と述べている[30]。

しかし、関西フォークの時代から半世紀以上を経た現在においてもなお、フォークの潔癖さにこだわり続ける立場はある。それは関西フォークがたんなる若者の流行歌ではなく、遠く明治時代から引き継がれてきた民衆歌という演歌を内包していたからだろう。演歌師が、思想を持ち社会や政治を批判するという硬派であることをやめて、世態人情の情的な側面に傾斜し軟化したとき、それを「艶歌」と呼んで区別したように、関西フォークもまた、カレッジフォークやニューミュージックと区別して語られることになった。

「3」で引いた小泉文夫に次のような興味深い発言[31]がある。

> 困りましたのは、何をいったい演歌と呼ぶのかということ。演歌をどう定義づけるかというのにいくつかの方法があって、それが時代によっても人によっても、また定義のしかたによっても変わってくるのです。たとえば私が感じましたのは、演歌というものを一つはアンチテーゼとしてとらえている。昔から演歌はありますが、なぜ意識するかというと、演歌じゃない音楽が幅をきかせ、のさばっているか

> “禁歌”を音で実際にききたいむきには、URCレコード『日本禁歌集』（LP50分）をおすすめしたい。すでに、第一巻の『桜川ぴん助・江戸づくし』、第二巻の『博多炎海波まくら』、第三巻『沖縄春歌集・海のチンボーラー』が出ている。会員頒布のシステムをとっているので、本紙編集部あて現金書留二千円（一巻について）を添え、お申し込み下さい。

こうした、春歌（禁歌）までも含んだ一連の運動、つまり時にタブーとされてきた民衆の生活全体に対する見直しを、フォークソングを通して行い、それらを連帯の歌としていこうという運動を関西フォークの中に見出すことができるのである。

8　おわりに

関西フォークの時代は長くは続かなかった。「3」で「艶歌化の傾向は、加速度的になっていったのです。（最近のフォークマスコミ化にちょっと似ていますネ……イヤまったく同じかナ）……」という金子の発言を引いておいたが、歌の大衆化は、レコードの時代にあっては歌の娯楽化とあまり違いはない。街頭演歌がレコードの登場によって駆逐されたように、フォーク・キャンプやURCによる通販といった手段で〈直接〉聞き手と繋がっていたフォークシンガーたちもまた、レコード音楽の売り手として、より耳に心地よく響く歌を作るようになっていく。関西フォークは四畳半フォーク・抒情派フォークと呼称を変えながら、ニューミュージックへと変貌を遂げる。冒頭で引いた伊藤は、

映画「日本春歌考」が封切られている。映画の内容と添田の本とは無関係だが、原作者の一人に添田の名が挙げられているのは、「春歌」という言葉の命名者だからであり、この本に取材した部分があるからでもあるのだろう。こうした庶民の生活に視点を定めていくものの見方が、フォークソング・ムーブメントと重なったのである。

フォークソングの本意は「民謡」であり、民衆の歌に他ならない。全日本フォークジャンボリーでも、民謡を歌うグループが参加している。1970年の第二回には、長野県伊那市からやってきた田楽座（信濃民俗芸能研究所田楽座）が「よせばやし」などを演奏し、村岡実とニューディメンショングループが民謡「追分」をアレンジして演奏し、チェコスロバキアスルク大舞踊合唱団が「ジプシーの音楽」などを演奏している。また翌年の第三回では、山本和彦とマイペースが秋田民謡「秋田竹刀打ち唄」などを演奏している(28)。この他、赤い鳥の「竹田の子守歌」など、アメリカのフォーク・リバイバル・ムーブメントつまり民謡見直し運動と、日本のフォークソングにおける民謡再評価の動きとは、民衆文化に対する共通の眼差しを持っていた。その延長線上に「春歌」もまた位置付けられていたのである。この具体的な表われとしてURC（アングラ・レコード・クラブ）の活動を挙げることができる。

URCはレコードの会員制通信販売という方法で、初期の関西フォークの全国への発信元になった。会員制という手法により、従来のレコード会社からは出すことのできなかった歌を出すことが可能になり、それらの歌の中にはいわゆる放送禁止歌なども含まれており、春歌もある。これについては、竹中労が次のように述べている(29)。

行われたコンサートで高石友也が歌っているもの(27)を聴くことができるが、おそらく広く歌われたのであろう。フォークシンガーが演歌を、演歌師がフォークソングを歌うという繋がりは、演歌がフォークとして再生したことを象徴的に物語っている。

こうした演歌再認識の背景には、唖蝉坊の息子、添田知道による活動があった。というか、1960年代は、添田知道による演歌復活の時代だったと言った方が正確かもしれない。先に挙げた『演歌の明治大正史』は1963年に岩波書店から「新書」形式で出版されている。ハードカバーではなく「新書版」で出されたのは、それだけ多くの読者を想定していたからだろう。

さらに知道は1966年6月に光文社から、同じく新書版(KAPPA BOOKS)で『日本春歌考』を出版している。従来「ばれ(破礼・破連)歌」「猥歌」と呼ばれた歌について、性を抜きにしては成り立たない人間の営みに対する歌を「猥歌というのが気にいらない」として、

> 庶民の交情歌、は恋歌、愛歌、情歌、あるいはエロ歌などと、これまでいろいろな言い方があった。性にかかわる歌というなら「性歌」とよぶこともできる。理解のためには、いっそそのほうがはっきりするだろう。が、性歌ではまた、冷たく、なにやら学術用語めく気もするので、私はこれを「春歌」と呼んでみたい。性の科学もあるのだが、これはまず「人間の歌」だからである。

と「春歌」と名付けて、庶民の生活の底流をなしてきた歌々を紹介している。

この本の影響は大きく、翌1967年2月には大島渚監督による

と記している。そうして同書末尾近くでは、

> 一九六〇年後半頃から、アメリカのフォークソングが若者達の間で盛んになりましたが、プロテストソング本来の意味が失われて来たことへの憂いから、学生を中心とした青年達の新しい民衆の歌の、創作演奏活動が盛りあがって来ました。第二の歌声運動です。
>
> 各地でフォーク大会にゲストとしてよく招かれ、明治・大正の唖蝉坊を歌いました。
>
> 若者のフォークと昔の演歌、妙な取り合わせと思われるでしょうが、もともとフォークソングと自由民権歌とは、反骨・民衆の不満怒りを唄うと云う、原点において同根なんです。

とも述べている。演歌師が、民衆の抵抗の歌として、関西フォークの中にあらたな演歌の可能性を見出していたことを語っているのである。

金子はさらに、フォーク大会で「アメリカ黒人の労働者の歌『橋を作ったのはこの俺だ』(1962)」をみんなが歌うのを聞き、「何としても覚えて歌いたく、夏休みに帰省中の娘が知って居たので、採譜して覚え、以後いつでもどこでも、持ち歌にして唄っています。すばらしい歌です。みなさん唄いましょう。」と記して、歌詞を掲載している。演歌師の面目躍如というところであるが、演歌師の金子が、明治以来の演歌だけを演歌と呼ぶのではなく、民衆の抵抗歌すべてを演歌と意識していることは重要である。

この歌は例えば1968年1月12日に大阪サンケイ・ホールで

判の道を求めるうちに、演歌を発見したということだろうか。

1982年7月に出版された刀水書房版『唖蝉坊流生記』[26]の解説「唖蝉坊とその思想」の冒頭で荒瀬豊は「添田唖蝉坊は、はやりうたの世界に立ちつづけて、演歌という思想表現を大成したシンガー・ソングライターである」と述べている。82年という時代を考慮すれば「シンガー・ソングライター」とは、60年代後期の関西フォークから全国的に認知されたフォークソングを経て、この時代にはニューミュージックと呼ばれていたフォークソングの歌い手たちまでを指すようだ。つまり荒瀬はフォークシンガーたちに唖蝉坊に通じるものを見ていたことになる。しかし、厳密に言えば、関西フォークが一番演歌との親和性が高い。その後のフォークシンガーの中にもテレビに出ないことで、反骨精神を示す若者達が少なからずいたが、歌詞の持つ思想性という面では、関西フォークには及ばない。

以上をごく簡単に整理すれば、戦後の音楽界は、演歌的な側面を持つものと、歌謡曲と呼ばれる流行歌の両方を内包させつつ、次第に演歌的な反骨精神を失い、歌謡曲と総称される大衆音楽を生み出していく。一方で、「エンカ」の語を持たない演歌が登場する。それがフォークソングだった。フォークの中には、民衆の持つ政治批判・社会風刺という演歌的な精神が含まれていた。

また、「2」でふれた金子潔の『演歌流生記』(1987年)は、冒頭から約3分の1までが1975年に「えんか覚え書き」(『民衆の歌』フォークソング全国協議会の機関誌)という題で連載されたものである。その「序」で、

　熱湯を注がれても出て来ます。「フォークとえんか」に、私は同じ土壌に芽ぶくスギナを思います。

さらに、高田渡は1971年の第三回全日本フォークジャンボリーにおいても、自作の「自転車に乗って」のマクラとして神長瞭月によって明治42年に作られたとされる「ハイカラ節」(「ハイカラソング」、「自転車節」とも）を歌っている。この歌にも様々な歌詞があるが、高田が歌っているのは(23)、

チリリンチリリンとやって来るは
自転車乗りの時間借り
曲乗りなんぞと生意気に
両の手はなした洒落男
あっちへ行っちゃ危ないよ
こっちへ行っちゃ危ないよ
それ危ないと言ってる間に転がり落っこった

というものである。この歌詞は1963年に出版された、添田知道の著書『演歌の明治大正史』に収載されている「ハイカラ節」の歌詞とほぼ同じ(24)であり、また先に挙げた「あきらめ節」も、高田の新作と思われる部分以外は同内容であり、同書を踏まえているものと推測できる。高田も、

ピート・シーガーのレコードを聴いて、いいなあと思った。どんな内容なのかにも興味が湧いた。でも英語で歌うのではなく、日本語でやれないかと思った。『自衛隊に入ろう』はシーガーの歌をヒントにしています。それから添田唖蝉坊のものなんかも歌いました。労働歌とは違う人間の生活に根ざしたものを歌いたかった。

と語っている(25)。関西フォークの若者が、音楽による政治批

7　演歌の時代　2　演歌と関西フォーク

しかし、思想的な類似性によってのみフォークソングと演歌が結びつけられるわけではない。関西フォークの若者たちは、意識的に唖蝉坊などの演歌を取り入れ、歌っている。

例えば、1966年9月、大阪・土佐堀のYMCAで開かれた「第4回フォーク・ソング愛好会」に飛び入りした尻石友也（のちの高石友也）が「ノンキ節」を歌ったという発言[20]がある。「ノンキ節」は1918年頃、唖蝉坊によって作詞作曲された演歌で、「学校の先生はえらいもんじゃさうな　えらいからなんでも教へるさうな　教へりゃ生徒は無邪気なもので　それもさうかと思ふげな　ア、ノンキだね」[21]といった歌詞で歌われていたものである。なかには「成金といふ火事ドロの幻灯など見せて　貧乏学校の先生が　正直に働きゃみなこの通り　成功するんだと教へてる　ア、ノンキだね」といった、先に（「6」）引いた岡林の「くそくらえ節」に通じるような歌詞もある。

また、1971年に出された加川良のLPレコード『教訓』[22]には、明治30年代後半に歌われ始めた「あきらめ節」が入っており、歌詞カードには「詞　唖蝉坊　高田渡」とある。歌詞は「地主　金持は　わがままもので　役人なんぞは　いばるもの　こんな浮世へ　生まれてきたが　わが身の不運と　あきらめる」という1番から始まり、以下「あきらめなされよ　あきらめなされ　あきらめなさるが　無事であろう　私しゃ自由の動物だから　あきらめきれぬと　あきらめる」と7番まである。本章の冒頭（「1」）で「唖蝉坊が作ったいくつかの歌には、一九八〇年代の現在でも、そのまま通用するものがある」という伊藤の発言を引いておいたが、少なくとも1970年代には、確かに通用していたのである。

呼びかけるという方法だった。

また、関西フォークにおいても、片桐ユズルの謄写版印刷による月刊新聞『かわら版』や、高石音楽事務所の『フォーク・リポート』などが、歌詞を掲載し紹介する役割を担っていた。矢沢保は「ニューミュージックと若者たち」(19) で関西フォーク（文中では「アングラ・フォーク」と呼んでいる）について、

> この二人（高石友也・岡林信康：引用者注）の登場によって、アングラ・フォーク・ブームは画期的なものとなった。それはいうまでもなく、彼らが歌でもって政治批判・社会風刺をやり、自分たちの歌は民衆の歌であると主張し、フォーク運動は反体制運動だということを前面にかかげたからであった。

と述べ、さらに、

> フォークが流行歌の世界にあらわれたことによって、明治の唖蝉坊や戦後の三木鶏郎などによって進められた社会批判、社会風刺の精神は再び流行歌の世界に蘇ることになった。それは新しい価値観をもった新しい若者たちの歌、広い意味での思想性をもった歌であった。

と述べている。日本のフォークソングが娯楽性ではなく社会性を追求するものであることによって、フォークは演歌精神の後継者として音楽シーンに姿を現わし、同時に独自の音楽として存在価値を持つことになったのである。

まりブロードサイドとは、ニュース的、時事・社会的テーマを扱った歌を意味している。

その“ブロードサイド”が、フォーク・ムーブメントの渦中、60年代のアメリカに復活する。1962年2月、アグネス・“シス”・カニンガムが「ブロードサイド」誌を創刊。わずか35セントで売られたこの質素な冊子には、当時のアメリカ社会で起こったさまざまな新しい歌が、次々と歌詞と楽譜つきで紹介されていった。トロピカル・ソング、プロテスト・ソングと呼ばれたこれらの歌は、フォーク・リヴァイバルのムーブメント自体が、いかに当時の社会運動と関わっていたかを端的に示し、同時に歌い手のメッセージを歌に込めるという、こんにちの音楽シーンで、ごくあたり前に行なわれていることの先駆でもあった。

社会の様々な出来事を歌い、歌詞を印刷して販売するというイギリスのブロードサイドから、プロテストソングの歌詞・楽譜の歌本を売ったというアメリカの『ブロードサイド』誌まで、その根底にあるのは社会や時事を、歌として語り批判することだが、歌詞を歌本として販売するという方法は、日本の演歌を想起させる。

つまり、日本の演歌と関西フォークという一見何の関係もなさそうな運動が、社会的使命や方法、果たした役割において、アメリカのフォークソング・ムーブメントを仲立ちとして結びつけられたということだ。

街頭で人を集めて歌われた明治以来の演歌、フェスティバル形式で歌われたアメリカのプロテストソング、そうして、フォーク・キャンプと呼ばれる集会で歌われた関西フォーク、ここにあるのはレコードなどの媒体を通さないで、直接民衆に

はフォークの決定的なスターとなる。また、同年8月には、人種差別撤廃・雇用拡大を要求して「ワシントン大行進」が20万人の参加者によって行われ、ディランも参加し、代表作「風に吹かれて」が行進のテーマ曲として歌われている(15)。日本のフォークソングは、こうした動きを数年遅れでなぞった運動だったとも言える。

例えば、関西で開かれていたフォーク・キャンプの中から自然発生的に生まれたフォークキャンパーズというグループが「プレイボーイ・プレイガール」という替え歌(16)を歌っている。

プレイボーイやプレイガール、戦争で儲けた社長、P・T・A、さらに政治家などを次々に槍玉に挙げて批判していくのだが、元歌はディラン作詞作曲の「Playboys and Playgirls」である。元歌でもプレイボーイやプレイガールを批判する1番から始まり、核や戦争礼賛者、人種差別者などを次々に批判していくもので、歌詞は毎回変わっていたようである。この歌がどのような形で日本に伝えられたのかはっきりしないが、1963年のニューポート・ブロードサイド（ニューポート・フォーク・フェスティバル'63）でディランとシーガーが一緒に歌っており、そのレコードがアメリカでは1964年に出ているから、おそらくそれによるものだろう(17)。ブロードサイドについては、宇田和弘の次のような解説(18)がある。

> “ブロードサイド”とは、16世紀のイギリスの吟遊詩人たちが、様々な社会事件を扱った物語歌（バラッド）を歌う際、その歌詞を印刷したものを売るようになったことに端を発し、ひいてはそうした語り歌を指すようになったものだ。日本で言えば“瓦版”に相当するかも知れない。つ

一般民衆はベトナム戦争に強い反対の気持ちをもちながら、マス・メディアには相手にされなかったが、それがフォークソングに表現を見出した。中川五郎、岡林信康、高田渡、五つの赤い風船そのほか大勢のシンガーがあらわれ、自主製作レーベルURCレコードをもち、マスコミにものるようになったが、一九六九年夏の新宿西口フォークゲリラ弾圧と、一九七一年冬の『フォークリポート』わいせつ容疑で押収などは運動にとって痛かった。

フォークソング運動が生まれた背景には、当時の日本の社会的な状況がある。60年安保闘争以降、1965年の日韓条約反対闘争、各大学での授業料値上げ反対闘争、成田空港闘争と学生運動は激しさを増しつつあり、また、高度経済成長により引き起こされた水俣病・イタイイタイ病などの公害に対する抵抗運動、ベトナム反戦運動、70年安保問題など、若者たちも社会問題に無関心ではいられなかった。若者が連帯することで社会を変えていこうという気運が高まり、歌を手段としてメッセージを伝えるという「現代演歌」が登場するのである。

ただこれらの運動に直接影響を与えたのは、演歌ではなくアメリカにおけるフォークソング・ムーブメントだった。

アメリカでフォークソング・リバイバル運動が1930年代に始まり、50年代になってピート・シーガーらにより、フォークソング・ムーブメントへと変化していく。50年代から60年代にかけての社会状況、具体的には公民権運動やベトナム反戦運動などと、この運動が結びつくことでフォークソングはメッセージソングへと変貌を遂げていく。その代表的な存在がボブ・ディランだったことは言うまでもない。特に1963年のニューポート・フォーク・フェスティバルにおいて、ディラン

という岡林信康の「くそくらえ節」(1968年) や、

日本の平和を守るためにゃ
鉄砲やロケットがいりますよ
アメリカさんにも手伝ってもらい
悪いソ連や中国をやっつけましょう

という高田渡の「自衛隊に入ろう」(1969年)、

命はひとつ人生は一回
だから命をすてないようにね
あわてるとついふらふらと
御国のためなのと言われるとね

という加川良の「教訓」(13) (1971年) など枚挙に暇がない。

中心地の一つだった京都のほんやら洞に集った若者たちである片桐ユズル・中村哲・中山容の出した『ほんやら洞の詩人たち——自前の文化をもとめて』(14) では、関西フォークについて以下のように説明している。

「フォークはおれたちのものだ」というのが関西フォークソング運動のはじまったころのスローガンだった。運動初期の理論的支えは、三橋一夫『フォーク・ソング——アメリカの抵抗の歌の歴史』(新日本出版社　一九六七年)。いわゆる関西フォークソング運動は、高石友也の出現とともに一挙に結集しはじめ、フォーク・クルセダーズと高石を中心に一九六七年に第一回フォーク・キャンプをひらいた。

由で、大同小異の曲調を大量生産して、その上にあぐらをかいているのである。(中略) このような状況の中からは、当然ある種の反逆が起る。いわゆるグループ・サウンズの出現も、単に道徳的な立場だけから、青少年の堕落退廃ときめつけるのは軽率である。フォーク・クルセダーズの「帰って来たヨッパライ」、さらに大阪の歌手高石友也の「受験生ブルース」など、かつての明治の演歌師精神の近代的再生ともいえる野心的なグループも顔を出しはじめている。

園部は「帰って来たヨッパライ」や「受験生ブルース」の中に、演歌に通じる精神を見出している。歌詞を考慮すれば、園部の指摘は当時〈アングラ・コミック・ソング〉と呼ばれた風刺精神の中に演歌との関連を見ていたものと推測されるのだが、こうした側面だけが「明治の演歌師精神の近代的再生」なのではない。

関西フォークの多くは、当時の社会問題や政治状況を見据えたプロテストソングとして、より大きな広がりを持っていた。

例えば

ある日まじめなおやじさん
息子を呼んでこう言った
仕事の事だけ考えて
毎日セッセと働らいてチョーダイ
くそくらえったら死んじまえ
くそくらえったら死んじまえ
文句も言わずにセッセと働らく
機械の部分品

を鮮明にするのである。それは、それまであった「○○演歌」と名付けられた様々な演歌の呼称を一掃して、まさに《演歌》の時代の開幕を告げるものだった。

黒岩康は「七〇年代〈演歌〉の軌跡」(11) で、「七〇年代、〈演歌〉は、ついに六〇年代後半隆盛を極めた〈演歌〉=〈裏町歌謡〉の質、ボルテージを継承することができなかった」、「森進一、青江三奈、クールファイブ、藤圭子と続いたこの〈裏町歌謡〉の系譜は、藤圭子を最後に七〇年代以降、ついにその継承者を一人も持つことはなかったのである」、「七〇年代、〈演歌〉は滅んだ。少なくとも『噂の女』で頂点を極めた〈裏町歌謡〉は、七一年一月藤圭子のうたった『さいはての女』で最後に滅んだのだ」と述べている。

本論文で述べている「開幕」と黒岩の「滅び」は相反するように聞こえるかも知れないが、実は同じことを述べている。つまり、藤圭子の登場によって、それまで辛うじて残っていた演歌が《演歌》に変貌してしまった、ということである。これ以降、演歌師たちの演歌の精神は失われていく。

ただし、歌謡曲としての《演歌》の中では。

一方でこのとき、演歌はフォークソング、それも関西フォークと呼ばれるフォークソングの中で全盛を迎えていた。

6　演歌の時代　1　フォークソングの登場

園部三郎は1968年に出版された『日本の詩歌　別巻　日本歌唱集』の「おわりに」(12) で次のように述べている。

> 今日でも、マスコミが生産する流行歌の主流は、中山晋平の亜流の作風によって占められ、大衆が愛するという理

概念として広まりつつあったことを示唆しているように思われる。明治大正時代における歌は「流行唄／流行歌」と記され、読みは「はやりうた」だった。この「はやり」には、時代の世相を反映し、ニュース＝はやりの出来事を大衆に知らしめるという演歌師たちの役割にも関連した意味が含まれている。それが昭和時代のオーケストラ伴奏付のレコード音楽になることによって、歌はレコードとして保存可能になり、聞き続けられる歌としての「歌謡」になっていったのである。それに伴って、流行唄は演歌を指すのではなく歌謡曲を指すようになっていく。その歌謡曲も、若者を対象とした青春歌謡（後にアイドル歌謡）＋大人の歌謡曲＋《演歌》、へと分離し、さらにJ-POP＋《演歌》という形で現在の形になっていくことになる。

先走りしすぎたようだ。

ここでは、さらに1970年代を眺めてみたい。

まず注目すべきなのは藤圭子だろう。阿久悠(10)は藤について次のように述べている。

> 大仰に言うと、人々はこの少女の歌と姿に、時代の怨みめいたものを重ねたのである。「怨歌」という言葉がさかんに使われるようになった。
>
> エンカは演歌であり、艶歌であり、水前寺清子が歌う元気の出る歌は援歌と呼んだが、いつもピンスポットの中の藤圭子の歌は、まさに怨歌という言葉がピッタリとはまった。背景が黒、つまり闇なのである。

藤圭子の登場は1970年、藤の暗いイメージは石坂まさをのプロデュースによる戦略的な虚像だったことはよく知られているが、藤圭子の登場によって、「演歌」は《演歌》のイメージ

が、こんどは、はじめてともいうべき演歌を吹き込みました。
『女の波止場』がそれで、彼独特のかすれた声が、せつない女ごころを、みごとに歌いあげています。(ビクター)
○B面の『こぼれ酒』は、彼（大木英夫：引用者注）の本領発揮ともいうべき演歌調。夜の酒場で聞けば、ホロっとなって、もう一杯と言いたくなるようなムードです。(ミノルフォン)

ここで語られている「演歌」のイメージは、現在の《演歌》とやや異なるものに思われる。例えば「パンチ演歌」、「純情調演歌」という命名には据わりの悪いものを感じるので、「パンチ歌謡曲」、「純情調歌謡曲」ならば（語の古さは問わないとして）違和を感じる度合いが低いように思われる。それはつまり、現在において「歌謡曲」という概念の方が広いからであり、その下位概念として「○○歌謡曲」というジャンルに分けることには違和感がないが、「演歌」に対しては《演歌》として限定されたイメージがあるために、さらに下位概念に分けることに抵抗があるからだろう。

森進一の歌についても「女の波止場」を「はじめてともいうべき演歌」と呼んでいる。つまり「女のためいき」は「演歌」ではないということを意味するのだが、現在の我々には区別できないだろう。一方で、「小ぶしをきかせて」、「せつない女ごころ」、「夜の酒場で聞けば、ホロっとなって、もう一杯と言いたくなるようなムード」という説明は、そのまま現在の《演歌》のイメージと重なる。

これらは、1960年代において「演歌」のイメージが現在より広かったが、同時に「歌謡曲」という呼称が新たな流行歌の

演歌ブームの衰退なども（自作・自演：引用者注）ブームを伸ばす好材料になった。もちろん日本の歌謡曲から演歌は消えまい。しかし年々影がうすくなるのは火を見るよりあきらかだと思う。ただ、今の自作・自演の段階では人の心を打ついいメロディーがすくないので折角の良い傾向もたんなるブームとして終わり、日本の歌謡界のためにはマイナスになるのでは……という心配もある。

と述べている。「自作・自演」の楽曲とは後のフォークソングを指す。「たんなるブームとして終わ」ったのかどうかについては後述するが、「今の自作・自演の段階では人の心を打ついいメロディーがすくない」という物言いからは、演歌こそが音楽の本道だという本音を読み取れる。

しかし、同書の「新曲コーナー」で使用されている「演歌」の用例を眺めてみると、福田が嘆くほど演歌ブームが衰退しているようには見えない。

○桂京子さんが、パンチ演歌『しっかりしてよ』を吹き込みました。文字どおり、テンポも速く、歯切れのよいリズムで、近ごろ女性化したといわれる男性たちに、「ねえ、しっかりしてよ、あたしたち心細くなっちゃうわ」と、肩でもドヤしつける気分で歌っています。（東芝）
○17才、高校2年生の秋美子ちゃんが、独特の小ぶしをきかせて『石狩の鐘』を吹き込みました。スケールの大きな純情調演歌で、彼女のしっかりした歌唱法が、あぶなげなくきかれます。（ポリドール）
○『女のためいき』が80万枚を突破した森進一さんです

から歌謡曲へ、しかも《演歌》と呼ばれる歌謡曲へと、北島は1960年代の音楽状況を背負いつつ歌い続けることになった。

一方、例えば美空ひばりは《演歌》の女王ではない。戦後の流行歌としての歌謡曲を歌っただけだったからだ。それゆえグループサウンズ全盛の1967年にはグループサウンズの曲（当時はリズム歌謡）に分類される「真赤な太陽」を真っ赤なミニのワンピースを着て歌いもしたのである。そうした美空と比べれば、北島ははるかに演歌に近い場所にいる。そういう意味で、北島は流しであるし、演歌師でもあると言える。

次節では、こうした歌の歴史をもう少したどっておきたい。

5　演歌から《演歌》へ

昭和戦前の日本は音楽的に豊かな国だった。世界中の様々な音楽が日本に流入してきた。しかし、戦時中にこうした「敵性音楽」が排除されることによって、1945年以降の日本の音楽は貧弱なものになっていた。流行歌は歌謡曲と呼ばれ、その内実に対する理解は曖昧なまま、個人的な理解によって漠然と意識されるだけだった。しかし流行歌の大衆化、マスメディア化が進行する中で、商品としての歌謡曲は、売れるためにも様々な呼称＝ジャンルが創造されるようになった。

まず、1967年3月号の『明星』の付録『歌のニュー・イヤー・ヒット』を眺めてみたい。

この年はグループサウンズの全盛期であり、また、同書の「'67年歌謡曲の新しい傾向」という特集では「自作自演ソング」が取り上げられており、若者の自己表現とも言うべき歌が登場し始めた時期でもあった。この中の「自作・自演ブームがやってきた！」というコラムで福田一郎は、

リアートのインター」と並べて見れば、自由民権運動における壮士たちの精神に通じるものといえる。

つまり昭和戦前のレコードの登場による歌謡曲の出現を受けても、昭和の戦後においてなお演歌の精神が歌の中に流れていると感じられていたと言うことである。

同じ五木の作品に、歌の制作現場を舞台にした「涙の河をふり返れ」(1968年1月『オール讀物』)がある。この作品でも流行歌に言及した部分がある。

そこで主人公は「最初の導入部を聞いただけで、どんな歌か私にはわかった。港、かもめ、霧笛、かあさん、別れ、涙、そしてどうせわたしは、と結ぶ典型的な歌謡曲にちがいない」と語っている。ここでの説明が「典型的な歌謡曲」だという定義には戸惑うだろう。なぜなら主人公の語っている歌詞の内容は、現在の我々にとっては《演歌》そのものに他ならないからだ。こうした五木の描く歌の世界における演歌(艶歌)は、その精神として明治以来の演歌の流れの中にあり、しかし曲調や歌詞は新しい歌謡曲を目指して作られたものだということだろう。

以上を整理すれば、明治以来の演歌は、レコード歌謡の登場によって、流行歌の底流へと身を潜めていく。その代表的なものが流しと呼ばれる人達の存在だった。一方で、レコードによる流行歌は歌の本道として歌謡曲と呼ばれるものになっていく。しかし演歌の精神そのものは歌謡曲のなかにも温存され、戦後すぐから1960年代にかけては、演歌的なものと歌謡曲的なものの両方が混在していた時期だということになる。

そう考えてくれば、流しの北島三郎が、出発点において演歌的な世界を歌うことも、時代の流れの中で、次第に流行歌的な歌謡曲に方向を変えていくことも不思議ではない。ここでは、1960年代にデビューしたことも関係しているのだろう。演歌

かし、「新体詩」が広く広まるに従って「新体詩」は単に「詩」と呼ばれるようになり、その結果「漢詩」は「漢詩」と呼ばなければならなくなった。同様に、歌の世界でも演歌＝流行歌であったものが、流行歌＝歌謡曲となり、その結果、演歌はわざわざ「演歌」と呼ばなければならなくなったのだろうと思う。

こうした演歌概念の移行期を物語るものとして、五木寛之の「艶歌」という小説を挙げることができる。五木は1932（昭和7）年生まれ。小説が発表されたのは1966（昭和41）年12月。「演歌の竜」と呼ばれる「高円寺竜三」が主人公の物語は、この時代の演歌の意味をよく物語っている。タイトルが演歌ではなく「艶歌」の字が使用されていることから、それ以前の演歌ではなく、新しい「エンカ」の世界を書こうとしたものだとされるが、実際には、現在の我々が想像するような意味では用いられていない。

作中で竜三は「艶歌とは怨歌だ。演歌をも含めて、庶民の口に出せない怨念悲傷を、艶なる詩曲に転じて歌う。転じるところに何かがある。泣くかわりに歌うのだ」と言う。ライバルの露木に向かって「キザな言い方をすればだな、艶歌は、未組織のプロレタリアートのインターなんだよ。組織の中にいる人間でも、心情的に孤独な奴は、艶歌に惹かれる。ありゃあ、孤立無援の人間の歌だ。言うなれば日本人のブルースといえるかもしれん」とも言う。

「インター」とは「インターナショナル」、労働者の団結歌のことである。ここで使われている「艶歌」は、先の金子が否定的に述べた「艶歌」よりは、明治以来の「演歌」に意味が近い。「艶なる詩曲に転じて歌う」という点では「演歌」と異なるとはいえ、「庶民の口に出せない怨念悲傷」、「未組織のプロレタ

戦後しばらくは（中略）価値づけや序列が一人の個人の中でとてもはっきりしていた、と私は思うんです。ところが、一九六六、六七年あたりから、個人の中でも価値がだんだん多様化してきたと思うんです。（中略）実は歌謡曲の世界でも、それまでは演歌すなわち歌謡曲だと言われていたのが、もう演歌じゃ代表できなくなった。演歌の人は演歌で行くし、軍歌の人は『同期の桜』でもなんでもいい。一方でむこうのポップスなんかが、非常にストレートに入ってきて、中には英語で歌う歌も若い人達の間にもどんどん流行るようになった。そういうふうにして、大衆音楽の中が五つにも六つにも分かれちゃった。

この発言は1978年のもので、北島の登場の15年後になる。「大衆音楽の中が五つにも六つにも分かれちゃった」というのは、この頃の音楽状況を語ったものだが、「一九六六、六七年あたりから、個人の中でも価値がだんだん多様化してきた」という発言を考慮すれば、小泉は、1966年頃までは演歌が歌謡曲だった、と言っていると見なせる。小泉は1927（昭和2）年生まれ。日本最初の「歌謡曲」の流行歌と言われる「波浮の港」（野口雨情詞、中山晋平曲）の発売が1928（昭和3）年4月（ビクター）。小泉はまさに歌謡曲とともに成長してきたわけだが、これらの歌謡曲を演歌と呼んでいることになる。先に（「3」）「この時代を生きた人達のなかに、歌謡曲の意味で演歌という語を使用する人も少なからずいる」と述べたが、「エンカ」の語は、歌謡曲の上位概念として幅広く使われていたようである。

例えば、明治時代は「詩」と言えば「漢詩」を指し、現在我々が「詩」と呼ぶものは当時「新体詩」と呼ばれていた。し

ンガチャ節」でデビューするのが、1963年。渋谷で流しをしていたことはよく知られているが、「ブンガチャ節」は、渋谷の流しの間で流行っていた「キュキュキュ節」を船村徹が採譜・編曲し、星野哲朗が詞に手を加えたものである(8)。「キュキュキュー」という囃子言葉が卑猥だという理由で放送禁止（要注意歌謡曲指定）になったと言われているが、レコードで囃子部分を歌っているのは北島の流しの仲間たちだった。また、船村徹も戦前の演歌師石田幸松の口利きで流しをしていた時期がある。

「ブンガチャ節」に続く二曲目の「なみだ船」によって、北島は「第四回日本レコード大賞新人賞」を受けるが、作詞・作曲は「ブンガチャ節」と同じ、星野・船村コンビだった。「ブンガチャ節」と異なり、「なみだ船」は、現在では明らかに《演歌》に分類される歌だが、この歌に、北島・船村という二人の「流し」が関連していたことは興味深い。北島は演歌師の流れをくむ流しとして歌手人生を始めたのであり、デビュー曲も演歌、少なくとも艶歌に分類される歌だった。いわば明治大正の流行歌である演歌の延長線上に登場した〈現代歌手〉が北島であり、北島の中では演歌と歌謡曲は同じ位相で存在していたはずである。

ちなみに戦前の著名な作曲家上原げんとも流しをしていたが、流しという生業のなかで育まれつつあった、演歌でも歌謡曲でもあるような曲調こそが、後の《演歌》の底流をなすことになる。

この時代に「エンカ」という語がどの程度の意味と使用の広がりを持っていたのかについては、小泉文夫に興味深い指摘(9)がある。

代に作り出された曲のイメージに由来するものである。これらはかつての演歌とは異なるものだったが、この時代に演歌師と呼ばれた人達が歌うことで、演歌と呼ばれることになった歌である。そういう意味で、演歌と《演歌》は、この時代、つまり昭和初年代の流行歌を仲立ちとして繋がってくることになる。

金子もまた、レコード会社から歌手としてデビューするのだが、結局うまくいかず、街頭の演歌師として、東京だけでなく全国を放浪しつつ、縁日・カフェー・廓流しなどをして糊口を凌ぐことになる。

こうした金子の生活は、戦後の1963年、弟子たちが親睦会「青年楽友会」を結成することで、生活の資を得られるようになって現役を退くまで続けられるが、この弟子たちは「演歌師」の弟子であると同時に、夜の酒場などで客の求めに応じて歌いまた伴奏する「流し」とも呼ばれる人たちでもあった。その人達が戦前の流行歌を弾き・歌い、時に正統派の演歌を歌うことで、演歌の伝統が残され続けていたのである。

金子は「ギターを肩から掛けて『えー今晩は……社長さん一曲如何で……』と、酒場専門に廻る現代艶歌」と否定的に語っているが、演歌師から流しへ、演歌から流行歌を含む演歌へと、「エンカ」という語は、変貌を遂げつつあった。それは逆から眺めれば、演歌も流行歌も歌謡曲という位相で歌われていたということでもある。後述するが、この時代を生きた人達のなかに、歌謡曲の意味で演歌という語を使用する人も少なからずいるのは、こうした理由による。

4　北島三郎の位置

後に《演歌》の大御所と呼ばれることになる北島三郎が「ブ

という事態になり、

明治・大正の演歌師はプライドも高く、気骨もあり、勉強もよくしたようです。
歌っていても、世直しの理想に燃えていた為でしょうか……。
昭和に入ってからの演歌は、完全に職業化し、生活の為の演歌でしたので、大分様相は変って来たんです。歌そのものが産業化され、大資本の利益の為に作られ、歌わされると云う時代、加えて、不況失業……演歌師も生きる為、変らざるを得なかったのでしょう。

と時代への対応を強いられるようになる。

今西栄造(7)は「昭和三年に私が小学校へ入学したときは、まだときどき見かけた夜店の演歌師も、昭和六年ごろの夜店では、もうまったく見ることができなかった。明治二〇年、反政府の壮士運動にはじまった街頭演歌師の時代はここで終わった」、「大正演歌が忘れられて時代の彼方へ遠のくと、これにつづく昭和流行歌の世界で、なんとか自立していける演歌師はもうほとんどいなかった」、「一般の演歌師の舞台は、昭和四、五年以後、街頭を離れて、カフェーやバーで客のリクエストに応じるだけのものになった。歌声は街頭から消えた」と述べている。

しかもそこで歌われる流行歌は、当時全盛を誇っていた中山晋平のヨナ抜きの流行歌や、後に古賀メロディーと呼ばれることになる古賀政男などの曲だった。現在《演歌》につきものの「ヨナ抜き音階」「純日本風メロディー」という説明は、この時

レコード産業の発達により、大資本の力で流行らせられる歌を、否応なく歌わざるを得なくなっていました。

レコードによるヒット歌謡曲は全国一斉に流行し、それを歌わねば商売にならない……。

艶歌化の傾向は、加速度的になっていったのです。（最近のフォークマスコミ化にちょっと似ていますネ……イヤまったく同じかナ）……

金子が言う「艶歌化の傾向」の「艶歌」とは、大正時代になって、思想性を失い、色恋沙汰などをネタに主に人情に訴えかけるような、本来の演歌師の矜恃を失った流行歌を否定的に語る場合に当時の演歌師たちが使用した用語である。また、後には、歌謡曲である《演歌》の中でも、特に情調の強いものや自分たちの演歌の独自性を強調するために、「艶歌」の語を当てて使用することも行われている（「2」に引いたA・Bの「艶歌」の説明も参照のこと）。

レコードを媒介とする「歌謡曲」は、オーケストラなどの伴奏を伴った楽曲であり、メロディーもまた重要であったのに対し、演歌は歌詞こそが命だった。そうして、時代は単調なメロディーの演歌を選ばなかったのである。

そのため、演歌師たちが街頭で歌を歌い続けようとすれば、結果的に、演歌ではなく流行歌を歌うことを強いられるようになっていった。しかも、

演歌師が一番困ったのはこの頃（昭和初年代：引用者注）からレコード屋の店頭で、ヒット歌謡の歌詞を、宣伝の為に無料《ただ》でいくらでもくれた事です。これでは、歌だけは聞いても、歌本を買おうと云う人は段々減ってきます。

いた演歌師に、二階からおひねりが投げ与えられたときに、「物乞いではない」と言ってねじ込んだという有名なエピソードがあるが、こうした話は当時の演歌師たちの矜恃《きょうじ》を物語っている。だからこそ、金儲けだけが目的の、風紀を乱す演歌師たちが現われた大正時代には、清水頼次郎・安田俊三らが添田唖蝉坊を仰いで、正統派演歌師の団体「演歌組合青年親交会」(1918.5) を作り演歌の精神を守ろうとしたのである。

しかし、こうした活動も昭和初年代に国産レコードが大量に作られるようになり、しかもその主要部分が「歌謡曲」で占められることで一変する。この頃には、演歌師の領袖ともいうべき唖蝉坊は引退同然であり(5)、息子の添田知道(演歌師としては、さつき。以下、知道を使用する)もまた、文筆業に専念するようになっていた。

こうした時期の1926年に演歌師倉持愚禅の主宰する「東京音楽倶楽部」に入会し正式な演歌師となった金子潔を追ってみると、昭和以降の演歌師たちの動向を想像することができる。以下、金子の自伝『演歌流生記』(6) に従って、演歌の跡をたどってみる。

3　演歌師・金子潔

金子は演歌の時代の終末期について、次のように語っている。

> 大正末期から昭和初めにかけての演歌は、もう多分に軟化していましたが、それでもまだ幾分かは、明治壮士演歌の精神と気骨をとどめ、大学へ通い政治を論ずる硬骨漢や革命的思想の人達も、少数ながら残っていました。
>
> しかし思想弾圧は峻烈を極め、かてて加えて、流行歌は

もはや古いものとして認識されていたことを示している。

本題に戻れば、では演歌はいつどのように《演歌》へと変わったのか？

Aでは「一九三〇年代には流行歌、歌謡曲などの新しい大衆歌曲の一ジャンル、スタイルとな」ったとあり、Bでは時代を明確にしていないが、「だんだん政治的な要素を失って、酒場などを回って商売する流しも演歌師と呼び、そういうところで愛唱される純日本調の歌謡を演歌調と呼んだ」と述べ、Cでは「昭和初期にアメリカから入ってきたブルースの影響で生まれた、いわゆる歌謡ブルースの流れ」として「ネオン演歌」があるといい、Dでは、「作曲家・中山晋平や古賀政男らの曲に代表される、日本的と感じられる曲調（＝スタイル）の歌謡曲」と述べている。

説明の違いは、演歌と《演歌》の関係の曖昧さを物語っているが、同時にこうした説明は基本的には間違ってはいないのである。

では《演歌》とは、正確に言えば何か？

演歌師たちは本来、街頭で歌い（始めはアカペラで、明治40年代からはバイオリンなどを用いつつ）、歌詞（歌本）を売ることで生計を立てていた。演歌がしばしば「読売り」つまり新聞に喩えられるのは、自由民権運動崩壊後の演歌師たちが、社会の様々なニュースを歌詞にして歌ったからであり、また大衆が歌詞を新聞代わりに購入することが行われていたからでもある。政治風刺・社会問題などだけでなく、ときに面白おかしいゴシップや演劇の劇中歌なども歌われたが、演歌師たちは歌を聴かせることを商売にしていたのではなく、歌詞という言葉＝主義主張を広めているのだという、ジャーナリストや警世家としての自負を持っていた。例えば、遊郭の中を歌って歩いて

ルースの流れとがあり、前者を着物演歌、後者をネオン演歌と分けてよぶ場合もある。演歌は独特のこぶしと日本的メロディーをもつ湿っぽい歌だといわれることもあるが、現在では長調で書かれる作品もかなり多く、一つの音楽形式として規定することは難しい。作られた当時はポップスとして扱われたものが、時代がたつにつれて日本的なものとして消化され、演歌扱いされるケースも多い。

D

作曲家・中山晋平や古賀政男らの曲に代表される、日本的と感じられる曲調（＝スタイル）の歌謡曲と、歌い手の歌唱スタイル（浪花節や民謡などに、シャンソンやジャズなどの舶来音楽の持っていたモダニズムが色あせ、日本語の音韻に支配された歌謡、こぶしや力みなどが混在し異形化したものまでも含め）を指す。艶歌、怨歌という文字が当てられる場合もある。

上記のすべてが《演歌》について言及しているのは、最も古いものでも『現代用語の基礎知識』の1979年版という1970年代のものなので、当然だと言えよう。また、年に違いがあるものの、現在のいずれの用語集にも立項されていないのは、すでに意味が定着し「現代用語」としての説明が不要になったとの判断によるものだろう。ちなみに、『知恵蔵』2001年版の「特別ページ」というのは、「若者と流行」という特集ページに「演歌の復権」という項目が立てられたことを指す。つまり、2001年の時点では、すでに流行し、その後廃れた演歌が、若者の間で再び流行っているとして特筆されているわけで、戦後歌謡曲としての《演歌》が、当然のものとして定着し、さらに

それらは政治批判や世相風刺がこめられていた。大正時代になると本来の政治性が希薄となり、恋や情緒的な内容の曲も多くなり、しばらくは艶歌と呼ばれた。一九三〇年代には流行歌、歌謡曲などの新しい大衆歌曲の一ジャンル、スタイルとなり、再び艶歌を演歌というようになったのは漢字制限のためもあったようだ。

B

明治一〇年代に盛り上がった自由民権運動のなかで、川上音二郎などの壮士が政治的主張を広めるために歌い始めたのが、もともとの演歌で、演説の演に歌という字をくっつけた言葉。日露戦争のころ、バイオリンを弾いて演歌を歌いながら街頭で小冊子などを売る人を演歌師と言うようになったが、だんだん政治的な要素を失って、酒場などを回って商売する流しも演歌師と呼び、そういうところで愛唱される純日本調の歌謡を演歌調と呼んだ。内容が変わり演説と無関係になったことから「艶歌」という書き方もされている。

C

明治初期の自由民権運動で川上音二郎らが政治主張をオッペケペー節という独特の節回しで歌った。これが演歌（演説歌）とよばれ、その後演歌師による“流しの歌”という形式で明治・大正期に引き継がれ、その内容も政治的なものから人情物に移っていった。現在では演歌と言えば歌謡曲系のものを指す。演歌には明治以前からのお座敷ものの流れをくむ純日本調の演歌と、昭和初期にアメリカから入ってきたブルースの影響で生まれた、いわゆる歌謡ブ

とにより《演歌》も遅ればせながら立項されたという、先に見た国語辞典と同じ過程を経ているようである。

これをさらに確認するために、『現代用語の基礎知識』『イミダス』『知恵蔵』という、新語の収録を主目的として、毎年改訂出版される事典における「演歌」の扱われ方と説明を見てみたい。（〈表3〉参照）

〈表3〉

『現代用語の基礎知識』（1954年版～2006年版まで）	
1954年版～1978年版まで	なし
1979年版～1983年版まで	あり（説明A）
1984年版～1989年版まで	あり（説明B）
1990年版～	なし
『イミダス』（1987年版～2006年版まで）	
1989・1988年版	あり（説明C）
1989年版～	なし
『知恵蔵』（1990年版～2006年版まで）	
1990年版～2000年版まで	あり（説明D）
2001年版	特別ページによる特集
2002年版～	なし

上記の説明Ａ～Ｄの内容を以下に示す。

A

もとは、明治中期から大正時代にかけて、演歌師が街頭で人を集め主にバイオリンの弾き語り形式で歌い、庶民大衆に歌われるようになった通俗歌曲のことであったが、現在では歌謡曲のなかで、民謡や浪曲に根ざした発声、節まわしで歌われる新旧歌曲を指す。明治時代の演歌は自由民権運動に共鳴する壮士が演説に代えてその主義主張を歌ったもので、壮士節ともいった。「ダイナマイト節」「改良節」「やっつけろ節」など多くの演歌が大衆にも歌われたが、

自由民権運動以来存在している演歌だが、国語辞典に立項されたのは、それほど古くはない。大雑把に言えば1970年代になって演歌はようやく認知されたと言えそうである。別論文(4)で《演歌》という概念は、1960年代のフォークソングの登場に伴って概念として括り出された歌のジャンルだと述べたが、上記の結果はそれを裏づけている。言い換えれば、歌謡曲としての《演歌》が一般化してゆく過程で、ようやく「エンカ」という言葉が辞書に立項すべき用語として認識され、その結果、まずは《演歌》ではなく、演歌の方が、歴史的な用語=辞書に載せるべき用語として採用された、ということだったのだろう。

これについてさらに確認するために、岩波書店の『広辞苑』および小学館の『日本国語大辞典』の各版における「エンカ」の扱われ方を見ておくことにする。(〈表2〉参照)

〈表2〉「エンカ」広辞苑・日本国語大辞典

辞典名	版	出版年月	演歌	《演歌》	
『広辞苑』	第一版	1955.5	なし	なし	11刷　1963.1による
	第二版	1969.5	①	なし	
	増補第二版	1976.12	①	なし	第二版と同内容
	第三版	1983.12	①	②	①は第二版と別内容
	第四版	1991.11	①	②	第三版と同内容
	第五版	1998.11	①	②	第三版と同内容
『日本国語大辞典』	第一版	1973.5	①	なし	
	第二版	2001.2	①	②	

流行語は立項されにくいという、上記の辞典の特質を勘案した上で、詳しく見てゆけば、おそらく70年代の《演歌》の登場によって、まず明治時代の演歌の方が歴史的用語として立項されることになり、その後《演歌》が流行歌として定着したこ

歌ったもの。自由民権運動の壮士たちが演説のかわりに歌った壮士節に始まったが、のちには政治から離れて主題も人情ものに移り、大道芸能化して艶歌と称するようになった。

② 歌謡曲の一種。日本的メロディーとこぶしのきいた唱法が特色。

ここで問題なのは「エンカ」が①②と分けて立項されることで、「エンカ」の概念が別々のものだと認識されてしまうことにある。後で述べるが、①と②は別のものではなく、「エンカ」という同じ音を持つものとして地続きのまま演歌から《演歌》へと変貌を遂げたのである。さらに、何種類かの国語辞典によって演歌と《演歌》の扱われ方を確認しておく。(〈表1〉(3) 参照)

〈表1〉「エンカ」国語辞典

(「なし」は立項されていないもの。丸数字は立項の順番)

発行年月	辞典名	演歌	《演歌》	
1943.4	『明解国語辞典』三省堂	なし	なし	18版　1951.1による
1949.3	『言林』全国書房	なし	なし	8版　1953.3による
1952.6	『新編国語辞典』国書刊行会	なし	なし	3版　1952.6による
1953.5	『学生の新国語辞典』清水書院	なし	なし	74版　1955.3による
1954.11	『卓上辞典』至誠書院	なし	なし	
1955.2	『辞鑒』(第五版) 河野書房	なし	なし	
1960.9	『国語辞典』旺文社	なし	なし	
1961.3	『角川国語辞典』(改訂版) 角川書店	①	なし	81版　1964.1による
1962.3	『新選国語辞典』(改訂版) 小学館	なし	なし	14版　1964.4による
1967.1	『新国語辞典』三省堂	なし	なし	
1973.12	『角川国語中辞典』角川書店	①	②	
1975.3	『新明解国語辞典』(第二版) 三省堂	①	なし	11刷　1987.2による
1981.1	『角川新国語辞典』角川書店	①	②	
1981.12	『国語大辞典』小学館	①	②	
1997.11	『現代新国語辞典』(改訂版) 学習研究社	①	②	3版　2002.4による
2002.11	『岩波国語辞典』(第6版) 岩波書店	①	②	
2003.12	『明鏡国語辞典』大修館	②	①	3刷　2005.4による

は、オジサン・オバサンが愛好する、前時代的な歌詞によって情緒たっぷり歌われる退屈な歌謡曲というイメージが定着しているように思われる。言い換えれば、J-POPと呼ばれる若者歌謡以外の歌謡曲、それが「演歌」なのだ。しかし、「演歌」が本来自由民権運動と結びついたメッセージソングだったことを想起するとき、日本文化の歴史における「演歌」という概念で継承されるべきものの動向を見定めておきたくなる。つまり、ジャンル名としての演歌と、時代を超えて流れ続けた精神としての「演歌」とを、区別しつつ検討してみる必要があるように思われるのである。

本論文ではこうした観点から、まず明治以来の「演歌」(以下、演歌、とのみ記す)と、現代歌謡曲における「演歌」(以下、《演歌》と記す)との関連について検討する。次いで、メッセージソングとしての「演歌」に注目して、その精神の流れを関西フォークに見出すことで、日本のフォークソングの意味について検討したい。

2 演歌、そして《演歌》の登場

演歌と《演歌》、これらはどのように異なり、どのように同じなのだろうか?

同じ「エンカ」という音を持ちながら、現代においては全く別物と言ってもよい演歌と《演歌》が、語の意味においてどのように繋がっているのか、実は明らかではない。例えば『広辞苑』第三版(2)で「エンカ」を引いてみると「演歌・艶歌」という項目が立てられ、次のように説明されている。

① 明治・大正時代の流行歌で、演歌師が独特の節まわしで

1　はじめに

伊藤強は戦後の流行歌を論じた『それはリンゴの唄から始まった』(1)の「第三章　メッセージとしての五線譜」の冒頭で、次のように述べている。

日本人が歌によって、何かを主張しようとしたのは、いつごろからだったろう。それは明治初年、自由民権運動や、普選実施のための運動のなかであらわれた“壮士演歌”に源流を求めることができるだろう。当時、演歌師たちは、その時代の政治的主張を歌に託した。それは、気宇壮大な演説よりも、歌という形式をとるほうが、庶民には理解しやすいということと、演説であると官憲の弾圧を受けやすく、歌であれば、比較的見過ごされやすかったからであった。添田《そえだ》唖蝉坊《あぜんぼう》が作ったいくつかの歌には、一九八〇年代の現在でも、そのまま通用するものがある。

ここでの「演歌」は、現代の歌謡曲における「演歌」のことではない。引用したこの章は「日曜娯楽版」という小見出しから始まり、以下「連帯としてのうたごえ運動」「労音の設立」「フォークソングの登場」「高石友也の出現」「中津川フォークジャンボリー」「『帰って来たヨッパライ』の大流行」と続いていく。つまり伊藤は、「うたごえ運動」「労音」「フォークソング」という見取り図を示して、1960年代後半から70年代初頭までの関西フォークと呼ばれた歌を、明治以来の「何かを主張しよう」とする演歌の歴史のなかに位置付けようとしているようである。

ところで、現代において「演歌（時に艶歌とも書かれる）」

「カナシイ」の意味について語るのは門外漢なので誤りが多々あることを言い訳しておいて、私の理解しているところを述べれば、「カナシイ」とは、自分の心を抑えかねている（「抑えカネル」）状態を意味するのだろう。そうして人を愛おしいと思う心も、悲哀によって涙が流れてしまうことも、いずれも抑えカネルはげしい心の動きに由来していると思うのだ。

こうした言葉の意味の変遷の過程も生成の物語として検討することが出来るかも知れない。そうした作業を通じて、日本人の心性や文化の歴史について知りたい。

本研究はそうした興味に由来している。

具体的には、「エンカ＝演歌」という語を対象として、日本の近現代文化の歴史、その背後にある日本人の心のあり方について検討する。

演歌とは本来、明治時代の自由民権運動に由来する言葉で、民権思想を民衆に訴えるため演説に代わる「演説の歌」として生まれたものだ。一方、現代の我々が聴いている演歌には何らかの思想を伝える意図はまず感じられないし、演歌師と呼ばれた壮士たちのはげしい社会批判の意識なども感じられない。それにもかかわらず、なぜ同じ演歌という語が使われるのだろうか？

ここに、明治以来失われることなく脈々と流れてきた演歌の精神と、一方で、時代の変化のなかで変貌を遂げた演歌の姿が隠されている。それを言葉の変化＝生々流転＝生成の物語と呼んで、たどってみたいというのが本稿の目的である。

【問題の所在】

近現代文学研究における「生成論」は、一般的には、作者の頭の中にあるアイディアが、メモや下書きや草稿を経て改変され、決定稿となり活字化されて発表されるまでの想像と創造の過程をたどる方法を指す。それに加えて、作者自身が、その後も、発表した決定稿に手を加えて改作していく過程もまた生成論的研究に含まれる。それらは、作者＝作家という人間に対する興味に由来するもので、生成過程での作者の思想や実生活を探ることが重要であり、副産物として、生成過程における作品の変貌もまた論究の対象になる。

ただ、生成の物語はそれに止まらないのではなかろうか？

例えば「カナシイ」という言葉がある。古典語では「悲しい」「哀しい」「愛しい」といった漢字が当てはめられる。「悲」と「哀」は意味が近いような気がするので納得できるが、なぜ「愛」が「カナシイ」に該当するのか、簡単には納得できないように思われる。現代では「愛しい」は「いとしい」と読まれるのが一般的だからだ。しかし、同じ「カナシイ」という音を持つのであれば、意味上の関連があるのだろうし、時の経過とともに変貌してきた言葉の物語もあるに違いない。言い換えれば「カナシイ」という音を仲立ちとして、今では別の語と思われている言葉たちが地続きの意味世界を作り上げている、その変化の過程＝生成のうちに、日本人の根底に横たわる意味の世界＝日本人の心性が物語られているのではないか。こうしたことが、語の歴史を探究する理由の一つだと私には思われる。

演歌の時代

——日本フォークソング史試論——

著者プロフィール

棚田 輝嘉（たなだ てるよし）

1955年、北海道生まれ。

岐阜女子大学、広島女子大学（現・県立広島大学）を経て、実践女子大学教授。

主な著書・論文『コレクション戦後詩誌　13　戦後詩第二世代』（2018年5月　ゆまに書房）、「あそこに人間の暮らしがある――石垣りんの視座――」（『實踐國文學』第100号　2021年10月）、「『檸檬』を含む草稿群について」（河野龍也編『実践女子大学蔵　梶井基次郎　檸檬を含む草稿群――瀬山の話――』2019年11月　武蔵野書院）、「淀野隆三草稿翻刻（上）（下）」（『實踐國文學』第94号・95号　2018年10月・2019年3月）、「ことなし、と書くという事――一葉日記における記述意識――」（『實踐國文學』第91号　2017年3月）、「コマに関するこまった話――マンガとはなにか――」（『文学・語学』210号　2014年8月）、「無名性に向けて――相田みつを試論（上）――」（『實踐國文學』第60号　2001年10月）など。

騙り、と生成

一葉からフォークソングまで「言葉の物語」を読む

2024年12月15日　初版第１刷発行

著　者　棚田 輝嘉
発行者　瓜谷 綱延
発行所　株式会社文芸社
〒160-0022　東京都新宿区新宿1－10－1
電話　03-5369-3060（代表）
03-5369-2299（販売）

印刷所　TOPPANクロレ株式会社

ISBN978-4-286-25874-4　JASRAC 出 2406105－401